游记

远方的鼓声

村上春树 著

林少华 译

上海译文出版社

译者短语

这是村上春树自1986年10月开始旅欧三年期间的游记性随笔集或随笔性游记。

“一天早上睁眼醒来，蓦然侧耳倾听，远处传来鼓声。鼓声从很远很远的地方、从很远很远的时间传来，微乎其微。听着听着，我无论如何都要踏上漫长的旅途”——作者听得的微乎其微的“远方的鼓声”，最终成了您手头上这部可触可观的《远方的鼓声》。

兴之所至，刚刚译完我就迫不及待地捧起了余秋雨先生的《行者无疆》和《千年一叹》。同是旅欧游记（《千年一叹》包括中东），同是拥有庞大读者群且依然走红的东方当代作家，两人笔下的欧洲有哪些相同和不同呢？结果发现，找出二者的相同之处比找出其不同之处不知困难多少倍。这是因为，第一，秋雨先生是带着历史去的，每到一处，首先凭吊历史遗迹，抒怀古之情，发兴亡之叹，探文明之源，观沧桑之变。而村上对各类遗址和出土文物基本上不屑一顾，他感兴趣的更是眼前异国男女活生生的音容笑貌和日常性行为模式及其透露的个体生命信息。第二,秋雨先生是带着中国去的,“身在曹营心在汉”,无论看什么,总忘不了将异邦和故国比较一番,有浓得化不开的家国意识或士子情怀。而村上基本上把日本潇洒地扔去一边,“情愿在异质文化的包围下、在孤立的生活中最大限度挖掘自己的脚下”。第三——这其实是先决原因——两人身份不同、任务不同。秋雨先生两次都是受香港凤凰卫视之邀,考察“人类历史上所有产生过整体影响的文明遗迹”,而村上纯属个人行为,不挂靠任何公司任何组织,自己掏腰包带着老婆想去哪就去哪,既非走马观花的游客又不是安营扎寨的居民,“勉强说来,我们是常驻游客”。

例如,同是第一次到罗马,秋雨先生当即诗兴大发,由衷感慨“伟大”一词非罗马莫属:“只有一个词……留给那座唯一的城市。这个词叫伟大,这座城市叫罗马。”(《行者无疆》)村上则懊恼地断言:“罗马是个吸纳了无数的死的城市,所有时代所有形式的死尽皆充斥于此。从恺撒的死到剑客的死,从英雄的死到殉教者的死,罗马史连篇累牍尽是关于死的描述。元老院议员若被宣布荣誉死亡,首先在自己家里大设宴席,同友人一起大吃大喝,之后慢慢切开血管,一边畅谈哲学一边悠然死去。”(《凌晨3时50分的昏死》)当秋雨先生神色凝重地面对元老院废墟反复解读罗马如何伟大的时间里,村上百无聊赖地坐在公园草坪上看修女、看警察、看美少女、看热气球、看狗,还看人接吻:“离我坐得位置不远的地方,一对年轻男女紧紧抱在一起接吻,吻得非常之久非常之认真。半看不看地看人接吻的时间里,觉得自己本身也接起吻来。”(《蜂飞了》)旅居罗马两年多时间里，印象最强烈的是罗马无所不在的小偷扒手之流。村上的太太也被抢走了挎包（包里有护照、机票、信用卡和旅行支票）："一个开摩托车的年轻男子从后面赶来，一把抓住她的挎包带。她本能地握紧不放，大约持续了三十秒。尽管周围有几十人之多，但都往别处看，佯装未见，不愿意介入，作出浑然不觉的样子。互相抢夺了一会，最后挎包带断了，男子拿包离去。众人这才如梦初醒地来到她身边，七嘴八舌安慰道'真不得了啊'、'啊请在这儿坐一下'、'我给警察打电话去'、'那不是意大利人，是南斯拉夫人'。这种时候的意大利人又可谓亲切之至——嘴皮子上的亲切，倒也容易。"此时此刻，村上到底怀念起祖国日本来——东京断不至于有如此表演。

再说一下希腊。当秋雨先生面对爱琴海立有很多洁白石柱的悬崖峭壁沉思埃斯库罗斯、苏格拉底、柏拉图以至孔子、老子、释迦牟尼的时候（《千年一叹》），村上则对着海滩游泳女郎"朝着初秋太阳挺起的乳峰"，认真总结"爱琴海规则"——"具体地说，来到爱琴海以后，(A)女孩子心想反正是爱琴海，这么做理所当然，遂以习以为常的手势暴露乳房；(B)男人也做出视而不见的神情，就好像说毕竟是爱琴海，那么做也无所谓。当然，偶尔也会用眼角斜瞥一眼，但即使那种时候他们也显得从容不迫，仿佛在说这东西见得多了。此乃基本规则，从容才是至关重要。"（《海岛的淡季》）

如此说来，秋雨先生一定活得愁眉苦脸而村上一定活得一身轻松了？却也未必。"两千五百年前，希腊哲人在大海边思考人与自然的关系，印度哲人在恒河边思考人与神的关系，而中国哲人则在黄河边思考人与人关系。"（《千年一叹》）在人际关系波谲云诡错综复杂这点上，同为东方人的秋雨先生和村上似乎颇有共同语言和共同感受，这点双方在书中都按捺不住。旅欧期间村上写了《挪威的森林》，书很快出版。“说起来甚是匪夷所思，小说卖出十万册时，我感到自己似乎为许多人喜爱、喜欢和支持；而当《挪威的森林》卖到一百几十万册时，我因此觉得自己变得异常孤独，并且为许多人憎恨和讨厌。”他最后概括道：“罗马充满罗马才有的麻烦事，东京充满东京才有的麻烦事……无论我们置身何处，都只能和麻烦事相伴而行，同麻烦事一起生存。”（《意大利的小偷》）不同的是，秋雨先生归结于“中华文明的杂质”，村上则概括为自身的“经验教训”。

以上所言，纯属兴之所至，并不是想就两人的游记作品进行系统性比较。何况二者在时间上至少相差十年——尽管欧洲十年间变化不会很大——且两人旅途所花时间也长短有别。但不管怎样，对比着翻看几页确是一件颇有兴味的事。

村上在他的书中最后这样写道：“至今我仍时常听见远方的鼓声。安静的午后侧耳倾听，会在耳底感觉出它的回响。”

或许可以说，每个人都有惟独自己听得见的远方的鼓声，一如小时候在乡下每次听到山那边传来的演戏或扭秧歌的鼓声，心里就怦怦直跳急着出门。人生途中的每一阶段都会有鼓声在远方呼唤自己整装待发，声音再弱我们也会听见，即便不是在“安静的午后”。

林少华

2005 年 2 月 25 日于青岛 · 窥海斋

目　录

在远方的鼓声呼唤下
我踏上漫长的旅途
裹起一件旧大衣
把一切留在身后

——土耳其旧时民谣

远方的鼓声

——写在前面

我离开日本生活了三年时间。

话虽这么说,但并非三年时间里从未返回日本。也是出于工作需要,我回国了几次,把在外国期间写下的文稿交给出版社,一起安排几本书出版。所以,至少一年要回日本一次。不过除此之外,几乎所有时间都在欧洲生活。而且不用说,这时间里我长了三岁。具体说来,由三十七长到四十。

很早以前(其实也就是三十过后)我就有这样一个念头:对我们的人生来说,四十岁大概是一条具有相当重要意义的分界线。这倒不是有什么实实在在的根据,也并非事先预测到了迎来四十岁具体是怎么一回事。但我还是这样认为,认为四十岁是一个大转折点,它将带走什么,又留下什么。在这种精神转换完成之后,愿意也罢不愿意也罢,都已无退路可言,不可能因为尝试后不够满意而重新回到原来状态。一如齿轮,有进无退。我隐约有这样的感觉。

所谓精神转换,想必就是如此情形。也许越过四十这道分水岭即年龄上了一个档次之后,过去不能做到的事变得能够做到了。不用说,这是好事,可喜可贺。但同时我又这样想:作为新收获的交换条件,说不定以前以为可以轻易做到的事会变得无能为力。

这类似预感。可是三十过半以后，这种预感在我体内一点点膨胀开来。正因如此，我才想在精神转换之前做一件事留下来，想写那种往后很可能不写（写不了）的小说。上年纪没有什么可怕。上年纪不是我的责任。谁都要上年纪。那是奈何不得的。我怕的是本应在某一时期完成什么而最后不了了之，而这并非奈何不得的事。

这也是我想去外国的一个原因。感觉上待在日本，有可能在应付日常生活的时间里稀里糊涂上了年纪，有可能不知不觉之间失去什么。而我——要说起来——很想把切切实实的、可感可触的生之时间控制在自己手里，而在日本这好像很难做到。

※

当然，不管在哪里人都要稀里糊涂上年纪。在日本也好，在欧洲也好，在哪里都一样。恐怕正因为可以在应付日常生活中稀里糊涂上年纪，人才得以勉强保持正常心智。如今——在已经四十的今天——我也那样想。但那时候想法与此不同。

现在我已回到日本，正坐在桌前思考那三年时间发生的事——觉得十分不可思议。回想起来，那里边存在奇妙的失落感。有质感的空白。某种浮游感或流移感。那三年的记忆在浮游力和重力形成的狭窄河道里往来彷徨。那个年月在某种意义上已然失却，又在某种意义上牢牢植根于我体内的现实。我可以在身体某个地方真切地感觉出记忆的把手。记忆的长臂从非现实的黑暗中伸出来抓住现实的我。我想将其质感讲给别人听，然而我不具有相应的话语，恐怕只能把它作为比喻性整体表现出来，一如某种心情。

※

快四十岁了，这也是驱赶我踏上漫长旅途的一个动力。不过，促使我离开日本的原因还有好几个：既有几个积极的，又有几个消极的，既有几个现实的，又有几个隐喻式的。但我不太愿意就此详谈。因为时至现在，怎么都无所谓了。对我无所谓，对读者想必也无所谓。无论什么缘由让我开始旅行，漫长的旅途也已把最初的缘由冲往远处，就结果而言。

是的，一天，我突然心血来潮，无论如何都要踏上漫长的旅途。

作为旅行的缘由似乎有些理想化。简单，有说服力。再说，事情不可千篇一律。

一天早上睁眼醒来，蓦然侧耳倾听，远处传来鼓声。鼓声从很远很远的地方、从很远很远的时间传来，微乎其微。听着听着，我无论如何都要踏上漫长的旅途。

这也没什么不妥。毕竟听见了远方的鼓声。此时此刻，我觉得这是唯一使我踏上旅途的缘由。

※

三年时间我写了两部长篇小说。一部是《挪威的森林》，另一部是《舞！舞！舞！》。还写了《电视人》这部短篇集，又翻译了几本书。但这两部长篇小说是我三年海外生活中做的最重要的工作。小说后记中也写了，《挪威的森林》是在希腊动笔的，之后移居西西里，完成是在罗马。《舞！舞！舞！》大部分是在罗马写的，而结束于伦敦。

写长篇小说时我一向抛开其他所有工作，把精力彻底集中到一件事上，这样才能写得快些。但在欧洲期间由于不受任何人干扰，所以写作速度比以往还快。在这本书中我也提到：是不折不扣从早闷头写到晚。除了小说几乎什么也不想，心情上就好像把桌子放在深深的井底写作似的。

所以，我觉得这两部小说命中注定地抹上了异国标记。在那些异国城市，我们（即我和妻）孤独得不得了。几乎没有可以称为熟人的人，而我们所能说的语言又不足以结交朋友和得到熟人。

何况我们的立场在所有意义上都是不上不下的——我们不是赶来看应看的东西、看完就径自通过的游客，但又不是在那里住下来扎根的永久性居民。而且我们不属于任何公司任何团体。勉强说来，我们是常驻游客。虽说根据地设在罗马，但若另有满意的地方，就在那里租住带厨房的公寓生活几个月。想去别处时就又搬走。这就是我们的生活。

在这种孤立的异国生活（尽管归根结底那是我们自己追求的）中，我只管一声不响地一个劲儿写小说。

我想，即使在日本，也许多花些时间，也还是会写出同样的两部小说。对我来说，《挪威的森林》和《舞！舞！舞！》是我在结果上必然写的小说。只是，若在日本写，这两部作品很可能带有与现在不同的色彩。明确说来，我恐怕不至于垂直地“深入”到这个程度，好也罢坏也罢。

也许某类读者生理上喜欢这种深入方式，不过我想，归终我是心甘情愿深入到那样的世界里面去的，情愿在异质文化的包围下、在孤立的生活中最大限度挖掘自己的脚下（或者尽可能孤军深入)。我的确有这样的渴望。

《挪威的森林》成为畅销书之后,各种各样的人老问我同一个问题:“你认为那本书为什么那样好销呢?”

我当然无从得知。我的工作只有一个:写出小说来。甚至自己何以写出那样的小说都稀里糊涂。反正当时只能写那个。好也罢坏也罢,作为我只能那么写。在那部小说里面我能够清楚表明的惟有一点,即作品命中注定地抹上了异国标记。

※

不写小说的时候主要搞翻译。与此同时,还确定进度一点一滴写了多种多样的纪行。收在这里的文章便是。当时兴之所至地尝试了种种写法,既有出于个人兴趣写的,又有无可奈何的独白。既有以习作为目的写的,又有断断续续在杂志上刊载的几篇。但总的说来,这些文章是以给亲朋好友写信那样的心情写的。所以,没有连贯而系统的视点和主题。每天生活的时间里,有了这样的事、去了那样的地方、见了这样的人——便是这样随心所欲写下来的,以常驻游客的眼睛。

二十年前倒也罢了,而在每年有数百万人出国的当今时代,早已不再需要什么欧洲纪行。所以这里几乎不含有启蒙因素,也不存在类似有益的比较文化论那样的东西。我开始写纪行文的一个目的,在于将由于置身异国而有可能不觉之间随波逐流的自身意识固定下来,以免它从一定的文字层面上滑得太远。将亲眼见到的东西写得像亲眼见到的一样——这是我的基本姿态,即把自己的感触尽可能原封不动地记录下来,摈除廉价的感动和泛泛之论,尽量写得简洁(simple)、写得客观

(real),并在千变万化的场景中努力不断地将自己相对化,当然事情不那么简单。有时候顺利,有时候不顺利。但最关键的是将写文章这一作业作为自身存在的水平器加以使用并持续使用。

最初我计划像记日记那样,无论如何要保持一定的进度,每星期写一篇这样的纪行文,结果根本不行。因为写长篇小说期间无暇写小说以外的文章。这样,不时出现长达几个月的完全空白。具体说来,在用来写小说的米科诺斯和西西里就差不多什么也没写。由于简单写了日记,事后可以顺着记忆来写,但严格说来那已不是现时记述,量也不多。即使在这个意义上,这本书恐怕也很难称为游记。

这里收录的文章,原则上仅仅是纪行文的堆积。这些支离破碎的东西很可能没多大意义。但对我来说,在其继续本身、在不断——尽管断断续续——写这些文章这一行为本身之中是有意义的。浪迹欧洲的我通过这些日语文章使得自己同驻守日本的我息息相通。

于是,我成了一个为持续维持自己而持续写文章的常驻游客。

罗　马

罗　马

罗马是此次漫长旅行的入口，同时也是我旅居海外期间的基本住址。我们所以考虑来考虑去最终选择罗马作为大本营，是出于几个理由。首先是气候温和。好容易决定在南欧放松一回，不愿意过什么寒冷的冬天。而在这点上，罗马可谓首选之地。

选择罗马的另一个理由，是一个老朋友住在那里。我这人无论哪里都能厚着脸皮活下去，不过既然得住那么长时间，那么一两个可依赖的人还是需要的。

这么着，罗马成了我们的根据地。虽然罗马一次也没到过，但我们认为地方不至于那么糟。至少从电影上看，城市还是蛮漂亮的，不料这点后来让我们好不后悔。

我们以搬家那样的心情离开了日本。因长达几年不在国内，一直住着的房子也租给了熟人。国外生活所需物品一股脑儿塞进旅行箱。这活计相当累人。毕竟一般人不大可能弄明白数年南欧生活到底需要什么、需要多少。以为需要似乎什么都需要，以为不需要又觉得什么都不需要。

手头工作一并收尾，连载也设法中止了。为一家杂志集中写出六个月分量的随笔——对方这样要求——交了。见了该见的人，说了该说的客气话。代为处理出国期间杂务的人也找到了。应做的事堆积如山,无论怎么做都接踵而至,最后甚至自己是前进还是后退都糊涂起来。旅行箱里装了什么、到底带了几个旅行箱——连这个都已无从记起。

如此这般,最初降落在罗马的达·芬奇机场时,我们累得几乎开不了口。身体所有的空隙就好像被牙医填牙缝的水泥填满了。哪部分是肉体疲劳、哪部分是时差造成的眩晕、哪部分属于精神消耗,对此我已全然没了分晓。这就是我们旅行的出发点:疲惫、茫然、消耗。

在罗马一共待了十天,大体休整过来后,开始朝雅典进发。

※

现在回头看罗马逗留期间写的东西,清楚地知道自己当时是多么心力交瘁。从日记上看,如此汹涌的疲劳大约持续了两个星期。而后忽然消失,忽一下子。

两只蜂——乔治和卡洛

1986年10月4日

这是我为尽可能准确地描述当时极度的心力交瘁而写的文章,和旅行没有直接关系。所以,对他人的心力交瘁毫无兴致的读者朋友尽可跳过去不看。

两只蜂又在我脑袋里"嗡嗡"飞来飞去。我歪在宾馆床上,看着早已看腻的圣彼得大教堂的圆顶——能从窗口清楚看见圣彼得大教堂几乎是这家宾馆的唯一卖点——心想既然如此，也该为这两只蜂取个名字才是。然而怎么也想不起合适的。我躺在床上持续想了整整十五分钟，结果毫无进展，一个名字也想不出。而且是蜂造成的，因为两只蜂在我脑袋里硬是“嗡嗡”飞个不停，就像《青蜂侠》的主题曲一样。其令人心焦意躁的声响使我无法正经思考什么。

也罢，无所谓，蜂的名字就叫“乔治”和“卡洛”好了，我拿定主意。乔治蜂和卡洛蜂。意义谈不上，但至少可以从中感觉出意大利的芬芳。

喝干杯里的红葡萄酒，斟了第四杯。香味凛冽的托斯卡纳葡萄酒。在宾馆附近的酒铺买的，不贵，但不坏。标签上画一只鸟。没见过的鸟。类似日本的野鸡，但颜色更花哨。我把喝去一半的葡萄酒瓶拿在手里，没有任何目的、没有任何意味地久久注视酒瓶的形状和标签图案。握住瓶嘴，瓶底置于肚皮，不带什么感情色彩地目不转睛地看着它。累得一塌糊涂的时候，我往往这样定定地注视什么。什么都行，反正只要盯视什么即可。

此刻我在盯视葡萄酒瓶。盯视了很久很久。但没得出任何结论。

感情？感情倒是多少有的。

我觉得自己上了很大年纪。一切都好像缓慢而遥远。而乔治和卡洛依然在我脑袋里盘旋不已，“嗡嗡嗡嗡嗡”。我的疲劳恰是它们的养料。

“嗡嗡嗡嗡嗡”。

※

乔治和卡洛在东京扎进我的脑浆，使其鼓囊囊闷乎乎膨胀开来（当然那时它们还没有名字，还没有一分为二），并且绕着那鼓囊囊的东西无休无止地飞来飞去。我筋疲力尽，决定离开日本。我们（前面也写了，即我和妻）收拾行李，把两只猫托付给朋友，房子租给人家，乘上开往罗马的飞机。至于住在哪里和做什么，都没有具体计划，不过总有办法可想。至少比在东京没完没了听蜂的翅膀声好得多。

可是到罗马后，蜂仍在我脑袋里挥之不去。不仅如此，又分裂成乔治和卡洛两个，变本加厉地发出刺耳的声音往来飞舞。而且不觉之间同罗马的声音——使罗马之所以为罗马的声音——融为一体，同那令人忍无可忍的、岂有此理的、该受天罚的都市噪音！得得，我内在的疲劳便是这样实现了伟大转化，化为都市一个外在特质。

若您手上有世界地图，想请您翻到欧洲那页找一下罗马市。那即是我的疲劳、即是乔治蜂、是卡洛蜂、是毫无特色可言的红葡萄酒瓶、是呈元葱形状的圣彼得大教堂的圆顶。每次乔治和卡洛沉闷地振响翅膀，罗马城的噪音就好像印第安人起义一般与之里应外合。

如此一来二去，我觉得一下子老了许多。昨天是老婆生日，我们是在老婆生日那天离开日本的。由于时差关系，她得以度过一个十分漫长的生日，十分十分漫长的三十八岁生日。第一次遇见她时，我们都还双双十八。十八，每喝必烂醉如泥的时光。尔来二十年。

但我觉得老了并非因为这二十年沧桑,而是乔治和卡洛的关系。

难办啊!我的思路一直围绕同一地方一圈圈打转。一如我往日那张“沙滩男孩”的单曲唱片(“Good Vibrations”①),一到正中间就不再前进,必须用手指把唱片针推到内侧——好咧!

好咧!

我何苦写这样的文章呢?为什么写?为谁写?这个世界上果真存在一两个对我的疲劳感兴趣的读者不成?如果存在,又是哪一类型的人士呢?

对此我当然不知晓。每次想到读者,我的脑袋都乱作一团。我见过几十、几百位看过(或者自称看过)我的小说的人,但结果只能让我愈发搞不清楚读者是怎样一种存在。其中是否有几个人对我的疲劳感兴趣我也全然无从得知。

算了,我是为自己写这篇文章的,一开始就是这么打算的。只是想写什么罢了,只是想坐在桌前拿笔写点什么罢了,只是想验证各种语句、各种修辞、各种比喻罢了。至于写什么则不是多大问题,至少现在不是。不是多大问题,至少现在不是。

好咧!

我喝一口葡萄酒。窗外传来小孩子们的声音。宾馆对面是幼儿园,修女们在小院子里让孩子们嬉戏。我又喝了一口葡萄酒。雾罩云笼般迷濛得不可思议的天空。想睡觉,就这样死

---

① 意为“优美颤音”。

死睡过去。却睡不成。蜂“嗡嗡”得令人心烦,再说有时候也必须让唱针划向前去。有时候唱针……

好咧!

乔治和卡洛,你们两个打算永远在我脑袋里飞下去不成?缠着我也没什么好事的吧?我很快就会振作起来,而那一来你们可就无处栖身了哟!

也罢,想飞你们就飞好了!嗡嗡嗡嗡嗡嗡嗡嗡嗡嗡嗡嗡。

话又说回来,这房间何等俗不可耐啊!

蜂飞了

1986年10月6日 星期天 午后 晴

对不起,接下来还是谈疲劳的文章。两只蜂——乔治和卡洛继续出场。我将结合对星期天下午波各赛公园的描写讲述他们究竟如何发生的。也有就作者本身所做的一点点思考。

乔治和卡洛仍在我脑袋里飞来飞去。但我尽量不想它们,努力想其他事,尽量。毕竟今天是星期天,大好的天气。

我在波各赛公园的草坪上坐下来晒太阳。喝着从货摊买来的橙汁,一个人呆呆看天,或打量周围的男男女女。虽说已届10月,可是热得就好像夏天卷土重来。人们戴着太阳镜,揩额头的汗,吃冰糕。有在长椅上偎在一起的情侣,有脱去衬衣赤身裸体仰卧着享受日光浴的小伙子，也有放开狗独自在树阴里静静休息的老人。两个修女坐在喷泉前面聊了很久很久。到底聊什么呢？身穿战服样式制服的警察（或宪兵）挽起衣袖，肩上斜挎着甚是不合场合的来福枪从我身旁走过。很有可能被19世纪印象派画家选为题材的平和、亲切而纯净的周日光景。

一个看上去年龄十四五岁的美少女头戴红色骑马帽、牵马朝马场那边走去。她的脚步让我不由自主地想起时间的存在。世上偶尔是有人以那种方式走路的，简直就像时间本身在行走。刚才最后一响是11时35分40秒。“哔——”，11时35分50秒——便是如此走法。她收敛下颌，挺直腰背，聚精会神地行走，绝无矫揉造作的样子。她十分怡然自得地、如时间本身一样流畅地沿着公园甬路往马场走去。

广场上，一伙人想放大型热气球，却因某种缘故放不顺利。三四个人手忙脚乱调整器械，其余人显得有些无聊。这么切近地目睹热气球还是第一次，不过并非什么令人动心的劳什子，至少滞留地面时相当乏味。人们拼命折腾，但气球偏偏鼓不起来，就好像硬被叫醒穿衣服的肥胖的中年女人，浑身瘫软，显得老大不高兴，时而不耐烦地扭一下身体。

一条大狗从旁边经过。狗忽然止步不动，看了一会儿气球，看得十分专心，仿佛寻思这是什么呢。可是谁也不肯告诉它。再看也看不出名堂，狗径自离去。

离我坐得位置不远的地方，一对年轻男女紧紧抱在一起接吻，吻得非常之久非常之认真。半看不看地看人接吻的时间里，觉得自己本身也接起吻来。吻了很久很久，久得让人担心窒息过去。他们以各种角度、各种激情、各种姿势吻个不止。就好像剪辑得恰到好处的学术性记录片，动作紧凑地变换姿势，兴致勃勃地展示接吻的变化之妙。他们幸福吗？我倏然心想，如果幸福，那么要求人那般接吻的幸福究竟具有怎样的形状和特质呢？

※

最大的问题是我实在太累了。为什么累到如此地步呢？不过反正我是累了。至少写小说写累了，这是我身上最大的问题。

我打算四十岁之前写出两本小说。不，与其说是打算，莫如说非写不可。这点极其清楚。然而我还没能着手。写什么以及怎么写也大体心中有数，但没能动笔，不幸。甚至觉得如此下去很可能永远写不出来。况且脑袋里有蜂“嗡嗡”飞个不停。吵得要死，想东西都想不成。

脑袋里又有电话铃响起。那也是蜂发出的声音的一部分。电话。电话响。“叮铃铃铃铃铃铃”。他们向我提出种种要求：为电子打字机或什么物件做广告、去哪里的女子大学讲演、为杂志彩页做拿手的“料理”、同某某人对谈、就性别歧视环境污染死了的音乐家超短裙卷土重来发表评论、担任某某音乐比赛的评审员、下个月20日前写出三十页“都市小说”（所谓“都市小说”究竟为何物？）……

并非我有多么生气。当然不会生什么气。为什么呢？因为那是已然被决定的事项，我不过被包含在那里面罢了。不是谁不好，也不是谁错了。这我晓得。我在某种意义上也是那种情况的一个帮凶。说起来相当曲折相当啰嗦，总之我在那上面起了推波助澜作用。所以我没有权利为之气恼。应该没有的，我想。给我打电话的，也是我自己。在某种意义上。

这种双重性让我心烦意乱，让我徒呼奈何。

无奈感——疲劳大概是从那里涌出来的。在那里，出口是入口，入口是出口。任何人都不能从那里走出。那里笼罩在凉瓦瓦的昏暗之中。作为夜晚则过于明亮，作为白天则过于黑暗。被这奇异的昏暗包拢之时，我势必迷失方向和时间。我已不明所以，不知到底什么正确、什么错误。

电话铃依然响个不止：叮铃铃铃铃铃铃。稍顷，一只蜂飞进我的脑袋。不管怎么说，蜂们喜欢疲劳的气味，一瞬之间即嗅出它的位置。喏喏，这里有美味疲劳脑浆！旋即一针扎下，使之鼓囊囊闷乎乎膨胀起来。

正因如此，我才离开了日本（不能不离开，我再次明确认识到）。但即使是在这罗马，我的疲劳也没终了，却穿越八小时时差和北极圈延续了下来。而且蜂一分为二，成了乔治和卡洛。疲劳如油汗腻乎乎沁出肌肤。去哪里都一回事，他们对我说。无论跑多远都一成不变，嗡嗡嗡嗡嗡嗡。哪怕你跑去天涯海角，我们也会紧随不舍，所以你一筹莫展，归根结底。你将在一筹莫展的时间里年届四十，就这样变老变衰。没有谁喜欢你这个人的，往后越来越糟。不，不对，我说，往后我会好端端写小说，消失的倒是你们。

即使那样，乔治和卡洛开口了：我俩也迟早要回来的，回到你这里。因为这是我们的职责。循序渐进，来日方长。没有谁喜欢你这个人的，大家都要憎恨你。写小说也什么作用都起不了。嗡嗡嗡嗡嗡嗡嗡嗡。

嗡嗡嗡嗡嗡嗡嗡嗡。

※

罗马。

沐浴着夏天一般灿烂阳光的午后的罗马。我“骨碌”一下歪倒在草坪上悠然望着马、人、云絮等缓慢的动作，心想假如两千年后今日的罗马像庞贝①那样彻底化为遗迹该有多妙：诸位，那是楚沙迪（Trussardi）遗址，这是华伦天奴（Valentino）遗址，那边展柜里的是美国运通金卡……

女孩仍在牵马前行，看上去她像要直接融入雾霭之中。身穿和刚才不同的制服的两个警察吃着雪糕走来，沿路走了过去。他们对热气球几乎毫无兴致。喷水池的水柱喷得高多了，顶端倾珠泻玉，炫目耀眼。

热气球还是升不起来。那三个人依然手忙脚乱地拧拧螺丝或者看看仪表，然而看上去根本没有升空动静，尽管是气球升空最好的天气。

午后1时45分，到天黑尚有不少时间。

---

① 古罗马城市，79年毁于维苏威火山喷发。

雅　典

雅　典

来雅典已是第三次或第四次。

提起雅典，乃是希腊人口达三百万（差不多相当于总人口的三分之一）的第一大都市。不过就游客通常活动的范围来说，城市并不很大。基本历史遗址均步行可达，即便极保守地说，有三天时间大体可以看完所有名胜。这座城市，在古代城邦（Polis）的四周宛如磁石吸铁屑一般围着近郊住宅区，看样子是一哄而上发展起来的，所以游客感兴趣的地方明确局限在中心部位。毕竟参观近郊住宅区也没什么意思（比如你是来东京观光的外国游客，会专门去看什么云雀丘、多摩广场以及西国分寺什么的吗）。一般人登上雅典卫城（Acropolis），在普拉卡喝蕾契娜酒①吃木莎卡②，在街上转一转，看一眼土特产商店，在宪法广场喝杯茶，从利卡维托斯山上看雅典夜景，往下有时间和有兴趣的人参观一下国立考古博物馆，日程就此结束。

也就是说，若来上三回，那么既没可看的东西，又没可去的地方。

我住在布列塔尼宾馆，在那里遇上了一位叫瓦伦蒂娜的女

---

① 希腊产松香白葡萄酒。

② 茄子、马铃薯加碎肉做成的希腊菜。

性，她给我们介绍了房子。

瓦伦蒂娜

瓦伦蒂娜为我介绍了岛上一座出租房。

“倒不是很大，但实在是 beau——tiful。”她甚是感慨地用手“啪啪”拍打我的膝盖说。她坐在我旁边，我们并排坐在布列塔尼宾馆大厅的沙发上。交谈用的是英语，但她有个毛病：每当为什么所感动或想强调什么的时候，就把正中间的母音拖得很长很长。而这毛病不觉之间也传给了我。一种类似传染病的毛病。

交谈之间，一个煞有介事的男服务生走来问“需要饮料吗”——言外之意希望点酒水——瓦伦蒂娜当即应道“NO”。这时她的母音发得极其干脆利落。

“另外，那房子附近还有 beau——tiful 的海滩。对了，你可带游泳衣了？”

“嗯，当然……”

“你么，绝——对中意那里。”

瓦伦蒂娜的年龄从外表一下子看不出。不过既然有二十岁的儿子，那么想必已有一定年龄。作为希腊中年女性很少有她这么瘦的。一如多数体瘦女性，她非——常有活力，无论化妆还是服装都像吸取了活力，相当花哨。

我和她是初次见面。

"德米特里说你是日本十分有名的作家,可是真的?"瓦伦蒂娜问我。简单的寒暄和关于天气的闲谈大致完了以后,她不无怀疑地这样提问。看来,德米特里传达给她的信息使她发生了误解以至情绪波动,她似乎把我预想成了谷崎或三岛①那一类半古典式文豪。而我是以褪色的开领半袖衫和脏污的牛仔裤这一平日形象晃晃悠悠出现的,作为她看样子多少有些失望。对此,作为我——尽管算不得我的责任——也觉得十分抱歉。

我时常想,自己身上总好像缺少作为作家(或艺术家)的不妨称之为光环的东西。在日本时也被人错当成面包铺送货员或超市店员。买东西的时候,常有陌生人问我辣椒在哪里(而且有时告诉得很准确),但这恐怕很难说是衣着造成的。偶尔像模像样扎条领带身穿深色西装站在宾馆大厅里,也还是有老伯打听"喂喂仙鹤厅在哪里"。所以,我无论如何也不能责怪瓦伦蒂娜。光环这东西——至于现实中究竟有多大作用我倒是不清楚——有的地方自然有,没有的地方压根儿没有,一如温泉和油田之类。

"嗯,是的,是作家。"我自我辩解似的说,"有名无名不大知道,不过是作家,算是。不管怎样,德米特里怕是向你夸大了我的情况。东西大体是写的,但不是什么了不得的作家。"

---

① 指谷崎润一郎(1886—1965)和三岛由纪夫(1925—1970),均为日本著名作家。

"唔——,"她再次打量我说,"不过是专业作家对吧？full time① 的?"

"嗯,是的,是 full time 作家。算是吧,总之。"我回答。

算是吧,总之。

"所以,是为写东西来希腊的。"我说。

"其实我也写诗的。"瓦伦蒂娜应道。

"是吗？我竟不知道,德米特里没告诉我的。"

"你、写诗?"

"没写过,遗憾。"

她连连点头:"希腊是诗歌非常繁荣的国家,诗比小说繁荣,这已是历史性的。对了,希腊人拿了两回诺贝尔文学奖你可知道?"

"啊,不知道啊。"我惶恐地说。

瓦伦蒂娜向我一闪投来"难道你也是作家"那样的视线。可我是不知道,哪里知道！连日本人有几个拿了诺贝尔奖我都不知道。

"但诗的问题是,光靠诗无论如何是吃不成饭的。诗人成不了职业。"瓦伦蒂娜说,"所以我也有其他工作。噢,德米特里没有就我向你说什么?"

"没有。遗憾的是我和德米特里失之交臂。上个月他返回希腊时我在东京,这个月我来到希腊,而他折回东京,就这样错开了。因此,没得到机会和他好好交谈。只是让我到雅典就给

---

① 整个时间、全职。

你打电话，说打电话就明白的。更详细的什么也没听说。”

“噢，原来如此。呃呃，怪不得。反正高兴能见到你。Well……I'm ha—ppy to mee…… t you.”

随即她再次“啪啪”拍我的膝盖。

一个念头掠过我的脑际：此人十分像我认识的一个人，并且不是像一个人，而是像几个人。倒是很难解释，总之感觉上就像把特定人物在特定场合采取的三四种特定行动组合在一起，尔后从各种略略不同的角度展示出来。看上去异常真切，而相距又异常之远——便是如此的像法。不过感觉绝对不坏。和她交谈起来，甚至涌起某种怀旧之感：这么看来，世界相当狭窄啊！

“德米特里是我已经分手的丈夫的弟弟。”她说，“离婚后我一直一个人生活，所以我们还同姓。德米特里么，这么小的时候就十——分了解他。呃——，所以提起房子。你是在找房子吧？”

“是的，是在找房子。”

好歹进入正题。的确，我们是在找在希腊居住的房子。

我提出所找房子的主要条件：

(1) 卧室两个。

(2) 带厨房和浴室。

(3) 带家具。

(4) 安静，以便写作。

条件大体如此。

“这个么……”瓦伦蒂娜沉思了好一会儿，圆珠笔在手里团团旋转，“安静、有两个卧室……唔，对了，斯派赛斯岛怎么样？

若是斯派赛斯，我的一个熟人倒是有座别墅。斯派赛斯可知道？”

斯派赛斯我大致知道。虽没去过，但晓得距伊德拉很近。伊德拉去过几次。大小合适，从比雷埃夫斯乘船也方便，而且没有每小时一班的观光船吵吵嚷嚷开来，应该不至于受到游客干扰。想必是个住在雅典的希腊人在那里拥有别墅、只是周末去一下的海岛，气氛上应当过得去。

“那是怎样的房子呢？”我问。

“我也在那里住过几次。倒不是很大，但实在是 beau——tiful。”瓦伦蒂娜这句话便是那时候说的，“而且附近还有 beau——tiful 的……”

瓦伦蒂娜从手袋里掏出便笺，用圆珠笔画地图。先画整个希腊的地图，总之这也是相当奇妙的地图。迄今为止的人生过程中，我有几次机会请几位女性画地图，遗憾的是画出准确地图的女性一次也没能遇上。这位瓦伦蒂娜也是往人世间散发这类不准确地图的种族里的一员。或者不如说——作为我不得不说——即使在那里头，她也属于症状严重的。

依照她的地图，希腊本土（即从马其顿至苏尼翁岬部分）状如细长的乳房，或呈犹如抓起烧焦的面饼一把撕开那样的圆锥形。伯罗奔尼撒半岛像扔一个皱巴巴的手套一样被无情地抛在左侧，将二者隔开的科林斯运河有多佛尔海峡那么宽（实际上仅一二百米）。这便是瓦伦蒂娜眼中的希腊。

“这是希腊。”瓦伦蒂娜把那该受天罚的地图朝我转来，“明白吧？”

“嗯，明白。”我无奈地同意。事到如今，有异议也无济于事。

“这样，喏，这就是斯派赛斯。”言毕，她在海上画出一个小圆圈，并在下一页画出岛的地图。岛——依她的地图——的形状如蘑菇横剖面。

不料后来买地图一看，岛的形状截然有别，港口位置也南北颠倒。何以出现如此大的误差呢？我猜想，原来她是把港口在海岛生活中的重要性迭加在地势重要性上，从而使得港的规模迅速地相对变大。令人伤脑筋的是，她全然未能把握上下左右、东南西北这一绝对位置关系。总之对她、或者对众多女性来说，地理整体面貌没有多大重要性。她们最为看重的是眼睛见到的丰富多彩的细部，细部印象越强烈，其地势重要性越成正比地膨胀开来。但那时我没就此深想，只是觉得奇怪：好一座形状离奇的岛！

画罢地图，她以画龙点睛的架势加进房子位置，脸上浮现出心满意足的表情点头欣赏。“我最最——喜欢这个岛！”叫罢，一口吻在地图上面，然后把那张纸递给我。地图上清晰留下她的口红。

被如此的偏爱和无知扭曲的海岛由口红盖了个漂亮封印。

至于她期待我对这富有激情的封印做出怎样的反应，当时我全然无由得知（现在也不得而知），姑且道谢接过地图，扫了一眼折起揣进衣袋，不再就这地图多想。

她开始介绍到达港口以后的情况。

“从港口到那座房子走路才十五分钟左右，”瓦伦蒂娜说，“风景漂亮的海滨路，走路我想是很开心的，不过行李多的时候最好搭出租车。岛上只有一辆出租车，如果找不到，可以坐马车，或者雇水上出租车也行。”

“好个悠闲的地方啊！”我说。

“当——然，悠闲着咧！”瓦伦蒂娜强调，“车都几乎不跑，岂非再好不过的写作场所？”

我被瓦伦蒂娜“车都几乎不跑”这句话强烈打动。唔，这不正是理想的希腊生活么？我想，美丽的海滩、无车的孤岛、宁静的日夜。（后来实际上岛一看，吵得我大伤脑筋。汽车固然不跑，但摩托多得不行，而且几乎全是没带减音器的低档摩托，从早到晚“乒乒乓乓乒乒乓乓”发出小孩子拼命用棍棒敲打铁皮屋顶那样的刺耳噪音，在岛上东奔西窜。老实说，比站在三轩茶屋十字路口还刺激神经。正因为周围安静，噪音也就更——让人气恼。但当时当然不晓得这么多。噢，没车？这可不错！有谁能想到什么摩托呢！）

瓦伦蒂娜在另一张纸上画出了房子周围示意图。

“超市啦邮局啦 OTE（电话局）啦，生活需要的东西去了港口一应俱全，餐馆什么的一家接一家，生活上一点问题也没有。不过，若嫌走十五分钟麻烦，房子旁边也有好多店铺。有小型超市（阿纳基洛斯经营）、有鱼餐馆（帕特拉里斯经营）、有咖啡馆（潘德莱斯经营）。鱼铺虽然没有，但咖啡馆里有渔夫聚集，可以直接讨价还价买鲜鱼。”

“地方看来蛮好啊！”我说。的确像是不坏。

“好了好了，下面看关键的房子。”她画出房子说，“就是这样两户相连的房子。旁边住的是房东塔基斯的妻弟哈里斯。哈里斯在雅典有房子，现在单身在这岛上的电话局上班，周末回雅典。他会说英语，有什么事还是方便的吧？”

"那怕是的。"我赞同。

最后她画出房子的结构。不知何故,较之她对房子外观和附近地理的熟悉程度,她对房子内部结构的了解却含含糊糊,难以信赖。地图也失去了一时的气势,没有对我多讲。花坛的花比门大得多(前面也说了,把自己喜欢的东西画得格外大是这一种族的特征),由此不难推断房间与房间的比例绝对不会准确。她为什么对房子周围如数家珍,而对房子内部却如此语焉不详呢?原因我无从得知。但这不是该由我追问的问题。作为我,只要能以合适价格在好位置租到好房子即可。

概括起来,她说的情况是这样的:一楼有客厅、厨房、浴室和小孩房间。二楼一半同一楼直通,一半是卧室。庭院若干。

问题有几点。首先,没有独立的工作房间(小孩房间堆满不用的家具);第二,没有浴缸(她说别墅里没那东西);第三,没安电话(她强调去电话局就行了);第四,房租决不便宜(他们要八万德拉克马。八万德拉克马在希腊是不小的数目)。

不过,和瓦伦蒂娜谈论海岛的时间里,我渐渐有了想住在那里的心情。再说另找房子也多少是个麻烦事。在希腊找房子是相当累人的。也罢,姑且住住看吧!不跑车,又安静。

我对瓦伦蒂娜说就住那房子,用支票先付一个月房租。事情就此敲定,简单得很。我们在希腊的临时住所就这样定了下来。

告别前瓦伦蒂娜把我领去附近书店,为我选了几本译成英文的现代作家的书(哪本都没什么意思,读到中间不再读了,抱歉)。在书店门前她从一个卖炒栗子的老伯手里买了一袋炒栗子。每到10月,雅典街头到处是卖炒栗子老伯的货摊,满街都是炒栗子香味儿。她大概同那老伯相识，一起聊着什么。她笑，老伯也笑。

“就用这个给儿子做午饭。”瓦伦蒂娜对我说。

用炒栗子到底能做什么午饭呢？对此我本来极有兴致，遗憾的是她似乎很急，没能问成。午饭时间快到了。看样子，让儿子饿肚子对她来说是比什么都难受的事情。我们就此告别。

“好好——受用好了，”瓦伦蒂娜说，“实在是个 beau——tiful 的地方！”

“多谢您的关照。”

瓦伦蒂娜翻卷着如原色蝴蝶一般色彩艳丽的裙裾，消失在雅典的人群之中。后来在电话中交谈过一次，但再未相见。

斯派赛斯岛

抵达斯派赛斯岛

就速度来说,从比雷埃夫斯到斯派赛斯乘水上飞船最快,花普通渡轮所需时间的大约一半即可到达目的地,的确节省时间。但是,票价也贵,是普通船的两倍。而更主要的是缺乏情调。声音吵得要死,上甲板来个日光浴都不可能,外观也够难看的。就像过去看过的电影《海底两万里》中的鹦鹉螺号①,那种落后于时代的前卫造型,俨然性情乖戾的水生动物一般忽然伸脚在海面突飞猛进的光景,总给人一种不快之感,至少与旅人的心情相去甚远。

这令人忍无可忍的水上飞船好歹驶入斯派赛斯岛的港湾时,但见码头上所有建筑物外墙都给白色的幕布遮得严严实实,就连人家的阳台、宾馆的窗口和餐馆的门都垂着幕布。三角小旗齐刷刷排开。随着飞船渐渐靠岸,幕布上的希腊字母看清楚了,写的是ΠΑΣΟΚ和NΔ之类,乍看颇像村庄里插着旗帜欢闹的秋季庙会,但究竟什么意思我们全然摸不着头脑。这以前在希腊转了很多城镇,却从未见过这等光景。

"嗳,那到底写的什么?"老婆问我。

---

① Nautilus,美国海军核潜艇,1954年建成,1980年退役。以1958年潜越北冰洋抵达北极而闻名。

“什么呢……呃，ΠΑΣΟΚ、ΝΔ……后面好像是人名。”

“不是搞什么宣传？”

“不会，我想不是的。宣传无论如何都搞不到这个地步。”

两人抓耳挠腮思来想去，找不出合适的解释，最终大体得出结论：大概是某种地域性庆祝活动。但不管怎样，我们来到了斯派赛斯岛，往下至少要在这里安营扎寨一个月。

岛的第一印象绝对不坏。海湾里有个不大而工整的港口，后面有个不大而工整的镇。镇后面有丘陵，有山。山上现出白色的教堂，覆盖着松树、丝柏和橄榄等浓淡不一的绿色，作为希腊岛是很少见的。大海染成湛蓝色，云絮白得彻底，天空蓝得透澈，甚至寥廓。一只海鸥缓慢而潇洒地划过天空，就像在欣赏飞行这一行为。水上飞船马达停止后，传来耳畔的惟有船头切水的飒飒声。依瓦伦蒂娜的说法，风景实在够 beau——tiful 的。

※

在斯派赛斯岛下船的人相当不少，扛着大型背囊的外国游客偶尔也可见到，但因为旺季差不多已经过去，数量不是很多。乘客大半是希腊人。这些希腊人粗线条说来可以分成两类：(1)从哪里来的希腊人，(2)从哪里回来的希腊人。

属于(1)的希腊人大体衣着得体，不是情侣就是一家老小，估计是来别墅度周末的。这类人手上全都拿着一本什么书。坐在我前面座位的太太领一条很乖的小狗，正在看译成希腊语的阿瑟·黑利的《大饭店》。旁边一个身穿超短裙的可爱女孩一边喝热咖啡(船上有服务生端送饮料)一边看大约是希腊版的《ELLE》之类时装杂志。这些人周围充溢着上中产阶级（upper-middle）城里人特有的安详氛围。身上是住几宿用的简单旅行包、太阳镜、金手镯、威尼顿毛衣和索尼随身听。

相比之下，属于（2）的人们感觉上都那么单纯爽快、生机勃勃。俨然“希腊左巴”①的老伯和气色好的老婆婆们满抱着想必是在比雷埃夫斯或雅典买的货物“扑通扑通”下到码头。他们是真正的平民，我把他们称“左巴系希腊人”。

另外也可见到穿肥肥大大的黑色僧袍（称之为“拉索”）、蓄着长须、神情甚是庄重的僧侣。不知这僧人到底买了什么回来，一手提一个纸壳箱，而且似乎很重。一个四十光景的中年妇女在舷梯口同前来迎接的小男孩（可能是她儿子）紧紧抱在一起接吻，以致其他乘客下不了船。船上的乘务员到底喊了一声：“太太，挡住人了，请让开那里！”船上一个左巴老伯以大得令人吃惊的声音朝码头上一个左巴老伯喊道：“**喂——，科斯塔，你好吗？**”

也有拉客的。蛮有知识分子味儿，表面上看不出来。一个感觉上像伍迪·艾伦的细高个中年男子，身穿鳄鱼牌运动衫，戴一副雅皮式黑边眼镜。但无论运动衫、眼镜还是他本人都有些神情劳顿。他一个接一个拉住仿佛旅行者的外国人，用英语或德语问今晚住处定了没有。港口广场一共排列着六台马车（瓦伦蒂娜所言不差，确有马车），车夫向人们打招呼：“哈啰，

---

① 希腊作家尼可斯·卡赞扎基斯（Nikos Kazantzakis，1883—1957）的长篇小说《希腊左巴》里的主人公。此部作品写于1946年，为作者的代表作，被译成多种文字。

请!”广场四周咖啡馆栉比鳞次,人们一边喝咖啡看报纸一边打量下船乘客。

还有狗。椅腿下面两条褐毛狗“骨碌”倒在那里再也不动,活着还是死了全然看不出来。这也不限于斯派赛斯岛,乃是整个希腊日常性光景,我称之为“死狗现象”。总之希腊的狗在炎热的下午都这样像石头一般睡得死死的,端的纹丝不动,甚至气都不喘(看上去)。就连希腊人都好像极难分辨出这种“倒地狗”是死是活,几个希腊人围着倒地狗,皱着眉头认真讨论狗是活着还是死了,这光景我见过几次。我想用棍子捅一捅即可见分晓,但不知人们觉得狗被叫醒太可怜还是怕被狗咬,没有人那样做,只管定定地看着争论是死是活。狗自是闲着,人也够闲的。

拉客的鳄鱼男(恐怕是一家寄宿式小旅馆的老板)来到我身旁问:“今晚住的地方定下了?”

“定下了。”我说。

“哪里的旅馆?”

“不是旅馆。”我说,“准备住克努皮查的达姆迪罗普罗斯的房子。”

“原来是克努皮查的达姆迪罗普罗斯的房子,”他歪了歪头,“你晓得那房子在哪里?”

“不晓得。”(瓦伦蒂娜没有告诉我房子地址。这是因为,岛上不存在地址这个劳什子。“去了自然知道。”她说。)

“那,我帮你打听一下。”对方说。为人甚是热情。

“喂,喂——,伊雅尼!克努皮查的达姆迪罗普罗斯的房子在哪里知道吗?”

被称为伊雅尼的头戴鸭舌帽的左巴赶了过来(希腊男人的名字大约一半叫科斯塔、伊雅尼或吉奥哥斯)。他也歪了歪头,抱歉似的说:“克努皮查的达姆迪罗普罗斯的房子?我也不知道啊,这个。”

这当儿,旁边一个看样子精力充沛的中年妇女插嘴道:“什么,谁的房子?克努皮查的达姆迪罗普罗斯的房子?”不过她不知道房子位置。这么着,附近一个又一个左巴加入话题,结果范围迅速膨胀。而且大家七嘴八舌地表示:“克努皮查的达姆迪罗普罗斯的房子?”“没听说过啊!”“会不会是那座房子呢?”“问问那家伙不就清楚了!”就是说,这么一点点事都可以使大家情绪高涨。我切切实实感到自己是来到一个悠闲或者说得闲的地方。

问题是尽管情绪如此高涨,但克努皮查的达姆迪罗普罗斯最终也没搞清。鳄鱼男对我说:“克努皮查的达姆迪罗普罗斯的房子倒是不知道在哪里,不过反正到了克努皮查一问就可以的。到了那里自然有人知道。”

我说那好。本来一开始就想那样做。

他劝我坐马车去,并帮我找了一台马车——人很热情。他告诉我:“付费可别超过二百德拉克马,马车费有那个规定。”

不料到克努皮查时,我不得不付四百德拉克马。车夫说东西重得要死,得付特别费用。我未尝不可以按鳄鱼男的话正色说少开玩笑,但东西的确够重,马也在上坡路上气喘吁吁(没准是表演),再说车夫又给找到了房子——也罢,就付了四百德拉克马。但不管怎么说,差了二百之多。

弄清我们最初进港时看见的四处垂挂的幕布上的名堂是在那天傍晚。那天是星期天,大凡副食品店都不开门,我们只好去港口附近的酒吧式餐馆吃晚饭。打开菜单,挑了当日的“鱼料理”和煮菜豆,要了白葡萄酒。

“对不起,今天不上葡萄酒。”女主人显得十分歉然。

我听了打心底吃了一惊,惊得声都出不来。没葡萄酒?希腊餐馆没葡萄酒?这简直等于进了日本的寿司店,被对方告知“对不起今天酱油没有了”。

“没葡萄酒?”我以干巴巴的语声问。

“噢,今天不是那个吗,”说着,她手指幕布,“所以不能上酒。”

突然听此一句,也还是全然听不明白。那个是什么,到底?

“那个是什么呢?”我问。

“今天是全国统一地方选举投票日,所以全国任何餐馆都不得上酒类。葡萄酒也好啤酒也好威士忌也好白兰地也好乌糟①也好,统统不成。法律这样规定的。”

原来那些幕布全是选举用的。报纸上是说选举马上开始,问题是选举怎么就不能喝酒呢?我就此问她。

“喏,希腊人每有选举都容易激动的嘛!全都哇哇直叫,如果再有酒上来,说不定就闹出人命来。所以酒精类遭到禁止,一滴都上不得的。”

也是因为闲着,她很耐心地对我解释一番。

---

① Ouzo,一种希腊产的用大茴香籽调味的低度混合酒。

“不过么，”我说，“我们是外国人，同选举全不相干，警察不至于因为我们喝点酒就来说三道四吧？”

“唔——，那倒也是。”她说，“特意来希腊一次，喝不成葡萄酒也够可怜的了。OK，给岛上的警察打电话问问，等一下。”

但最终那天我们未能捞到葡萄酒。警察的回答是：外国人也好外星人也罢，今天一律不得供酒。无论哪个国家，警察都是照章办事的。没有葡萄酒的晚饭是何等索然无味，这点不来希腊是体会不到的。

这就是我们在斯派赛斯岛第一天发生的事。没有葡萄酒的晚餐。往下可如何是好？

海岛淡季

我们来岛是10月过半的一个周末。换句话说，是旅游季节最后的周末。“这个时候还勉强可以下海游泳”——人们说的底线也就在此时。实际上这个周末是我最后一次见到下海游泳的人的身影。

走到距港口很近的一处不很大的海滩一看，三十来个游客身穿泳衣躺在沙滩上，几个活蹦乱跳的孩子们进水游泳或打水仗。阳光虽然暖和，但风到底挟带着凉意，很难让人下到海里去。大家只是歪在沙滩上静悄悄晒太阳。男士穿一条小而又小的泳裤，女士有百分之七十整个亮出胸部，争取在冬天到来之前尽可能多一点吸收阳光。所有人的神情都十分严肃认真。我心想日光浴来得轻松些有何不可，然而这些人（猜想大半是特意从北欧来此寻求希腊阳光的）对于太阳相当认真，气氛就好像是太阳能电池式电动剃须刀们聚在一起举行兼作充电时间的信仰表白集会。

当地左巴系希腊人三三五五从旁边走过。因通往城里的公路紧贴海滨，他们每次走过，都左一眼右一眼几乎毫无顾忌地盯视妇女那朝着初秋太阳挺起的乳峰。

有趣的是，面对女人们在沙滩上解开游泳衣"哗"一下子、或者"哗啦啦"、"啪啦啦"亮出乳房这一行为——我也想不出更贴切的形容词——游客们并没有贼溜溜地打量，甚至斜眼瞟一下的都没有。游客当中有一种共识，认为那么做是非常不礼貌的，拍照就更不用说了。所以，就算身旁有女人大模大样亮出乳房，男人也都一副丝毫不以为然的样子。我个人称之为"爱琴海规则"。具体地说，来到爱琴海以后，（A）女孩子心想反正是爱琴海，这么做理所当然，遂以习以为常的手势暴露乳房；（B）男人也做出视而不见的神情，就好像说毕竟是爱琴海，那么做也无所谓。当然，偶尔也会用眼角斜瞥一眼，但即使那种时候他们也显得从容不迫，仿佛在说这东西见得多了。此乃基本规则，从容才是至关重要。并且作为实际问题，在希腊住久了，对乳房之类的确习以为常，一旦习以为常，也就见怪不怪了。我这倒不是自我卖弄。

不光女孩子，若走去岛里边什么人的海滩，脱去泳裤裸露下半身晒太阳的男子也常可见到。甚至有女人一丝不挂。这个我也做过一回，心情确实不坏。世间有"阴部"这一说法，但整个沐浴着阳光，也就无所谓“阴部”了，不就是身体一部分么——对此理解得相当深切。

总之，在希腊海岛沙滩上依照“爱琴海规则”袒胸露乳的女人横躺竖卧，男人们在其周围只管以熟视无睹的神情看书。不过自不用说，这样的规则也好，不成文的规定也好，对左巴系希腊人是行不通的。倒也不是说他们劝诱游客：“希腊是个好地方，在海滩露出乳房也无所谓。”也不是说他们的太太和女儿在日常生活中袒胸露乳。或者不如说希腊乡下人宗教影响很深，这方面非常保守。众目睽睽之下肆无忌惮地暴露乳房的，不过是蜂拥来到希腊的美国人和北欧人罢了。所谓“爱琴海规则”云云，同左巴们是毫不相干的。既然露乳房是自由，那么看乳房也是自由。

这么着，左巴们经过时对裸露的乳房看得相当投入。话虽这么说，但感觉上其视线中不含有多少性的色彩。莫如说是出于纯粹的好奇心（倒是不能称为科学好奇心），我觉得。我无意为左巴们辩护，毕竟他们的好奇心太强了，很难对那一带比比皆是的乳房完全不理不睬。我们走路过程中若见有人聚堆，也会伸长脖子窥看——二者同一道理。因此，女孩子们倏然感觉到有放肆的视线落在自己乳房上而抬起脸时，对方若是左巴，也只好作罢——“得得，又是左巴，没办法啊！”

不过，我目睹地中海如此场景只是一瞬之间。那个周末（那是个正好用来欢送旅游旺季最后一天的理想的地中海丽日晴天）过去而10月也过半之后，海滩人影急剧减少，从船上下来的游客愈发稀落，酒吧或餐馆也开始空空荡荡。如此这般，海岛真正进入淡季。一句话，我们是在大家往回走时赶来的，真是好事得可以。

※

岛上的淡季以相邻海滩上排列的酒吧式餐馆的关门停业为标志。一如山国之春始于遥远的雪崩声,海岛之秋则始于酒吧式餐馆收拾桌椅的乒乓声。关门首先从远离小镇的海滩开始,就像 1945 年的柏林攻坚战,前线一点一点朝中心部位接近,某一日彻底偃旗息鼓。剩下的只是“尼科斯餐馆”和“海豚餐厅”等招牌、钉上木板的窗口以及垂着苇帘的屋顶。还有无家可归的狗——希腊岛上丧家犬何以如此之多呢——依循夏日的记忆,在现已不复存在的想像中的餐桌四周晃悠悠转来转去,鼓动鼻孔徒然搜寻食物的余味,心想投给肥肉和鱼头的友好而出手大方的游客怎么一忽儿跑光了呢? 我告诉狗:休假结束,都回家去了,现在都早早起来或上班或上学了。但狗当然不懂,不可能懂的。狗所能隐约理解的,似乎仅仅是美好的季节已然结束。

这样,夏日期间把游客运来岛内片片海滩的破烂大巴(岛上仅有一辆)也随着酒吧式餐馆的关门大吉而寿终正寝。多的时候有十台之多的马车在 10 月末也减为两台。秋冬之间大巴留在岛上丝毫派不上用场,遂用渡轮运去本土,淡季作为普通通勤大巴在本土好好劳作,春天来时再返回海岛。我目睹了这辆大巴被装上渡轮运往本土的情景,总有些令人悲从中来。

马车是在时不时去郊外散步时在农家院前见到的。拉车的马拴在附近的树上,以柔和的目光自得其乐地吃着干草,一副“好好,总算可以休息些时日了”的样子。车夫——其中估计有从我手里抢去四百德拉克马的那个人——想必重新干回农夫老本行，在山地里栽培橄榄、西红柿和茄子等等。

接下去，似乎专门做外国旅行者生意的漂亮（当然是在比较意义上）店铺也慢慢察看着周围的动静开始关门。一般酒吧、像模像样的餐馆、快餐店、迪斯科舞厅（回荡着约翰·特拉沃尔塔魂灵的那种劳什子）就这样一个接一个消失不见了。

到了这时候，周围开始漂浮起这样一种氛围：结束了结束了，往下可以放松了！毕竟旅游旺季周末也没有、午睡也没有，一味劳作不止，没什么好留恋的。他们夏天拼命劳作，冬天尽兴游玩。宾馆也同样歇业。一时差不多有十家宾馆如同退潮一般“啪哒啪哒”接连关门，10 月尾声，剩下的只有一家小型的，而且也是一副不得不应付的架势。

从海上吹来的湿润的北风摇颤着电线，将不吉祥的乌云运往遥远的克里特岛那边。我心里涌起阴暗的疑念便是在这种时候：莫非我所做的全不对头？莫非我该去更为不同的地方？

但是，面对如此萧条景况是进入 11 月以后的事，10 月下半月还多少有些生活的余裕。说是旺季活气的尾声也好、余韵也好，反正尚可受用这方面的气氛。店铺和餐馆也还尽量开着，风平浪静的暖和日子也尽可在海滩享受阳光。游客几乎没有了，甚是舒心惬意。假如有人想在希腊海岛上住一个月，我想推荐 9 月至 10 月中旬这一个月。此前嘈杂得犹如原宿竹下大街；此后么，从观光角度看来，来希腊的意义无限接近于零。冬天特意来这种地方的，不是特别好事之人，就是盯上淡季低价（低的确是低）的小说家之类。

※

希腊许多岛屿如同《白日美人》中的德娜芙[1]具有两副截然有别的面孔。一副是从复活节至10月中旬旅游旺季面对外国旅游者的浓艳面孔,一副是其余时间即淡季仅仅自己人在一起时的真实面孔。由于差异太大,只看其中一副恐怕很难想像另一副,我觉得。

首先气候不同。下面,我从一个叫约翰·鲍曼的人写的旅游指南《爱琴海诸岛》中引用一段关于气候的记述:

"我想向读者强调两点:(1)爱琴海诸岛不是热带海岛,(2)屡有强风吹来。一年之间,6月至8月天气连续晴好,多数人往往因此怀有此地乃常夏乐园的误解。但请看一下另表(※年间气温表)。尽管各岛之间多少存在误差,但有一点可以明确断言:10月至4月爱琴海基本无人游泳,11月至3月一般人不会考虑在岛上度假。"

记述简明扼要,关于岛上气候没有任何可以补充之处。不过——也许我啰嗦——没有实际来过希腊海岛的人,我想怕是不会理解其淡季的难受和凄凉的。明白和理解是两回事。

就我来说,秋冬的希腊海岛并非温暖气候这点自是晓得的,平均气温也查阅了,毛衣和风衣当然也准备了,也做了相应的思想准备。然而在秋日海滩迎来第一场北风时,10月25日瑟瑟发抖地往火炉里投第一根柴火时,我还是不由这样想道:

---

① 法国女电影演员(Catherine Deneuve,1943—)。《白日美人》是其代表作之一。

喂喂,这到底算什么呀? 难道这就是希腊?

过去来希腊总是在夏天,而只来过夏季希腊的人是想像不出冬天如何的。实际见到这种无法想像的落差时,我强烈地感觉到超乎现实的冰冷。目力所及,一切都让我们心里发冷,一切都使我们这一存在发生动摇。海滩堆积的冲浪用的帆船令人联想巨大的水母骨骸。空无人影的山丘上,写有"蓝莓山(BLUEBERRY HILL)骑马俱乐部"的大块招牌在风中"咔咔"摇颤,现已毫无用处的大巴站标如倒地的伤兵躺在路旁,巧克力包装纸发出"飒飒"的响声被风刮走。

人口也陡然减少。当地人原有人口为三千左右,但夏天由于"别墅族"和旅游者蜂拥而来,人口约增加一倍。而旺季过去之后,岛又转眼之间门可罗雀。散步路上也可一眼看出不少房子空空荡荡,海滩附近甚至出现幽灵城(ghost town)。

早晨我大致沿着海岸线慢跑。一旦出镇(转眼就出镇),往下很难见到人影。无论怎么跑,一路上都是漂亮得不由令人屏息的绵延不断的松树林——不过因每天都看,便一一屏不过来了。在林中时而碰上猎人。说是猎人,也并非专业猎人,不过是附近的老伯扛枪打猎罢了。一条双耳下垂的狗跟在身后。这样的人每次看见我都瞠目结舌(东方人何苦在这种季节一大清早就在山里跑?),尔后回过神来,精神抖擞地大声寒暄"加里梅拉(早上好)"。如此卖力寒暄的民族,找遍全世界我想也不易找到。在寒暄劲头上,希腊人首屈一指。

除了猎人,偶尔也可见到用电锯锯松树的人。这也不是专业樵夫。是镇上的普通人前来弄木柴准备烧火炉过冬。我想这在法律上怕是禁止的。因为,如果全都擅自砍伐山上的树拿回家去的话，山很快就会光秃。但人们全都这么干：小拖拉机上装着电锯开到山上，锯了树拉回。四下里到处都是电锯特有的呜呜声。是的，冬天近在眼前。

跑了一阵子，眼下现出小小的村落。绿色的松林和蓝色的大海之间，几座工整的白色房子肩并肩靠在一起。有白色的海滩，有简单的码头，有酒吧式餐馆，其前闪出圆顶教堂。赏心悦目的景致。但这是被遗忘的村落。房子是别墅，餐馆是来海滨游泳的旅行者用的，而这一切都随旅游旺季的结束而告终。别墅窗口落着结结实实的铁叶窗，餐馆连招牌都没了，大概经营者担心被盗而拿回家去了。近门处扔着一把缺腿的椅子。一把涂着爱琴海蓝色的木椅，漆已剥落得不成样子了。惟独这被抛弃的椅子还隐约漾出夏日的记忆。

这种夏季用的小村落(Resort Colony)宛如小卫星一般点点环绕在镇的周围，然而都随着秋天的来临而无一例外地化为幽灵城。这样一来，岛上的人口势必集中到镇里。岛的另一侧只有一座渔夫住的小村，山里生活着几个牧羊人，数量微不足道。从镇中心不管往哪个方向，不到十五分钟，房舍就掩没于松树林或荒地之中看不见了。长着浑身带刺的灌木的沙石地上有人在放羊。这样的不毛之地上到底有什么可吃的呢？我很有些担心。然而羊们“叮铃铃”摇晃着铁铃，在一个又一个石场间频繁转移，寻找可怜的白褐色植物。羊群中有生着漂亮长角的黑脸公羊，以威慑性眼神环视四周——由它统率并保护羊群。我沿路走近时，它猛地扬起脸，晃动两三下双角，拉出向我冲撞的架势，仿佛说再靠近我就收拾你！母羊们不再吃草，聚在公羊身后藏起。

时不时可以看见开始崩塌的寒伧的小屋。料想是牧羊人小屋,但已全然感觉不出生活气息。前行不远,石山顶上又有一座教堂。很小的教堂,仅有大巴那么大。究竟有谁会特意跑来这山顶教堂呢?匪夷所思。

过了山再往前行,有一座大修道院。修道院四周围着白色高墙,爬上杉树夹裹的长长的坡路,来到镶有漂亮的马赛克画的门前。一扇很大的黑门,关着。马赛克画以拜占庭风格画着几个圣人。色彩艳丽的九重葛花围着门盛开怒放,四下鸦雀无声。试着"咚咚"敲几下黑木门,毫无反应。但在我转念要离开时,一个蒙着披巾样面罩的修女走出,悄声低语告诉我什么,然后在眼前摆了摆手,脸上一闪浮现出云间阳光般平和的微笑,重新把门关上。想必是说不允许参观。

无奈,我坐在门旁石头上,闭目合眼,侧耳倾听。即使在万籁俱寂之中也可多少听取世界的动静。细微声响的聚集。首先是羊脖子上的铃声,其次是牛的叫声——好像是修道院里饲养的。也有远处传来的轻便摩托车的喇叭声。哪里的教堂响起钟声。东正教堂常在莫名其妙的时刻以莫名其妙的方式响起钟声。狗朝着什么叫。有人扣响猎枪。1 点半的渡轮拉响进港汽笛。于是我再次意识到自己置身异国,得知自己处于异质人们的活动的包围中。我访问外国时,通过声音往往最为敏锐地认识到其异国性,觉得那里有视觉味觉嗅觉皮肤感觉等其他感觉所捕捉不到的什么。我坐在哪里让自己的身体沉静下来,把周围的声响深深吸入耳中。旋即,它们——或者我自身的——异国性就如柔软的泡沫一般忽一下子浮现出来。

从山丘上俯视，可以从杉树尖的空隙看到渡轮的姿影。绚丽得近乎完美的秋日阳光使家家户户的屋顶都闪着金辉，已经关门的波西德尼奥宾馆显然高出一截的圆顶上蹲着两只面朝同一方向的雪白的海鸥。一个十分祥和的午后。风也罕见地没有。

镇上，人们继续做过冬准备。可是我（外国人的我）全然不知如何是好。归途中本想走进哪里的咖啡馆喝杯啤酒，却哪里都不开门。

老港

睁眼醒来，窗外舒展着久违了的晴空。夜雨的痕迹在邻家屋顶上闪闪生辉。天空就好像夏日再度归来一般飘浮着轮廓清晰的白云。蜜蜂在院子里的绣球花上发出倦慵的振翅声飞舞。院墙外面传来老太婆们互问早安的语声。哪里鸡鸣，哪里狗叫。一个神清气爽的早晨。几天没有看到如此温暖的太阳了呢？何况今天是星期六。

其实，星期六、星期天都几乎和我没什么关系。在日本时都没什么关系，来希腊海岛就更加不相干了。星期二变成星期三也好，星期四变成星期一也好，怎么都无所谓。就算周末同我们有什么关系，也不过是周末银行休息、不能把旅行支票兑换成现金罢了。

想到这里，有什么一脚踢飞我的注意力围墙。那是什么呢！

旅行支票！

“糟糕！”我对老婆说，“今天是星期六，就是说，不到星期一是不能兑换现金的。”

我们收拾好院子桌上的早餐碟盘，清点钱夹的内容。我手头上的钱是一千五百德拉克马，她手头是二千五百德拉克马。把衣服口袋翻个底朝天，搜出零币，以日元计算总计也才四千元。把美元、德国马克和意大利里拉合在一起，倒是为数不少，问题是岛上的商店不接受那些东西，而信用卡在这里不外乎一张塑料片。必须用手头上的现金把星期六和星期天两天应付过去。

不过，情况并不那么富有悲剧性。为什么呢？因为三千德拉克马足可以购买两天的食品、两瓶葡萄酒和半打啤酒，且还有找零。回想起来，这以前更为险恶的状况我们都度过了好几回，年轻时候我也差不多身无分文地旅行过，相比之下，这回实在算不得什么。

但妻不这样去想。

“不是这样的问题。”她扳着脸说。她视为问题的，对了，是原则。

“知道。”我说。

“知道什么？”

“所以说你当作问题的是原则吧？就是说——”

“我当作问题的，”她像要一把推开我的抢先发言似的说，

"是你那种马虎大意。星期五必须把钱换好是原则对吧?你却马上忘去脑后。为什么不能像普通成年男人那样把这种事一一处理妥当?"

对此我什么也没说。我无论如何也不认为自己能像普通成年男人那样把一切处理妥当,小心翼翼地度过一生,再说没注意到周末到来的责任她也有一半(或者30%,抑或再退一步,算20%)。但这种话说出来势必没完没了,于是我默不作声。我在婚姻生活中学到的人生的秘密即在于此,并且请不知晓的男士牢记在心:女性并非因为有想生气的事才生气,而是因为想生气才生气。她想生气的时候若不让她充分生气,往后会难以收拾的。

在我们的婚姻生活中——在任何人的婚姻生活中我想恐怕或多或少都是如此——争吵的模式总是固定的。就算开始的形式有所不同,收场也每每相同。在这个意义上,或许可以说夫妻争吵同系列电影片大同小异,一如史泰龙的《洛奇》。结构不同,情节不同,场所和对手不同,战斗的动机和战术也不同,但最后镜头如出一辙,并且背后回响的总是同一音乐。

我们争论的模式大致如下:

(A) 总的说来日常生活中我是个粗疏、邋遢、马虎之人。就算出现什么问题也趋向于认为"总有办法可想"。若无法可想,那的确是无法可想了。

(B) 相比之下,妻在日常生活中有些神经质,一点点混乱都难以忍受。事情考虑得很远很远,对相应的可能性事先做好准备,否则就为之不安。

(C) A与B之间差距实在太大,往往形成精神上的无人地带。

这个星期六早晨我们围绕兑换现金发生的争吵(准确说来我想不能称为争吵),自始至终沿袭的都是这一模式。显然是人生观、世界观上的差异,其中存在几千辆推土机也无法填平的宿命式鸿沟。我身后站立的类似希腊悲剧Khoros(合唱团)的一伙人唱“说到底人生就那么回事有什么办法呢”,妻身后的Khoros则唱“不不,向宿命开战乃人类天职”。而且我的Khoros总是比她的声音略小,士气也不够。

※

不过午饭前妻情绪好了起来。天气好的日子,她没办法长时间气急败坏。午饭我们吃了淋上番茄汁的意大利面条和花椰菜色拉,饭后散步到老码头。从住的房子到老港走路约三十分钟,距离正好用来作晴朗午后的散步。穿过小镇,翻过一道山梁,静静的海湾在眼前舒展开来,犹如被时间河流遗忘而迷迷糊糊打瞌睡的海湾。这里是斯派赛斯岛的老港。一如名称所示,曾作为全岛的中心港口热闹过,但进入轮船时代以后,由于水深和面积不够而将地位让给了新港。现在这里只是作为游艇停泊地而勉强维持命脉。

老港是个极好的场所,我喜欢来此散步。寂寂无人的平静的港湾里停泊着五六十只大大小小的游艇,桅杆“咔嗒咔嗒”发着干涩的响声,如卜签一样不规则地摇摆不已。晒黑的船员把在那一带店铺里买的袋装食品拿上艇去。码头向阳的地方一只黑猫弓身睡得正香。艇尾飘舞着显示各自国籍的旗。当然,蓝地白十字希腊旗不管怎么说都占多数。此外有意大利旗，以及英国、德国、瑞士……

沿港一条弯路上旁排列着餐馆和咖啡馆，感觉都很不错，可惜全部依例关门。原本打的就是游艇旅行者的主意，夏天一过立即收摊。远处岬角尖端现出雪白的灯塔。就在灯塔下面，一只大概是触礁废弃的货船很不安稳地浮在水面，近乎大胆地大量掺入绿色的艳蓝艳蓝的水面同藏青色的货船船体以及白云交相辉映。不见人影。似乎补充完食品的游艇扬帆出港之后，四下里就再无人影。

一直前行，在有灯塔的岬角底端可以看见几家造船厂的形影。说是造船厂，但并非什么了不得的东西，不过两三个工匠在"叮叮咚咚"地用手工造木船罢了。大多是当地渔民去不远的海湾撒网用的小船，但也有足足超过十米的大船，有类似屋顶形画舫的顶篷，看样子是能坐二十人的观光船。

看他们造船的工序极有意思。细看之下，造小船和造大船工序完全相同，简单说来和折纸鹤差不多，无论大纸鹤还是小纸鹤，折的顺序都一样。先为船底做一根堪称船之脊梁的壮壮实实的柱子，再把肋骨穿插进去，然后从里外两侧钉板，把肋骨固定住，最后四周镶上厚船舷。原理十分单纯。单纯而有说服力，看的过程中不由点头称是，心想这就是船的本来面目。建造中的船全都涂成橙色，船头立一个十字架。只以脊梁和肋骨形象放在台上的船竟给人一种安谧的印象，不可思议。

我们终于发现一家仍在营业的咖啡馆，坐在外面椅子上点了生啤和冰淇淋，一边晒太阳，一边眼望天空中飘移的云，或逗路上走的狗。在希腊生活一段时间，我们身上开始有了一种能力，使得我们能够长时间怔怔注视什么而不感到无聊。因为此外无事可干。

“这一带造船厂够多的。”老婆吃着冰淇淋说。

“岛上有木材，所以过去造船业就很兴旺。17、18 世纪靠了造船业，这座岛成了希腊屈指可数的富岛。”我解释道。当然，这是来自旅游指南的现买现卖。每到一处我都认真阅读那里的旅游指南。“那时候，这老港周围一排排全是大造船厂，一个劲儿造大船。”

“大？能大到什么程度呢？”

“有供给商船队在美洲和希腊之间往返，应该是相当大的吧。岛上住着几个那种商船队的老板，互相争强斗富。以现在说来，就是奥纳西斯和尼亚克斯那样的感觉。当时，这座岛一来从位置上说作为贸易中心也很重要，二来有良港，可以说所向无敌。当时比雷埃夫斯不过是个海边寒村罢了。”

灯塔上方有状如海豚的云絮漂移，货船一动不动蹲在那里，似乎要把世界上所有的时间和声音吮吸进去。

“说起来话长，”我大致强调了一句，但时间当然不是问题，这里时间多得几乎腐烂变质。“就是说，这座岛的商船队不仅仅是商船。为什么呢，因为当时的地中海到处都是海盗，动不动都打起来，妨碍船的自由航行。拿破仑时期还有英国实行海上封锁。为了与之对抗，商船队开始在船上装备武器进行自卫——就像是个人拥有的海军。那时候斯派赛斯岛的商船队以打破封锁的英勇行为而威名大震。1821 年爆发反抗奥斯曼土耳其帝国的希腊独立战争时，这支船队在同土耳其的海战中发挥了极大作用。就在那里的海湾——”我指着灯塔所在的岬角尖端,“土耳其舰队同岛的舰队一决雌雄。伯罗奔尼撒半岛发生叛乱,纳夫普利翁的土耳其守备队被希腊军包围,土耳其军赶去救援。但从陆路由科林斯开往纳夫普利翁的军队在阿尔戈斯一带受阻。”

“阿尔戈斯……就是上次去过的脏兮兮黑乎乎的小镇?”

“总之在那里土耳其军吃了败仗,无法继续前进。这样一来,就只剩下海路。于是由八十艘战舰组成的大舰队驶向阿尔戈斯湾。岛的舰队在此迎击。1822 年 9 月清晨,两支舰队正面交锋,就在那里的海峡。”

我又要了杯啤酒。等啤酒的时间里又往触礁的货船望去。

“那么哪方胜了?”

“说实话,战斗几乎没有发生。”我喝了一口新端来的啤酒回答,“土耳其舰队刚拐过那个角露头,血气方刚的海岛舰队就‘哇’一声扑来,吓得土耳其人仓皇逃走。土耳其舰队只沉了一艘。本来,希腊军司令打算把土耳其舰队全部引过来一举全歼,但留岛家人惨遭杀害的船员们忍无可忍地冲了出去。因为土耳其军出于儆戒的缘故,把途中路过的岛上的妇女小孩全部斩尽杀绝。”

“可为什么土耳其军不战而逃呢?不是很大很大的舰队吗?”

“就数量来说。”我说,“但总的说来土耳其这个国家是以陆军为主的国家,原本不擅长海战。相比之下,希腊人在海上要顽强得多。况且这座岛的水手当时就以英勇善战出名。例如当时战法之中有一种叫‘火攻’。如何火攻呢?就是在容易掉头的快船上装满火药,让它紧紧贴在敌舰身上,然后点火,人跳海逃走，结果船和敌舰一同爆炸。这是这座岛的海军的拿手好戏。这种无比危险的把戏时常由斯派赛斯岛的水手表演。土耳其人对此也很清楚，所以一见船影就吓得逃之夭夭。总之，这斯派赛斯海湾的胜利给全体希腊人增添了勇气，不久希腊就取得了独立。这段时间可以说是此岛的全盛时代。”

“那，还要问回最初的问题，”老婆说，“为什么萧条到这个地步了呢?”

“岛一落千丈的原因之一——刚才也说了——在于岛上的人投身独立战争过头了。他们积蓄下来的资本和财富全部投入战争，使得自己无法从这场创痛中恢复过来。”

“你说，那不是太过分了? 岂不是没有正义什么也没有了?”

“这就是人世，”我说，“这就是历史。”

“不得了!”她愤慨地说。《小公主》①那样的故事是她最喜欢听的。

“不过这不是唯一的原因。”我说，“第二个原因是那以后轮船时代到来了，这意味岛上最赚钱的木船失去了存在价值。岛上的造船厂也好商船队也好因而迅速落后于时代。第三是因为轮船续航距离比木船长得多，贸易方式随之发生变化，致使岛作为中转站的价值也彻底丧失，繁荣转去了比雷埃夫斯和锡罗斯那边。”

---

① 美国女作家伯内特1888年创作的小说，1905年改编成剧本。描写大财主的女儿萨拉因父亲去世而一度沦为寄宿学校的勤杂工，后在父亲亲友帮助下重获幸福。

10月末的星期天午后，在老港冷冷清清的咖啡馆里喝着啤酒，侧耳倾听“咔嗒咔嗒”的桅杆声，根本无法想像灯塔前面就有奥斯曼土耳其的大舰队出现。甚至躺在咖啡馆角落的沙发上一边睡眼惺忪地赶苍蝇一边看小报的男服务生恐怕也同样想像不到。

缇坦尼亚电影院的深夜

从老港回镇，顺路到蔬菜店和超市，买了今明两天所需食品。正要回家，老婆瞥见缇坦尼亚电影院的广告画，兴奋地叫道：“噢，有李小龙的电影！”她是李小龙迷。

“喂喂，又是李小龙！”我说。喂，又是李小龙！

“那有什么，偶尔。又没有什么别的事可干，看电影去好了！”

那么说来倒也是。此外是没什么事可干。再说李小龙的电影，不懂情节也没什么不便。

我们回家吃晚饭，准备去看6点半那场。

※

镇上有两家电影院，一家到秋天就关门，另一家常年开着。关门的那家名叫“丽娜电影院”，开门的这家叫“缇坦尼亚电影院”。两家都位于城边，而且看上去都不像电影院。若问到底像什么我也答不上。一句话，什么也不像。勉强说来，气氛上就像任何一条商业街都肯定有一家的那种“看不出卖什么的店”。作为电影院门面过于狭小，门也是极普通的杂货店那样的门。知道这是电影院，完全是因为门旁贴有广告画。广告画有两张，一张注明“ΣΗΜΕΡΑ（今天）”、一张注明“ΑΥΡΙΟ（明天）”。意思是这个今天上映，那个明天上映。但明天（一如希腊大多数 ΑΥΡΙΟ）是很难相信的。去了一看，有时候上映的是和昨天同样的东西，有时是和预告毫不相关的其他作品。所以，认为这种预告无非是“某种粗线条假设”我想还是明智的。但不管怎样，态度都是非常冷淡的。

这种冷淡同日本地方小城市的电影院做法又多少有所不同。日本的电影院哪怕再小再破再脏再有小便味儿，但模样大体上像电影院。建筑物的感觉多少与周围的不同，而且散发出不妨说是喜庆（尽管程度有别）的氛围。然而此岛的电影院全然没有那样的氛围。两张广告画，一张注明 ΣΗΜΕΡΑ，一张注明 ΑΥΡΙΟ 就算完事。反正是小岛上的小镇，怕也用不着挂牌告诉人家这里是电影院。

“丽娜电影院”关门，门口一直贴着最后那天放映电影的广告画。最后那天放的是克林特·伊斯特伍德主演的意大利摄制的西部片，日语名字是什么想不起来了（似乎是《荒野大保镖》、《黄昏双镖客》、《黄金三镖客》。谁能区分得开呢?），旁边贴一张纸，写道：“承蒙诸位光顾的本电影院照例休业到明年春季，祝诸位冬日愉快……”克林特·伊斯特伍德照旧紧咬雪茄，眉头聚起很“酷”的皱纹，肩披毛毯，手枪对着虚空。可怜的是，他将贴着 ΣΗΜΕΡΑ 标签在这里度过一冬。把早已放完的电影的广告画揭下来才是道理，可是仍留在这里不动，俨然以此证明电影院的存在。

“缇坦尼亚”那边仍在营业，所放电影每天不同，广告画也每天都变。前面说的两天连放同一部影片的时候有是有，但原则上是一天一部。放映开始时间是傍晚 6 点或 6 点半，标准是一部影片一晚放三场。票价因放映时间长短而异。例如九十分钟的影片票价是一百五十德拉克马，一百二十分钟的则为一百八十德拉克马。说合理的确觉得合理。换算成日元，大致在一百五十至二百元之间。便宜！

※

拉开电影院的门，里面是四张半榻榻米大小的厅。气氛不怎么样的厅。准确说来，较之厅，更接近裸土间。裸土间右侧有个状似酒吧台的售票处，坐着一个身着黑色未亡人衣服的老太婆。她的形象令人想起只能预告不幸的手相师。下颏收得紧紧的，显得甚是冥顽不化。里面有一个大约是装饮料卖的冷藏柜，柜旁摞着几个可口可乐箱。地板是粗粗拉拉的混凝土，天花板的荧光灯“喀嗤喀嗤”发出不吉祥的声音。墙壁贴满褪色的广告画，统统是我所不知晓的三流影片。

“艾卡顿 · 艾克萨科希斯！”黑衣老太婆向我们宣告。

“一百六十（艾卡顿 · 艾克萨科希斯）德拉克马吗？”我确认一遍。

“内（是的）！”老太婆说。那声“内”就好像把一直滞留在喉咙深处因而全然没有水分的空气勉强用舌尖拉出似的。

我从口袋里拉出两人份的三百二十德拉克马。忽然有些不放心,于是叮问了一句:"今晚是李小龙吧?"

"欧希(不对)!"老太婆疾言厉色地否定,以宣布五年计划的斯大林的架势朝空中竖起手指,"今晚是那个!"

我赶紧朝她指的入口处的广告画看去,那上面印着《李小龙传奇》字样,还有李小龙的照片。

"阿婆,那不就是李小龙么?"

"欧希! 不是李小龙,那不是的!"

这仿佛是找不到出路的将棋"千日手"①。恰在此时,里面的门突然开了,一个秃头老伯出来向我们招手,用英语说"OK, It's all right Blues Lee, tonight②"。我仍有些莫名其妙,回头看老婆。老婆的表情似乎说"虽然不大明白但无所谓吧",于是我也作罢,付给售票老太婆三百二十德拉克马。老太婆仍冥顽不化地做出一副"欧希"神色。不可思议的电影院。即使有身穿马甲的兔子看着怀表从身旁走过,我想我也不至于这般惊讶。

"你们从哪里来的?"it's all right 老伯问。

"伊马斯忒·阿波·庭·雅波尼亚(我们从日本来)。"我按照白水社《速成现代希腊语》(荒木英世著)第22页上的例句回答。

"横滨、室兰、仙台、神户……"老伯面无表情地列举到这里,转而盯视我的脸,仿佛问下一句怎么说。

"哈哈哈,你很熟悉嘛。"我随便应道。一般说来,希腊人就日本所知道的几乎全是港口和公司名称。所以,如果往老伯台

① 日本象棋(将棋)同一步棋允许重复四次,其后判和棋。

② 意为"对,今晚都是李小龙"。

词接下一句,应该是“索尼、卡西欧、雅马哈、精工、达特桑”。

“唔,你会讲希腊语?”

“啊,一点点。”

“布拉鲍·布拉鲍(了不起、了不起)。”说着,老伯消失在里面的门内。好家伙!

※

售票处旁边有一扇门,看情形进门就是放电影的场地了。以为不过是藤泽的美由吉剧场那么小的电影院,开门一看,结果大为意外,里面宽敞得不得了。座席齐刷刷排列开去,天花板高高的,通道宽度也绰绰有余。靠墙是排列着侧柱的回廊。虽然绝对称不上漂亮、豪华或感觉好或有氛围,但反正是足够大的。没一一数过,准确的说不清楚,不过座席数量总在六百左右。相比岛上三千人口,可想而知,此乃破格数字。只是门面和门厅——或许不该由我挑三拣四——同里边的宽敞实在不成正比,让人有一种受骗之感。

“嗳,往上看呀,天花板开着呢!”老婆说。

抬头一看,果然场内天花板大约四分之一如车顶天窗豁然洞开,猎户座历历可见。

“下雨时要关上的吧?”

“想必。一直敞开,座席岂不泡汤了!”(实际上第二次去时也关上了)

“怎么关的呢?”

“是啊,怎么关呢?”

如此说话时间里,观众陆陆续续进来。功夫片,加之时间早，观众大半是小孩子。从小学三年级到六年级那样年龄的共有二十五六个，教养一塌糊涂，像厄瓜多尔高地上的一群蜘蛛猴聚在最前排大声吵吵嚷嚷，总之吵得不行。有的模仿功夫拳互相踢打，有的在座位上跳来跳去，有的厉声吹口哨，有的把“你娘大肚脐你娘大肚脐”的丑态足足重复了二十遍——简直战场一般。何不让这些家伙不吃不喝地在仓库梁上倒吊两三天！

如此持续了一阵子，刚才那个“室兰·仙台”老伯以忍无可忍的架势出场了，大声吼的估计是：“喂喂，你们再闹下去，就拎你们耳朵扔到外面去！记住了？傻瓜蛋！”说着，“乒乒”捅了两三个小孩的脑袋。老伯离开后，孩子们安静下来，但不大工夫就忘个精光（这上头也跟猴子一样），又“叮叮咣咣”折腾起来。有的一声怪叫“开始喽开始喽”，有的口哨吹得比刚才还响（虽是小孩而肺活量却大），有的连踢更小的孩子，把他们踢哭了，还有的举起坏掉的椅座表演武打——闹得天黑地暗。勃鲁盖尔[①]若是看了，想必当场就能画出大作。

正闹着，“室兰·仙台”又出现了，但见他双手狠狠抓住吹口哨和踢人的家伙的脖子，不由分说地拎去后边。我心想活该。不管怎样，由于当场目睹了牺牲者的血泪，猴子们总算老实下来。得得！

最终，电影开始前进场的观众一共有四十人左右。不知何故，孩子们皆聚于前，大人们皆聚于后。唯独我和老婆形单影

---

① Bruegel，活跃于16世纪至17世纪的佛兰德斯绘画世家，父子两代均以绘画闻名。

只地坐在中间,感觉颇为奇异,恍若梦中光景:反正做了个怪梦,我和老婆坐在空旷的电影院的正中,前面全是孩子!后面全是大人,天花板敞开着,可以看见星星。

由于电影院大得离谱,多少进来些观众也几乎改变不了空旷的印象。这种空旷感令人想起日本学校常有的兼作礼堂的体育馆。前方有个宽大的舞台(估计这里也发挥镇的多功能厅的功能),上面拉起银幕,前面孤零零地放一个落后于时代的中型音箱。两端点缀着一副寒酸相的人造花,没有还好,有更显凄惨。伤脑筋的电影院。初中上生理课时常把一年级女生集中在讲堂里用幻灯片讲解什么"关于生理",而这电影院里便是那玩意即将开始的气氛,很有点叫人不寒而栗。

6点半,照明熄了,不是"关于生理"(理所当然)而是《李小龙传奇》开始了。可这个也同样一塌糊涂——李小龙没有出场,出场的是一个酷似李小龙的莫名其妙的演员。演的倒是李小龙的一生,但痛快地说,电影完全无可救药。可是毕竟进场了,决定看到最后。

放映当中一只猫从银幕前踱着四方步走过。一只硕大的黑猫,就像暗示李小龙英年早逝似的从右至左缓缓穿过舞台。二十秒后又以同样步调由左往右来了一次。

"什么,那是?"我愕然问。

"猫吧。"老婆说。

"电影院怎么会有猫呢?"

可是,猫进入电影院从银幕前穿过在这岛上似乎并非什么稀罕事,谁也没有大惊小怪。就连拿吵闹当买卖做的小孩子们也无动于衷。想必若非马和骡子,他们是不会吃惊的。

电影开始后，孩子们马上盯视银幕变得安安静静。不料这回大人们接盘嘈杂起来。中途进来的人发现场内熟人互相“哟哟”打声招呼倒也罢了，问题是那也没完没了。一团漆黑中居然能分辨对方面孔，端的十分了得。不过话说回来，希腊人视力似乎好得出奇（的确，除了老人，希腊戴眼镜的人少而又少），见面马上“哟哟”两声。

“哟，不是科斯塔吗？”

“怎么搞的，原来是扬尼斯嘛，过这边来，坐坐！还好，你小子？”

“还好、还好。你这家伙呢？”

“啊，我倒还好，可我家里的……”

“你家那位情形不妙？”

“不不那不是的，是家里的她妈，对了，就是科林特斯那个守寡的母亲情形不妙，前天住院了。”

“不好办呐！那，你家那位去科林特斯了？”

便是如此内容（内容是我随便想像的）在后头无休无止。本该回过头吼一句“别说了到外面说去”，可这终究是别人的国家，再说——不知幸与不幸——电影又无聊，于是忍住火气。但其他观众似乎毫不介意，全都默默看电影，无人抱怨。我以为是功夫片所使然，不料下次看罗伯特·安利可（Robert Enrico）——令人怀念啊——的《以爱者的名义》（For Those I Loved）那部影片（非常地道的好影片）时气氛也大体如此。于是我想这恐怕仅仅是一种地方特色。若在四季电影院里如此胡来肯定大触霉头。

另外，希腊放电影过程中，胶片必定“咔嚓”断一两回，场内亮灯十多分钟。这意味第一盘胶片放完接第二盘(或第二盘放完接第三盘)。这不限于希腊,意大利也同样。权当中间休息也未尝不可,问题是方式甚为唐突,让人万分扫兴。本来买两台放映机即可解决,但这里的人们似乎没觉得什么不便,全都趁此时机或上卫生间或吃巧克力或总结前半场或鼓足精神迎接下半场。科斯塔和扬尼斯仍在谈论科林特斯岳母。通道角落里猫一个劲儿舔它的睾丸。小孩子们以椅背为对手"嗨唷嗨唷"练功夫拳。不知谁又大声吹口哨。"室兰·仙台"不失时机地冲了过来。缇坦尼亚电影院的夜晚便是如此野性地越来越深。

来自荷兰人的信、岛上的猫

刚到斯派赛斯岛时,打扫房间的阿婆在房子里等待我们递给钥匙。瓦伦蒂娜这样安排的。她说阿婆会为我们打扫房间,并介绍在那里生活的详细程序。这固然求之不得,头痛的是这位老婆婆半句英语也讲不来。她的儿子倒是住在旁边,可他还是小学生,几乎不会说英语。无奈,只能用只言片语的希腊语交谈。以我的希腊语水平,事实上不可能问得很具体,如"这个热水器打开电源后需要等多长时间才能出来热水"以及"炸完东西的油扔在什么地方合适"等等。能打手势的靠打手势解决,其余的只好想开些——车到山前必有路。

“车到山前必有路吧。”我说。

“可你学那么长时间希腊语学什么来着，到底?”妻惊讶地说。我因为想旅居希腊，一年时间里每周去明治学院大学听一次希腊语讲座。

“喂喂，什么热水啦菜板啦漂白剂啦，这些特殊单词教科书上怎么可能出现呢？说到底，你在外语学习方面就是过于追求实用。”

“你也太不追求了么！学法语时也同样吧——《局外人》能读下来，路却问不明白!”

“有什么办法呢，本来就这种性格，说话不擅长的嘛！你若是不满意，别依赖别人自己学不就得了!”

如此争吵时间里，阿婆和儿子一直笑眯眯盯视我们，像是说“这两人在说什么呢”。

“那个就算了，你先问问扔垃圾的事好了，星期几扔在哪里？这可是再要紧不过的。”妻说。

我手指垃圾箱问:“星期几·可以·把这个·拿出去?”

对方听明白了。“星期一、星期三、星期五早上。前一天晚上拿出去就可以的。”

“理解了。”

“布拉鲍、布拉鲍(了不起、了不起)!”

“拿去·哪里好呢?”

“跟我来!”

她把我领到扔垃圾的地方。那里离家三十米左右，摆着两个高约一百二十厘米的褐色塑料垃圾箱。垃圾箱上用德语大大写着“垃圾箱”。我问希腊垃圾箱上为什么用德语标明“垃圾箱”呢,回答说因为垃圾箱乃德国制造。我心想垃圾箱那玩意儿自己国家制造不可以么?又不是什么结构复杂的东西。不过反正是德国制造。

“‘嗖’地扔进这里。明白了?”阿婆问。

“理解了。”

“布拉鲍、布拉鲍!”

※

这么着,我们——实质上是我一个人做的——最初一段时间依照阿婆吩咐在星期天、星期二、星期四晚上连续倒垃圾。但不久我们就得知岛上垃圾收取体系简直是个超乎想像的谜团。反正有人来收是毫无疑问的,毕竟扔出去的垃圾不知不觉之间就消失不见了。问题是何时、何人、如何收取的根本不晓得。不说别的,我就一次也没看见垃圾车或收垃圾人的身影,尽管在几乎不存在车这一物件的如此小的小岛小镇上生活了一个月之久。此乃谜团之一。

另一个谜团是收取日,不清楚什么时候收走的。假定星期一早上倒的垃圾星期三中午消失,那么若问是否总是星期三早上来收,那倒未必,因为下个星期二晚上倒的垃圾直到星期四早上还剩在那里。有时早上消失,也有时下午消失,捉摸不透。

那么,附近人们是不是按时间倒垃圾呢(神奈川县我们家那里对倒垃圾管得异常严厉,致使我养成了小心倒垃圾的习惯),这个也不清不楚。某一天早上8点一齐倒出,另一天下午4点一股脑扔来。也许其中有某种无比复杂的规律性,但至少我理解不了。相比之下,鉴于诸般外围性情由,我看还是认为人们随心所欲倒垃圾、收垃圾人随心所欲收垃圾比较稳妥。

这样，最后我也不再循规蹈矩，改为想倒的时候一倒为快。此乃左巴化的第一步。

但是，说不定你这样认为：那一来，势必有损镇的美观，又臭，猫狗又会抓破塑料袋弄得遍地都是，还要招惹苍蝇，岂不一塌糊涂？是的，完全如此。两个德国垃圾箱装不下的垃圾袋（也没装好）随手甩在那里，猫和狗把垃圾抓得乱七八糟，苍蝇"呜呜"飞舞，臭气熏天，实在惨不忍睹。既然有那么多游客慕名而来，那么也该多少注意一下卫生才是，我想。

为垃圾目瞪口呆的似乎也不仅我一个。一家名叫《雅典人》（The Athenian）的英文月刊的专栏刊出了一封信，采用的形式是一个荷兰人写给希腊旅游局的感谢信。这恐怕是开玩笑。果真开玩笑，那么玩笑开得也够高超的了。下面引用信的内容。

※

这是来自最近在希腊度过两周假期的荷兰收垃圾者的信。

"首先要说明一点，鄙人服务的荷兰是个非常小的国家。鄙人的国家一切都收拾得井井有条。因为若不那样，就会带来毁灭性结果。关于收垃圾的规定也极为严密，因而作为垃圾回收者供职的二十五年时间里，鄙人始终遵守规定恪尽职守。那是交给鄙人的任务。所以，此番访问美丽的贵国、目睹厨房垃圾一片狼籍的情景时鄙人的惊愕和欢喜诸位可想而知。路旁、峡谷、海边以及露天垃圾站，垃圾袋乱扔乱放，垃圾破袋而出，赤裸裸坦露在贵国强烈的阳光下，时而招来乌鸦或海鸥为这过目难忘的光景来个画龙点睛。对于迄今为止一直生活在密封式垃圾箱和能够处理密闭式垃圾袋的设备之间的鄙人来说，一连几个小时坐在那里观看废弃物——这才正是鄙人长达四分之一世纪的生活的食粮——理直气壮的零乱景象，实在是令人欢欣鼓舞的体验。我还是第一次目睹零乱得如此美妙动人如此堂而皇之的垃圾，从而获得极为可贵的阅历，作为鄙人惟有感谢而已。”

※

对上述狼籍景象献上感谢之情的并不局限于来自荷兰的垃圾回收者。是的，这些垃圾恰恰是岛上大部分猫们的宝贵营养来源和赖以活命的最后据点。我推测，假如希腊的垃圾回收者遵守时间、希腊主妇注意垃圾扔法，那么岛上的猫们势必转眼之间减少三分之二。好在一般不至于出现这种情况，希腊仍会遍地是猫。无论从哪条小巷穿过，无论走哪条路，无论往哪里的楼梯上看，无论走进哪家餐馆，也无论拐过哪个街角，看不见猫的时候基本没有。过去在学校有过这样一次测试——“注意，看这幅画细看二十秒，请闭上眼睛。画中有几只猫？”情形同那个一模一样。各种各样的猫以各种各样的姿势位于各种各样的地方。

希腊猫多有几点缘由。第一，刚才也写了，垃圾在户外随处可见；第二，除去隆冬时节，气候不那么严酷；第三，人们一年有一半时间在屋外吃饭，容易得到剩余食物。大体这三点。对猫来说，是比较好过的地方。

不过，这也是气候好的时候的事，及至秋天来临游客锐减，餐馆关门，猫们能得到的食物便与此呈正比地减少。于是猫们为了苟延残喘而开始激烈争斗。例如我住的房子是三毛猫一家的势力范围。每次看见它们，我都零零碎碎投给剩余食物，但随着秋日向纵深发展，其家庭成员数量渐渐少了。原本一家四口：母亲三毛猫、父亲虎纹猫、白斑猫、黑白斑猫。首先是呆头呆脑的大饭桶父亲被三毛“啪”一巴掌撵出势力范围：“你上哪里一个人折腾去！我光管孩子都够呛了。”其后过了两个星期，到了阴雨连绵相当寒冷的时候，白斑猫不见了，一定是被处理掉了。

岛上这个季节，母猫养一只小猫都很勉强，因此只挑看上去最强壮最有出息的留下，其他的弃之不理。人可以在旅游旺季结束后关上店门去别处做工，幸运者也可以依靠夏天的赢利悠然过冬，可是猫做不到，它们能做的充其量是相互拼命争夺已经变小的馅饼。

仅就原则说来，希腊人对猫们相当宽容，有时是相当亲切的。我家门前有一小块空地，成了附近猫们集会的场所。那里不时放有剩饭，猫们聚在一起如获至宝地大口小口吃着——周围居民特意把剩饭拿去那里倒在报纸上。鱼啦肉啦炖菜啦以及看不出是什么的东西全都集中一处，就好像年底的大锅饭。起初我觉得相当奇妙，因为日本不大可能有如此光景。若那样做，必然有人一面戳脊梁骨说：“那户人家的太太喂野猫，添麻烦！那一来这一带野猫岂不越来越多！”一面却对自己家养的猫疼爱有加。但希腊人不然。除了特殊品种，希腊基本不把猫当宠物。据我观察，他们既不怎么欺负猫，又不特别宠爱。感觉上他们只把猫作为存在于那里生息于那里的活物看待。一如花草小鸟蜜蜂，猫们也是构成“世界”的一个存在。他们心目中的“世界”——我觉得——便是如此各行其事各得其所，希腊野猫多的真正原因恐怕是他们的这种世界观所使然。

※

概括起来，虽然都是希腊海岛上的猫，但由于岛的不同，岛上猫的岛民性（请允许使用这个词）也多少有所不一。例如米科诺斯岛和帕罗斯岛和罗得岛的猫就各有不同。至于哪里不同如何不同，具体细说我是说不来的，总之“某处”不同。眼神不同，毛色不同，生活景况不同，待人方式不同，举止风度不同。如同人多少具有岛民性，猫也各有其岛民性，而且——这仅仅是我个人意见——人的岛民性和猫的岛民性在某一部分上是相重合的，至少在局部、在倾向上有共同之处。

譬如我住的斯派赛斯岛不远处有个伊德拉岛。伊德拉岛异常热闹，“一日游”的船每天有几只开来，游客吵吵嚷嚷鱼贯而下。这座岛同样猫多，但伊德拉的猫们同我们斯派赛斯岛的猫们比较起来，二者的性格和生活景况简直天壤之别。

首先，一眼即可看出，伊德拉岛的猫漂亮。毛色滑润，有损伤的猫几乎看不见。亲近人，不胆小，却又不死皮赖脸。在港口附近餐馆里吃东西，总有五六只围上餐桌，但只是静静等待，样子似乎在说：“如果可以的话，您吃完请给我一点儿，一点点就行。”招呼一声就竖起秃尾巴过来，一摸就“咕噜咕噜”发出喉音。感觉非常好。我猜想，大概因为这里游客多，使猫进化得讨人喜欢了。

相反，斯派赛斯岛的猫，招呼它一般也不肯过来，刚要摸就一溜烟跑了，有的家伙甚至发火挠你。较之疑心重，恐怕更是因为完全不习惯人们的这种交流方式。这还不算，提起这里的猫，全都伤痕累累，找不带伤的猫绝非易事。而且十之八九伤在鼻头上。看来，这座岛上的猫一吵架就把爪子抓到对方鼻梁上去。所以无论哪个家伙鼻端都黑漆漆的，就像在木炭上“喀嗤喀嗤”蹭过，要多难看有多难看，就连喜欢猫的我也喜欢不来。毕竟东西南北全都是一副大宫传助①（说法够老的了）模样的猫们。

这以前我在希腊各种各样的岛、镇、村转过，无猫不带鼻伤的地方还从未见过。为什么惟独这座岛的猫如此执著于攻鼻战法呢？实在匪夷所思。那一来，彼此岂不很快变得丑陋不堪而成为“大宫传助”？结果可谓洞若观火。一如人类禁用生化武器和毒气弹，猫们恐怕也到了谛结禁止攻鼻法协定的阶段。但猫们当然无此才智，因而攻鼻战势必永远持续下去。这类似达尔文所说的一定方向进化，此后没准变本加厉地进行到底。一万七千年后斯派赛斯岛的猫很可能全部拥有坚不可摧的钢铁之鼻。

当然，伤并不限于鼻子。也有的被抓坏了眼睛，也有的被咬破了耳朵，有的无一幸免。我在黄昏的海滩见过一只双耳差不多被咬光的很大很大的黑猫。老实说，那早已不像是猫了，活像从海里出来找腐肉的、住在泥里的不吉祥的四脚鱼。这固然是极端的例子，但斯派赛斯岛的猫所处情况大体如此。猫的

---

① 日本早期滑稽剧演员。

心情当然谁也不晓得,不过这地方反正不容易度日。假如托生为猫,我宁可选择去伊德拉岛。

斯派赛斯岛上小说家的一天

旅游淡季的斯派赛斯岛上的小说家的生活是怎样的呢?让我挑一天扼要写一下。

起床是早上7时左右。这时周围已经亮了,自然睁眼醒来。即使睡过头,7点半教堂自暴自弃地“咣咣”打响的钟声也会不由分说把人吵醒。妻醒后懒得动,早餐总是我做。

早餐桌上,妻基本上讲她做的梦,梦见什么什么人做了什么什么事等等。时不时我也出现,出乖露丑或从房顶掉下来。不过那终归是别人的梦,与我无关。“哦……唔……真的?”如此应答的时间里,早餐吃完。吃完即跑步。短则四十分钟长则一百分钟左右。回来后淋浴,开始工作。这次旅行期间预定完成的有两本翻译、旅行游记(即现在写的这种东西)加上一部新长篇,所以绝不悠闲。写一阵子自己的稿写腻了,就转移到翻译上去。翻译翻腻了又开始写自己的稿。一如雨天洗露天温泉:热了爬出来,冷了钻进去,如此没完没了。

工作到11点,然后两人上街买东西兼散步。花十五分钟沿海边慢慢悠悠走到镇中心。路左侧是海,右侧一座接一座排列着19世纪建造的老房子。只要风不大,路线甚是惬意,正好散步。海鸥在空中优雅地盘旋，微波细浪缓缓摇晃着海湾里的小船，猫蹲在突堤上晒太阳。据书上记载，过去不存在沿海的路，右侧排列的房子和威尼斯同样直接面对大海，各家有专用码头。道路的出现是进入20世纪以后的事。沿路星星点点建有酒吧式快餐店、烤肉串店、土特产店和咖啡馆。这个季节全部关门闭户。透过格子窗往黑乎乎的土特产店内窥看，但见偶人、壁挂和复制古盘等随处可见的土特产当中有几个形状奇特的细细长长的瓶子。瓶里泡着恰如蝮蛇那样的长蛇。蛇已张着大嘴死了。到底干什么用不得而知，总之落着卷帘门的黑乎乎的土特产店里摆的毒蛇尸体活像杜鲁门·卡波蒂短篇小说里的场景，既妖艳，又有哥特意味。

路上开门的只一家书报亭，一个戴黑边眼镜的老伯从早到晚守在那里。因此人长相酷似博报堂①的高桥，所以我们姑且称之为高桥君。高桥君是个十分有趣的人物。首先，此人脸上大凡表情都不具有，不笑，也不显出困惑……反正什么时候看——无论什么时候——脸上都一成不变。就好像原本雄心勃勃却因部下的失误而不得不下台的总理大臣无可奈何地静静看海，终日盯视海面远处，仿佛在说不久总会有谁坐船带来好消息。这就是书报亭的高桥君。因为每天都同他照面，所以视线相碰时我试着说"卡里梅拉（你好）"，但高桥君只是以含糊不清的语声发出"梅拉（当然是卡里梅拉之略）"或仅仅点头作答。我觉得，无论做什么恐怕都融化不了此人冰冻的心。若

① 全称为博报堂株式会社，日本综合广告公司，主要代理出版物广告业务。

让他扮演俄罗斯民间故事中的冬神老人，应该再合适不过。

高桥君的书报亭里摆着香烟、口香糖和风景明信片等等，但我从未见到有人在此买什么，也没见过有人同高桥君闲聊，时时刻刻都是高桥君一个人坐在那里以怃然的神色瞪视大海。地段太差，态度也太差。有一两次我想买点什么，扫视一遍所摆物品，可惜明信片给太阳晒得彻底变白，反翘了起来，根本不能用。而买包香烟吧，我又一直戒烟；口香糖牙医不准我吃——能买的东西一样也没有。自觉歉疚，但又没有办法。这就高桥君的书报亭。

走过这里不远有个面包屋，常在这里买面包。

过了面包屋过了镇公所再前行几步，有座棉纺厂旧址。其实已不是旧址那样温吞吞的东西，早已沦为彻头彻尾的废墟。工厂运转的当时想必是相当气派的堂而皇之的工厂——或者不如说是作为工厂未免堂皇过头的建筑物——如今因之愈发显得寒伧和虚幻。世间偶尔是有这种东西的。惟其动机纯正、外观气派，因而倒霉时格外显得惨不忍睹。所有玻璃不翼而飞，窗框油漆尽皆剥落变色，墙壁到处分崩离析，铁门红锈斑斑，石墙满是涂鸦。每次从前面经过，我们都涌起恐怖感，生怕建筑物“扑通”一声塌下来把我们埋了。后来明白那决非多余的担忧。暴风雨过后的第二天去工厂一看，墙壁的确塌了一大块，把路都堵住了。暴风雨都如此，大地震更不堪设想。

这座棉纺厂是一个资本家为振兴本世纪初造船业萧条以来持续慢性下滑的斯派赛斯岛经济于 1920 年创建的，但终究命途多舛，战后关门大吉，其后用来生产鱼虾保鲜用的冰块和小规模发电。这也于十年前完成使命，后来一直弃置不管。希腊存在着数目庞大的废墟，但在看到的当中，这是最凄凉的一个。围墙一角用白漆写着“ΠΟΛΙΤΑΙ（出售）”，看情形找不到买主。理所当然，不会有什么人买这种玩意儿。

从工厂再往前走一会儿，这回是名叫彼希德尼奥的漂亮宾馆，建于1914年。不是希腊旅游景区常见的应急建造的看似高级的宾馆，而是真正用心建成的风格独具的货真价实的宾馆。遗憾的是，在所有意义上都不是现代的。实用性这一概念半点也体现不出来。天花板高得一塌糊涂，尽管只是三层楼，却足有日本王子饭店六层那么高。大厅也大得不着边际，显得空空荡荡。较之空空荡荡，感觉上更像是不知如何摆放自身。我不由担心起清扫来，清扫怕是一场恶战。

据书上记载，这家宾馆在两次世界大战期间被欧洲各国的社交界男女和希腊上流社会闹得红红火火，英国舰队在港外抛锚，一身正装的军官们上岸参加在这宾馆大厅里举行的豪华宴会。现在一切都今非昔比了，宾馆照样营业，但细看之下，到处可以看出有欠自然的气氛。古旧之物诚然精美，但精美之余又有挡不住的风化，相形之下，新加上去的东西固然新颖，但比之旧物明显逊色——这种不协调感让人心里发冷。

空空荡荡的大厅里头的服务台坐着一个一副百无聊赖神情的女性，一看就知闲得发慌。我问房间价格，她抬起脸来不耐烦地应道：“哦？房间价格？呃——，四千德拉克马。”言毕又低下头去。左看右看也不见像是游客的身影。三楼阳台上晾着浴室地垫。本想在此住上一次，但这家宾馆也以10月28日国庆日为最后一天关门了。从宾馆右拐即是港口，开始进入镇中心。

若天气暖和,就坐在港口咖啡馆里,边喝咖啡边看《先驱论坛报》(HERALD TRIBUNE)。岛上只有《先驱论坛报》算是地道的英文报纸。即使为了把握世界形势、为了把握美元和日币的汇率,这份报纸也是必不可少的。报纸上大大报道了中曾根首相那个关于“美国知识水准的发言”①。总体上是对其大加笔伐,但一天读者来信栏中刊出了美国一个日本通的来信。信中说,日语中的“知识水准”和“智能水准”是不同的。日语所说的“知识”含义比“智能”宽泛得多。中曾根先生的发言诚然非常轻率而 Silly(愚蠢),但严格说来,“知识水准低”的说法并不意味着 Negro(黑人)和 Hispano(西班牙血统美国人)是傻瓜。话说得既好像明白又似乎不明白。老实说,我心想与其拘泥于这种语汇性细节,还不如研究中曾根作为政治家的“智能水准”的麻木不仁来得痛快。

回家做午饭。用一种名叫“迈达能”的惟希腊才看得见的香草做的“希腊风味迈达能意大利面”。吃罢午饭大体是工作,也有时出去钓鱼。说是钓鱼,其实非常简单:把过期的奶酪和面包加少量牛奶捏成圆粒作鱼饵,坐在突堤上垂线下去,一小时即可钓上四五条十多厘米长的鱼。大多是不怎么好看的黑色的鱼,一副俨然克劳斯·金斯基②的倒霉相,无论如何都没情绪食用,遂投给常来我家的三毛猫一家。猫们特别中意这种黑鱼,兴奋得大吃大嚼,所以意外好吃也说不定。希腊这个国家

---

① 时任日本首相的中曾根康弘曾指责“美国知识水准低”。

② Klaus Kinski,德国著名男演员,主演有《陆上行舟》、《魔鬼访客》等。

虽然环海，却很难钓上——除非是高手——像样的鱼。好在水惊人地清澈透明，眼睛从上面可以清楚看见鱼在钩附近往来游动。从上面俯视，不难得知鱼这东西其实蛮聪明的。多数鱼只斜眼（我以为）瞥一下鱼饵而径自通过，上钩的鱼属于例外中的例外。一边听尼尔·扬（Neil Young）和杰西·温彻斯特（Jesse Winchester）①（杰西·温彻斯特！）一边怔怔地俯视之间，时间随着流云悠悠然离我而去。

晚饭一般6点开始。几乎所有时候都是老婆做。有时扒牛排，有时炸沙丁鱼，有时做鲷鱼饭，有时炖青菜，有时醋渍竹荚鱼……总之使用当时弄到手的东西来做。冬日的希腊乡下，弄到食品种类的情况一天比一天严酷，甚至一天几乎什么都弄不到手的日子也不是没有。比如鱼的捕获就取决于海，糟糕天气若持续不断，有时一星期都根本弄不到鱼。肉铺一星期来一次肉，错过机会就很难买到好肉。海上风急浪高，从本土运送蔬菜的船也停航了（岛上种的菜固然好吃，惜乎品种有限）。因此，在希腊自己做饭，随机应变这一点分外重要，若过于讲究食谱，很可能什么都做不成。

实在没菜可做或懒得做的晚上，就去附近帕特拉利斯的餐馆吃。帕特拉利斯的餐馆也是因为离镇中心不很远的缘故，旅游淡季彻底成了以当地居民（罗克）为主的餐馆。窗边餐桌时常聚有五六个老伯，一边喝乌糟酒葡萄酒，一边大声喧哗或一起看电视新闻。这些人一般不会要下酒菜和正规饭菜。也是

① 均为加拿大摇滚歌手。

由于时间还早的关系(普通希腊人9点左右吃晚饭),像我们这样正正经经吃晚饭的几乎见不到。我们在桌旁坐下后,和大家一起说说笑笑的帕特拉利斯①老大不情愿地拿菜单过来,似乎在说这两个人干嘛来这么早。帕特拉利斯的餐馆有两个老伯和一个中年妇女(此人至少淡季不怎么干活)干活,但我直到最后也没弄清哪个老伯是帕特拉利斯。姑且把要滑头的那个叫帕特拉利斯①,认真的那个叫帕特拉利斯②。帕特拉利斯①往好里说是社交型,往坏里说是敷衍了事那一类,可谓某部分希腊人的典型。话说到兴头上,我从餐桌这边举手示意,他也全然觉察不出。我说"对不起请拿葡萄酒来",他也只是应一声而并不拿酒。以为他正忙什么,一看,却见他稳稳坐在两个英国女孩餐桌那里一个劲儿教对方练希腊语,实在有点儿令人忍无可忍。淡季这个因素想必是有的,但至少该表现出工作积极性才是。相比之下,帕特拉利斯②总在烹调台里一个人静静做准备。每次去烹调台看鱼,他都热情告诉我这个好味道。帕特①不在的时候他也出来接受点菜,闲下来就独自坐在里面的椅子上放松。或许这也可以说是希腊人的一个典型。任何国家都有各种类型的人,社会也因此得以成立。

中年妇女则每每坐在餐馆角落里写什么,时而一闪往整个房间打量一眼,说不定对帕特拉利斯①的工作态度有所不满。人长得胖乎乎的,不折不扣的希腊母亲那一类型。我在路上寒暄或简单搭了几次话,给人的感觉极好。只是,直到最后也没明白她是哪个帕特拉利斯的太太。在角落餐桌那里同帕特②坐着静静说话,觉得像是帕特②的太太;因为客人怎么等也不送菜单过去故不耐烦出门离去而训斥帕特①——"怎么搞的,你！要正经干活的嘛”——的时候，又觉得她大概是帕特①的太太。无法判断。

“到底怎么回事呢?”老婆问。

“是啊!”我把干炸沙丁鱼作为下酒菜，斜举着白葡萄酒杯，开始驱动想像力，“滑头帕特拉利斯①是真正的帕特拉利斯，是那阿姨的丈夫。帕特①本来是船员，年轻时候满世界跑来跑去，拈花惹草，活得相当快活。但由于海运业不景气而丢了工作，只好返回老婆娘家所在的这座小岛，开起了餐馆。太太是比较能干的人，为开餐馆攒了一笔钱，又从娘家多少借了一些，肯定。问题是帕特①生性轻浮，沉不下心工作，忙的时候也跑出去游逛。于是太太担心起来，跑去娘家哥哥那里相求：‘哥，你就训训他嘛！我怎么说他都当耳旁风。’她哥哥应道‘那好我去试试’。此人倒是好脾气，帕特①对他说‘大道理就别讲了帮帮忙吧现在正忙着’，他心想倒也是，随即留下帮忙，一晃儿六年过去——这么认为如何?”

“究竟如何呢……”老婆表示怀疑。看样子并不怎么欣赏我的想像力。

这天要的是白葡萄酒一瓶、干炸沙丁鱼一大盘、希腊风味色拉、炸鱿鱼、小鲷鱼四条、煮菜豆，大约一千五百日元。不管他们三人是什么关系，菜可是价廉味美。餐馆后面有个临海的院子，暖和季节可以在外面一边闻海潮清香一边受用做好的鲜鱼。

顺便再写一下附近的事。“帕特拉利斯餐馆”旁边有一家阿纳尔基洛斯开的小超市。虽说是小超市，其实也就是日本小巷里的粗糕点铺那样的规模。从甘蓝、橙子到火腿奶酪牛奶啤酒信封以至卫生巾,密密麻麻一股脑儿堆在里面。挑选自己喜欢的品牌固然不可能,但最为生活所必需的东西来这里大体可以解决。当然,也有大概是吉米·卡特当总统那时候卖剩下的清仓查库商品,这点必须注意。例如买了两瓶矿泉水,却见瓶底双双长了一层很厚的绿苔。我不精通植物学,具体的不大清楚,但在密封的矿泉水里繁殖绿苔想必需要相当漫长的岁月。就算店里再暗,不觉不察地卖这东西也是不应该的。我前去提意见,阿纳尔基洛斯到底惶恐起来,赶紧换了新的,把手放在我肩上,十分抱歉地说:“对不起啊,不知道的,请原谅,不好意思。”

“没关系,也没什么。”我说。

“瓦伦蒂娜认识吧?她是我的朋友。”说着,阿纳尔基洛斯亲热地咧嘴一笑。看来瓦伦蒂娜跟谁都能马上成为朋友。

自从绿苔事件以来,阿纳尔基洛斯对我相当友好,教给我用奶酪钓鱼的也是他,停电和气候方面的信息同样是他告诉的。他讲极其蹩脚的英语,我讲相当糟糕的希腊语,因此我们的交谈只能呈现出线路不好的长途电话般的景况。尽管如此,我仍对阿纳尔基洛斯怀有好感,他也对我热情有加。说老实话,在岛上居住的一个月时间里作为结下个人友情的对象也就阿纳尔基洛斯一个人。当然不是说岛上其他人对我们冷淡,在路上相遇时对方微笑寒暄,每有机会都亲切地接待我们。只是,这里并非游客纷至沓来的热门海岛,人们还不大习惯同外国人打交道,何况对自己的英语也没什么自信。在餐馆做工的人会说生意上最低限度的英语,但话题稍微偏离一点点就耸耸肩闭紧嘴巴。我的希腊语若多少流利一些就好了,但实际情况并非那样,所以不可能发展出个人交情。况且——老婆也时常指出——本能上我有一种回避深入发展个人交情的倾向,这也使得情况雪上加霜。

不过对于阿纳尔基洛斯,我倒是能够比较自然地同他接近。他四十光景,个子不高,一副总像在梦想什么的表情,说话时浮现出难以捕捉的微笑。说话声音小——作为希腊人很少见——慢条斯理,和颜悦色。能干,早上 8 点开到下午 2 点,傍晚也开店三个小时。总是一个人劳作,大概是一个人吧。店里始终光线不足,闲的时候坐在对面石围墙上同帕特拉利斯②或附近哪位太太聊天,客人来时就浮起同样的微笑,穿过马路返回店去。店里不时有猫睡觉。看样子此猫认定阿纳尔基洛斯是自己的监护人,总是在纸壳箱上蜷起身子睡得有滋有味。

每次我念购物单,阿纳尔基洛斯都低声复述一遍:

"鸡蛋十个"——"迪加 · 阿布嘎"

"啤酒六瓶"——"埃克希 · 比雷斯"

"水一瓶"——"埃纳 · 涅洛"

"大蒜"——"斯科尔多"

把东西装进塑料袋后,他在便笺上写下价钱计算起来:"42,26 乘 6,2……一共 572 德拉克马,佩塔科希埃斯 · 埃布造米恩达 · 迪奥。这是鸡蛋,这是啤酒……"逐一把价钱告诉我,亲切、易懂。

离开岛时照了纪念相。他似乎对照相机感兴趣,这个那个问了不少:"这个不错嘛,唔,美能达? 新产品?"他问在日本买多少钱,我告以价格,他说:"呃——,希腊这种东西关税高,在这里买要贵出一倍，我这样的无论如何也买不起。”看样子极想得到照相机，但我工作要用，无法转让，再说旅行者把带进希腊境内的机械类物品卖掉或送人是违法的。

走过阿纳尔基洛斯的小店，前行不远即是海岸。海岸上只有一座无人的小教堂和帆船出租站建筑物残骸。靠近海岸有个很大的寄宿制学校，学校有比人略高一点的长围墙，里面鸦雀无声。从其前面经过了好几次，但根本感觉不出墙内有人的动静，而入口倒是有个煞有介事的门卫房，又有门卫的身影，不像是已经关门。料想墙内确有学生上课。

岛的导游手册上介绍，这是有感于英国的公学(Public School)制度的希腊富豪们为使这一制度在希腊落地生根而在战前创办的学校，以便希腊精英的儿女离开大城市在此接受英式教育。教师里面也有不少外国人，年轻时约翰·福尔斯①(《收藏家》的作者)也在此当过英语教师。他在《魔术师》那部小说里对这种希腊版公学制度装腔作势的贵族派头进行了相当辛辣的冷嘲热讽，有兴趣不妨一读。斯派赛斯岛成了小说舞台，岛的历史也是小说的重要背景。作为小说主人公的拥有岛的一半的神秘富翁生活中实有其人。小说本身也妙趣横生，虚虚实实一波三折，情节编排十分了得。只是，整体协调欠佳——福尔斯的小说大多如此——时常为其手法的捉襟见肘感到难以忍受。

不知是不是因为受了福尔斯小说的影响，来此岛旅游的人

---

① 英国小说家(John Fowles，1926—)。

大部分是英国人。

吃罢晚饭,外面彻底黑了。我在起居室里听着音乐看书,老婆或写日记或给朋友写信或计算钱款或莫名其妙地自言自语什么“啊讨厌讨厌讨厌上岁数”。寒冷的夜晚往炉里添柴生火。眼望炉火发呆的时间里,时间惬意地静静流逝。没电话打来,没截稿期限,没电视,什么也没有。只有火在眼前“哔哔剥剥”。沉寂委实美妙至极。喝光一瓶葡萄酒,斟一杯威士忌干喝之间,困意隐约上来。看钟,差不多10点,就势美美睡去。既像做了很多很多事的一天,又像什么也没做虚度一日。

暴风雨来了

据导游手册介绍,斯派塞斯岛平均年降雨量约四百毫米,一年三百六十五天有三百天不下雨。雨日集中于11月至翌年4月这一期间。不过,一如导游手册同时交待的那样,这当然是approximation(概算)、是statistics(平均统计值)、是it depends(因时因地而异)。这点我也清楚。问题是,就算再it depends,斯派塞斯岛10月后半月的气候也过于离谱。本该不怎么下雨的10月下半月十六天中有八天下雨,其中四天居然是暴风雨,雨量足有二百毫米之多。我们实实在在的感受是:这恐怕是有点例外。究竟有谁会明知有暴风雨还偏来希腊海岛呢?

当然,爱琴海有暴风雨我是知道的。其实我在来岛途中的水上飞船里面刚刚重读完欧里庇得斯的《特洛伊妇女》。

> 雅典娜:……首先由宙斯卷起遮天蔽日的旋风,降下足以冲走车轴的雨和冰雹,借来宙斯的雷火烧毁希腊船舶的约定也已成功。下面就轮到你波塞冬了,你要让爱琴海怒涛翻滚、大潮奔腾……
>
> 波塞冬:明白了,我既已决心帮忙,便无须多言。那么就让爱琴海波涌浪翻,让米科诺斯海滨、提洛岛石滩,还有斯基罗斯和利姆诺斯诸岛、卡佩列乌斯海岬铺满死人的尸骸……
>
> (千曲文库《欧里庇得斯》)

即使不上溯那么久远,电影《纳瓦隆大炮》①也有暴风雨出现。《希腊左巴》那部影片中一开头就好像是比雷埃夫斯的倾盆大雨。是的,希腊当然也有暴风雨袭来。不过说老实话,我做梦也没想到会在爱琴遭遇暴风雨。说起雨具,只有离开日本时忽然担心可能下雨而带的一把快坏了的小伞,并且那也忘在哪里了。然而这当儿完全可以说是晴天霹雳的狂风暴雨朝着连把伞也没有的我们两人头上猛扑过来。

还一点不巧的是,我们全然不晓得暴风雨的到来。如果知道,我们当然会做相应的准备:购买应急食品和饮用水、备好蜡

---

① The Guns of Navarons,美国电影。又译《爱琴岛六壮士》。

烛、找伞的时候觉察伞已丢失。但因为家里一无电视二无收音机亦无报纸，什么消息都传不进来。只是前一天邻居哈里斯来用英语说了句“Mr Murakami①，明天下雨哟”，后来在路上碰见附近一位热情好客的未亡人阿婆时，她也大大举起手，告诉我“萨·布雷克萨·阿布里奥、萨·布雷克萨（明天下雨，雨！）”。而我却仅仅以为今天好多人谈雨。或许的确是我马虎大意了，也可能该注意到气氛有些异样才是。可是我又这样想：明确提醒我“是暴风雨”也未尝不可嘛！轻描淡写说一句明天下雨，断不至于想到会是暴风雨。

雨是从得到忠告的那天（10 月 27 日）下午开始下的，如暴风雨前哨站的简洁而剧烈的雨。倒霉这东西总是有其前兆，如今想来那场雨即是如此。睡午觉时雨开始一泻而下，注意到时家里的地板已然浸水。为什么下大雨地板会浸水呢？原来房内的地板同外面的阳台完全持平，其间没有门槛那样的东西，所以雨稍大房间便成泽国，一点也不奇怪，理所当然。那么，为什么不做门槛呢？这个我也不晓得，问我也没用。

反正我们一边嘟嘟囔囔发牢骚一边用抹布和旧《先驱论坛报》等物擦地板上的水。不料一小时后雨戛然而止，天又晴了。所以没以为是暴风雨的前奏。这也是倒霉前兆的主要特征之一。事后才意识到“原来是那么回事”，但意识到时为时已晚。

我们上街在快餐店吃了三明治，喝了啤酒，之后去缇坦尼

① 意为“村上先生”。Murakami 是“村上”日语发音的罗马字母拼写方式。

亚电影院看了罗伯特·安利可的电影。看罢电影回家喝白葡萄酒睡觉。

真正的暴风雨将我们裹入其翼下是在翌日即28日早上。10月28日为“拒绝日”,对于希腊人来说是具有相当重要意义的节日。大概是由希腊拒绝纳粹德国的要求而参加第二次世界大战或其他什么而来,详细的不大清楚。总之是节日,有各种各样的演出活动和游行,所以我们也满怀期待,准备把那种热闹场面拍摄下来。然而如此心情随着一大早的电闪雷鸣不翼而飞——便是这般厉害的雷鸣,以致我心想没准希腊参加第三次世界大战了。“轰隆、轰隆、轰隆隆”,简直像从战舰上开炮一样一声接一声,并且越来越近,“哔哔剥剥”撕裂大气,犹如宣告世界玩完的火柱从四周拔地而起。实在很久没见到这么嚣张的霹雳闪电了。我枕边的钟针指在早晨6点往前一点点的位置。四下还黑着,夹在雷鸣中的剧烈雨声也传进耳鼓。我只好起身,折起《先驱论坛报》塞进门窗底下,以免水进来。塞罢,烧水做咖啡,同老婆两人喝着。每隔两三秒便“轰隆”一声响,闪电把房间染得一片青白,不时传来地表被一只巨手剥开般的“喀嗤喀嗤”声。每有闪电划过,我们都不由往窗外看去。

“简直是暴风雨,这个!”我说。随即边喝咖啡边在日记中这样写道:早上不到6点起床,雷雨,俨然暴风雨。得得,到这个时候我都没有察觉这便是真正的暴风雨。

至于这雷雨持续了多长时间,现在回头看日记也找不出准确记述。日记相当粗疏。但记得这样想来着:世上居然存在如此数量的雷鸣!因此估计持续时间相当之长。过去西宫球场有所谓“四大鼓手世纪对决”，在吵闹和执拗这点上，二者不相上下。

雷声过后，雨一口气下个不停。作为无伞之人，一步也外出不得。好在有一定程度的食品贮备，心想不外出也罢，于是终日坐在桌前写作。傍晚时分，房后“哗啦哗啦”响起似乎什么东西倒塌的声音，还有人的喊声。打开木板套窗一看，只见房后果树园的石围墙像被谁连根挖除一样倒塌在地，几个身穿黄色雨衣的人围着七嘴八舌说什么。可话说回来，这石墙也太容易倒塌了。不久，第二次黑了，雷声又“轰隆、轰隆”响起。房子里所有东西都又湿又凉。

翌日早上，雷声依然响彻四方，而且比前一天还要可怕。不单单响雷，还切切实实刺穿我们四周的大地、摇撼山峦、劈裂巨木、撕开天穹，其气势恰如宙斯亲自披挂出阵，将雷之粗箭“飕飕”射向大地。果不其然，我不由心悦诚服，希腊悲剧有的部分也还是要亲临希腊才能实际感受得到！但不能感佩很久——雨又浸上了地板！门下塞的报纸已经湿漉漉的再不能吸水了，而备用报纸又没有，雨又没有止息迹象。10 月 29 日早上 5 时，这时我才认识到这其实就是真正的暴风雨。可是为什么还来暴风雨呢？没有伞，吃的东西也没多少了。家里存的食品只有一点点——够吃一顿——的意面、西红柿、黄瓜、少量熏肉、元葱、蘑菇罐头、咖啡。今天一天还对付得了，明天心里就不踏实了。若再停水断电，那就一切休矣！米也好意面也好都生嚼不得，矿泉水也只有一瓶了。

“不要紧么，吃的东西只这么多了。”老婆担忧地说。

“不要紧，”我说，“再厉害的暴风雨，中间也必有一下子雨停的瞬间，像幕间休息似的。那时候就一阵子跑到阿纳尔基洛斯那里买食品。而且到他那里还可得到暴风雨的消息。”

“雨真的那么巧停下来？”

“保证停的。我在关西长大，对台风的脾气相当了解。”

“若是希腊台风和日本台风一样脾气就好了。”她面带怀疑地说。她不大信赖我在世俗领域的能力。

然而一如我预言的那样，近午时分雨忽然停了。风也停了，云也散了，就好像持续到刚才的暴风雨压根儿不存在似的，惟独伯罗奔尼撒半岛那边时而传来沉闷的雷声——进入了台风间歇时间。我沿着满是积水的路跑到阿纳尔基洛斯的小店。平时走的近路已化为河流。在阿纳尔基洛斯的小店买了两袋苏打饼干、甘蓝、马铃薯、两瓶矿泉水、葡萄酒。阿纳尔基洛斯以对暴风雨满不在乎的神情把数字写在纸上，依然慢悠悠算账。

“暴风雨啊！”我说。

“嗯。下了很多雨。”

“还下不下？”我试着问。

“是啊……或许下，或许不下……”阿纳尔基洛斯笑吟吟地说。

就是这样，希腊人说话时常极有哲学意味，但我不可能一一感佩下去。必须赶在再次下雨之前回到家。从云的情况看，不大可能有去面包铺的时间。回家路上四下一看，石围墙到处土崩瓦解，有的地方甚至长达七八米整个没了踪影，说严重也够严重的了。的确下了为量不小的雨。不过满城围墙因为这个程度的雨就分崩离析也端的令人费解。凑近细看我才明白难怪崩塌。为什么呢?因为实在粗糙不堪——很难说是简洁——首先“通通”垒上石块,再用泥土那样的东西填缝,最后外面抹一层厚石灰,这就算大功告成。所以,看上去固然甚是美观,但大量雨水渗入后,里面的结合马上松缓,轰然崩塌。我这人对建筑工程学自是一窍不通,但这点事还是明白的。回到家跟老婆讲起石墙,她笑道:“雨停了,大家还会马上如法炮制。”我说:“无论如何总该思考一下的吧,毕竟晓得经受不住大雨的了。”

“你怎么还不清楚希腊这个国家?”老婆说,“就是这样的国家。不是说好坏,不是说正确不正确。”

“不对。”

“雨停你就知道了。”

十多分钟后,雨又下了起来。我一小口一小口呷着威士忌继续写作。3 点响了一阵子雷声,5 点又有了一次。我把所有的抹布和新报纸统统塞进门底下堵水,同时蓦然心想人为什么非打仗不可呢?本来人生中的苦难——暴风雨啦洪水啦地震啦火山喷发啦海啸啦饥馑啦癌症啦痔疮啦累进税啦神经痛啦——已经不计其数了,为什么还要火上浇油地发动战争呢?

雨好歹止息已是翌日即 10 月 30 日中午 12 点多了。雨就好像说“啊累了就下到这儿吧”似的痛痛快快偃旗息鼓,遮蔽天空的乌云如细胞分裂一般哗然散开,北风一鼓作气将其吹跑,蓝天从云隙间一闪一闪探头探脑。不过,伯罗奔尼撒半岛那边仍有乌云层层囤积,似乎气乎乎地说事情还不算完。

我说反正得趁天晴上街买把伞去，随即独自出门，沿着海滨路往镇那边走去。但由于山上冲下来的沙土挡路，走到棉纺厂前面再也前进不得，只好退回来走那条靠山的路，暴风雨给岛上带来的灾害意外之大。道路点点处处豁然塌陷，树木横躺竖卧。路面上什么布娃娃啦垃圾箱啦坏掉的椅子啦简直就像集市散后的场地，零乱扔着种种莫名其妙的东西。还有连根冲来的紫茉莉花沿河道堆积如山。看样子，是这紫茉莉花挂在桥梁上堵塞了河流，致使浊流流入镇里。紫茉莉花原本在干涸的河床沙滩上开得铺天盖地。

河岸人家的人们用洗脸盆、扫帚往外扫着灌进房里的水。一个身穿黑色衣服的小个子老太婆一边朝天举起双手比比划划，一边以无比激动的神情向过往行人讲述其遭遇的灾难："那是昨天半夜里哟，水'呼隆'一声涌了进来，莫非有神什么的不成?"果然像是被梦中劫营，家具、地毯全都成了泥猴。也有人把那些拿到门外用软水管冲洗。老太婆好像怎么说都不解气，又逮住其他行人挥舞双手。可怜之至！不过另一方面，在河口一带堆得高高的无数紫茉莉花的残枝败叶竟那般多姿多彩有声有色。目睹如此多的紫茉莉花这是第一次，恐怕也是最后一次。

2 点过后，太阳这回也一鼓作气像弹出来一般陡然露脸，让一切都闪闪生辉炫目耀眼。积水清晰地映出云影，各种各样五颜六色的小鸟在仍滴着水的树枝间飞来飞去，两只海鸥一左一右分别落在彼希德尼奥宾馆两个塔尖。藏在哪里避雨的猫们也似乎饥不可耐地出现在路上。腋下挟着几把旧伞的修伞匠唱歌一样叫着"昂布雷拉、昂布雷拉"在镇上走动。暴风雨过去了！

两天后，人们开始维修镇上倒塌的石围墙。不用说——不出老婆所料——施工法一如从前。我们在路旁目不转睛看着工匠们。他们动作麻利地大致摞了摞石头，把泥巴那样的东西（或者不是泥巴亦未可知，却也不是水泥）“吧嗒吧嗒”塞入石缝。看样子，他们砌围墙砌得极其幸福，也算得上极其认真。石头的砌法简直可以称之为艺术。看这样的作业确实开心，看一整天都看不够。效果也甚是美观，较之水泥预制块墙可谓霄壤之别。只要不下大雨，确实是漂亮的围墙。

“几年后再下大雨，”我说，“又得倒塌。”

“塌了再砌就是。”老婆说。

是的，他们已如此周而复始了几千年。看来我还是成不了希腊人。

米科诺斯

米科诺斯

想都没想过会在米科诺斯岛生活。米科诺斯我也去过两次。蛮漂亮的岛。不过老实说,我觉得它太有旅游味道了。前去游玩诚然有趣,但不是生活场所。写作需要安静沉稳些的海岛。

然而归终我还是在米科诺斯住了一个半月之久。假如不接着决定去西西里,估计还要多住些时日。

把米科诺斯的 residence(住宅)介绍给我的,是一个名叫英奇的在雅典一家旅行代理店工作的美国女孩,二十刚过,长相相当可爱。我去她工作的房间,提出想在一座安静的岛上租一套按月出租的带家具套房。斯派赛斯的房子固然不坏,但毕竟是作别墅用的,过冬过于寒冷,天天冻得发抖,除了烧柴的火炉概无取暖设施。拾柴拾得累了,再说下起雨来柴都发霉,很难生火。很想搬去暖和些的房子。在那种地方光一个冷字都够对付了,写作根本无从谈起。

可是怎么也找不到令人满意的房子。我原以为时值旅游淡季,房子手到擒来,而这过于天真了。在旅游淡季,岛上面向游客的短期出租房几乎全部关闭。没有客人还开着,房主徒添麻烦。没有需求,即无供应。我一筹莫展,英奇也为之不忍,试探了几个地方,但是连房主都未能抓到,全都跑到哪里游玩去了,毕竟忙碌了一年,想喘口气。

最后，英奇说道："对了，那里怎么样呢？那里一年到头都有人管理。"随即问我："嗳，米科诺斯如何？我想那里肯定有一处是开着的。"

米科诺斯？不过也好，只要有房子都足以令人感激涕零了。

英奇当即打电话询问。OK，一个两张床的房间、一个客厅、厨房、浴室，还带有宽大的阳台，视野十分开阔。房租七万德拉克马。不坏，拍板定下，先住一个月再说。

"跟你说，我想你一定中意那里的。"英奇说，"我也在那里住过一个星期，安静，好得很。"

※

米科诺斯岛同样是淡季，店铺有三分之二关门。但反过来说，有三分之一开着，这和斯派赛斯不同。再是淡季，米科诺斯多少也还是有游客来的。所以，土特产店、餐馆和旅馆也都相应有几家营业。夏季一天开来六班的观光船减至两天一班。但反正多少有人往来，若干生意也因之得以成立。

秋冬季节来米科诺斯的，或是利用淡季优惠价出游的北欧靠退休金生活的年老市民（这些人有个想慢慢悠悠安安静静旅行的大前提，所以选择这一季节），或是日本的旅行团（多是新婚）。不过，若问淡季来米科诺斯是否有趣，作为我还是不得不划个问号。那以后我也大体在春夏秋冬四个季节来过米科诺斯，觉得冬季特意花钱来米科诺斯恐怕意思不大。当然这是我个人意见。凡事都各有喜好，若当事人自称为冬季来米科诺斯深受感动，那倒也罢了。米科诺斯的居民倒是问过我几次：日本人干嘛都专门趁11月、12月、1月这寒风凛冽的时候赶来米科诺斯呢？这种时候来有什么好玩的呢？

每次我都这样向他们解释：秋天对于日本人是最佳结婚时节，所以来此新婚旅行。既是新婚，多少冷一点儿也无所谓，这样正合适。他们听了，大多表示理解。另外日本人还搞“正月旅行”，有所谓正月里的南欧和爱琴海等包装性字眼，从语感上说的确暖和得可以。

但明确说来，这是大错特错的。以前也说过，爱琴海并非关岛和夏威夷那样的常青岛。大部分日本人似乎以为爱琴海的岛屿位于赤道附近，可在地理上，米科诺斯岛同东京基本处于同一纬度。总之不管谁怎么说，冬季都是很冷的。而且米科诺斯这地方风非常大，几乎能把地表所有物体一扫而光。风又冷又潮，一旦刮起来，强风起码持续三天，从早到晚一刻不停。整个夜晚发疯一样咆哮，刮倒灌木，吹得窗扇“咔咔”作响。天气也不好，动辄下雨，有时甚至下雪。街上空空荡荡。游泳当然不行。美味餐馆四门紧闭，旅馆员工无心服务。特意跑来这等地方，徒然落得挨冷受冻，失望的人想必不在少数。若是来玩，无论如何还得夏季。旅游旺季人多也好，旅馆满员物价攀高本地居民不高兴也好，附近迪斯科吵得睡不着也好，米科诺斯也还是夏季乐不可支。那已是一个节日。

不过，就结果而言，尽管气候如此恶劣，不，正因为气候如此恶劣，淡季中的米科诺斯才成了我静静工作的再好不过的环境。房子住起来舒服，加之无其他事可做，我得以集中精力工作。我译完了C·D·B·布赖恩的《伟大的德斯里夫》(The Great Dethriffe)。小说相当长，但引人入胜，我一心想尽快译完然后写自己的小说，每天吭哧吭哧译个不止。当时还没有使用文字处理机，用自来水笔密密麻麻写在大学笔记本上。

《伟大的德斯里夫》最后译罢，就斯派赛斯岛的生活写了几篇类似随笔的文章(即收在这里的文章原型)，之后迫不及待地创作小说。那时候横竖想写小说，全身急得发痒。身体为寻求语句而如饥似渴。必须等到关键时候才“投入”自己的身体。长篇小说这东西不等到最后一步是不能动笔的，一如跑马拉松，若迄今为止的调整失败，往下相当长一段路就坚持不住。

这部小说就是后来的《挪威的森林》，此时尚无书名。本来是以写三百至三百五十页四百字稿纸的一气呵成的小说那样的轻松心情动笔的，但写到一百页左右的时候得知这样子下去三四百页无论如何也完不了。自那以来至翌年(1978年)4月，我就在迁往西西里、罗马过程中一味泡在小说里，归终成了九百页稿纸的小说。

※

在米科诺斯生活期间记得最清楚的是夜间的酒吧。日暮时分，我们常上街喝酒。米科诺斯酒吧到处都是。白天我基本一个人闷在房间里写作，老婆看书、学意大利语或在向阳的地方逗猫玩。交谈之类几乎没有。因此，天黑下来两人去酒吧，边喝酒边东拉西扯。我也需要借酒放松，缓解白天的紧张。

米科诺斯的酒吧相当不坏，既不土里土气，又无自命不凡的派头，价格也算便宜的。旅游旺季难免盯住外国游客的钱包，收费相当不菲，但淡季里因客人几乎全是本地人，价格自然降下。两人差不多各喝三杯鸡尾酒，要一点小菜，大致一千日元刚出头。不单单喝酒，和店里的人天南海北闲聊获取当地情报,对我们来说也是为数不多的娱乐之一。

我常去的是“莫尼卡酒吧”、“米诺陶洛斯酒吧”和“托马斯酒吧”。米科诺斯的酒吧由于过度竞争而时常摇身一变,这些酒吧如今恐怕也不复存在了。经常和在“莫尼卡酒吧”打工的法国女子(名字忘了)说话,她个头不高,表情丰富,估计和我是同代人。“已经在米科诺斯住十几年了,”她说,“年轻时一晃儿来到这里,就被这座岛迷住,后来哪里也去不成了。”米科诺斯有很多这个年纪的欧洲人,即所谓战后出生高峰一代。他们以嬉皮士溃退之势摇摇晃晃离开西欧社会,在此岛定居下来。希腊的岛屿时常可以见到类似当时的共同体(commune)残余那样的人物。不知何故,当时的嬉皮士特别中意海岛。

她被米科诺斯迷得神魂颠倒,说她就连邻岛都没去过,罗得岛和桑托林岛也没去过。“我有米科诺斯,为什么非去其他岛不可?”

“莫尼卡酒吧”是一个叫莫尼卡的德国女性经营的,到了夜晚,感觉上这里往往成了住在米科诺斯的外国人聚会交流的场所。大家都很寂寞,晚上就聚来这里喧哗。因此,不时热闹过头是这家酒吧的一个缺点(此外还有卫生间冲水不畅)。不过,正因是德国人经营的,德国风味的家庭式饭菜十分可口,天冷的日子每每来这里喝德式热汤、吃炖豆角和煮香肠。

“米诺陶洛斯酒吧”的老板是和英国女子结婚的希腊人,此人喜欢爵士乐,有几张渡边贞夫①的唱片,我每次去都放给我

① 日本爵士乐萨克斯管演奏家(1933—)。

听。“淡季总是去伦敦生活，”他说，“但今年夏天生意不怎么好，冬天也开着。因为那场恐怖传闻闹得美国人不来了。”

他天天教我一点希腊语。人很沉静。细品之下，数他这家酒吧的鸡尾酒够味儿。是用新鲜水果做的，做得很认真。下酒菜虽然只简单几样，但味道不坏。酒吧一如其人，比较安静，并且总以适度音量放轻柔些的爵士乐。“夏天的确赚钱，”他静静地说，“可是我讨厌夏天，讨厌米科诺斯的夏天。夏天一切都没有章法，7、8 月份简直昏死过去，干活时一直计算夏天还有几天过去。人人如此，人人讨厌得要死，忍无可忍。没有办法才干活的。这样的季节就好得多，这才是真正的生活！”说罢，他摇了摇头，言语之间沁出只能靠旅游业为生的希腊的苦楚。

“托马斯酒吧”很有与众不同之处。托马斯生于土耳其，塞浦路斯纷争期间被赶出伊斯坦布尔（土耳其政府强制遣返希腊人），几乎身无分文地迁居希腊。一如此类人所经常表现出的那样，他对政治极尽嘲弄之能事，是个个人主义者。个头不高，但长相富于攻击性。年轻时满世界游逛，掌握了六种外语。在很多酒吧和旅馆里打工，攒了一笔钱，去年在米科诺斯买了酒吧。“原来叫‘玩酷子弟酒吧’，但很快改称‘托马斯酒吧’。因为 1 月去雅典付清余款，彻底成我自己的东西了。新招牌也定做了。”他说。为了赚钱，淡季也开业。他还学了日语，大概正在打近来逐渐增多的日本游客的主意吧（不用说，在斯派赛斯岛一个日本人也没见到）。我让他给我看了日语教科书，那东西根本不成样子。我教了平假名和片假名的区别，他招待白兰地表示感谢。

托马斯给人的印象总有些郁郁寡欢，多少有些心事重重，仿佛在说自己什么都不相信，但我们去那里喝酒的次数相当不少。一来托马斯这个人有一种叫人恨不起来的地方，二来说话妙趣横生。一次谈起选举，我问选举时不能卖酒，并说那一来就赚不到钱了吧。他说那就充作红茶，用红茶杯上白兰地。“附近酒吧销掉两箱白兰地！连警察都来喝，喝令上红茶。当然钱是不给的。”他笑道。“算是好处费吧。希腊人么，政治上什么都不懂，只是凑热闹罢了，根本一无所知。”说着，他嘲讽似的笑笑。

“提起警察嘛，”托马斯说，“在米科诺斯开这样的酒吧是需要营业执照的，可是从没叫我出示过。警察一晃儿进来喝酒，喝完就走，白喝。只要管酒喝，谁都不说三道四。心照不宣，妙就妙在这里。”

但是，惟独谈起他的生身故乡伊斯坦布尔，其神情甚是真诚——伊斯坦布尔的鱼是多么鲜美，在那里长大是多么愉快，被赶出那里是多么难受……

※

在托马斯的酒吧里遇到一位曾长住日本的希腊老伯。他在吧台边同托马斯边聊边喝啤酒。高个头，有点儿驼背，头发已开始稀薄。他转向我问我是日本人么，我答说是的。随即老伯手拿玻璃杯讲起一段很长的往事。

他曾作为轮船公司职员久驻日本，那是 1960 年代前半期的事。去看镰仓大佛途中，同一个在公共汽车上碰到的女子堕入情网。他说那就是所谓一见钟情。他实在按捺不住了，遂向对方搭腔说自己想去看大佛，不知怎么走。女子热情为他带路，两人由此要好起来，约会了好几次，甚至发展到了认真谈婚论嫁的地步。如今看上去他已经五十五六岁，长相不坏。

"但最终没有结婚，"他说，"也见了对方父母，谈了，都是好人。可是若真要结婚，还是有很多很多难题。我也有无可奈何的情况。但当时心里确实难过。我也年轻，那时候。归终带着一颗受伤的心离开了日本。

"现在已经辞职不干了，海运业不景气啊！于是回到故乡米科诺斯工作。不管怎么说都是自己出生的地方最好。

"可是夏天不行，夏天再糟不过——到了夏天，岛上人口是冬天的五倍！人口增加这么多，什么东西都不够用。从电气到食品，水都缺，只好从附近岛上买水，圆罐车装水运来。这一来，物价理所当然上涨。一到夏天，没有什么不贵的。靠旅游吃饭的人倒也罢了，而与此无关的居民全都怨声载道，对外国游客烦不胜烦。理所当然啊！冬天好，安静。多数居民用夏天赚的钱在米科诺斯郊外盖大房子，整个冬季在那里看着录像带悠然打发时光。全都有钱嘛！"

※

在米科诺斯也见到好几个在日本住过的人，基本是货轮上的船员。也有好几个在朝鲜战争之际去过日本（希腊作为联合国军的一员向朝鲜半岛派兵）。原来的船员们熟知日本的小港。他们的年龄都已相当不小了，但身体都很壮实，如今仍晒得黑黑的，常逮住我聊日本。他们随着海运业的萧条从船上下来，有的当公共汽车乘务员，有的当餐馆老板，有的开小杂货店。对于在船上度过的日日夜夜，他们简直像惋惜已逝青春一样谈得十分动情。听他们那么一说,我也觉得那是一个分外美好的时代,一个可以乘船四海为家的时代,一个只要愿意随时随地都可找到工作的时代。

然而那样的时代已然过去,如同斯派赛斯岛那个商船队随着汽轮时代的到来而一蹶不振一样。

港口和范吉利斯

每天早上醒来,我们首先开窗看海。从卧室窗口可以把大海尽收眼底。得知海面平稳没有白浪掀起,便去港口买鱼。如果白浪滔天,几乎所有的渔船都不出海,鱼也就无从谈起。只有好天气才能吃到鱼。因此,天气对我们的生活意义非同小可。

天气好的时候,一大早出海的船9点前全部返回,在港口前摆卖刚捕来的鱼。港口一角有用大理石(这一带大理石多,什么都用大理石)砌的鱼台,上面齐刷刷摆着大大小小五颜六色的鱼。有鱼摆上,镇上的居民、游客和猫狗鸟们便一忽儿围成一圈。因为新鲜,味道当然好,但鱼价绝不便宜。地中海沿岸哪里都不例外:鱼是比肉贵得多的高档品。一见就很鲜美的鱼差不多都给餐馆老板模样的人集中买走用来营业,镇上的一般老婆婆们只能物色做家常菜的不怎么样的小鱼。这么着,港口摆卖的鱼转眼就卖光。至于卖不出去的杂鱼,渔夫们便扔给在港口转来转去的塘鹅和猫。塘鹅高叫着吓唬猫。

镇上一家鱼店也不存在。卖冷冻鱼的店倒是有一家,而这准确说来是冷冻店,而不是鱼店。渔夫们在港口自己卖自己捕的鱼,卖完收摊。所以,若错过三十分钟左右"卖鱼时间",鱼就吃不上了。刚开始的时候没摸出买鱼的诀窍,未能顺利搞到鱼。

我们常在这里买鱿鱼(卡拉马利。商乌贼叫斯皮亚)。这里的鱿鱼柔软,香得好像入嘴即化。希腊人一般烤来吃,那太可惜了,我们做不来,当然弄成"刺身"(生鱼片),还有时候塞入米饭做成"寿司"(饭卷)来吃。虽然每天有所不同,但鱿鱼大体一公斤七百日元。以希腊的物价来说,价格相当可以。此外还买一种类似竹筴鱼的鱼(萨布里吉),用醋凉拌或烤来吃。这是一种不可思议的鱼,形状类似大竹筴鱼,而味道则带有青花鱼风味。这东西不能经常搞到。小鲷鱼(希奈格利扎,或称利斯里尼)不是炖吃就是加葱煎吃。此外还有星鳗、比目鱼、带鱼、梭子鱼等,种类委实繁多。不知何故,梭子鱼贵得和青山纪国屋①不相上下。也有见所未见的鱼和莫名其妙的鱼。有一种浑身带刺样子蛮吓人的名叫斯科尔皮奥的鱼,听人说煮汤好吃,试了试,果然好吃得很。不过和河豚一样,有点儿刺舌尖,还吃坏了肚子。

海每四天左右发一次脾气。从窗口望去,狂涛巨浪犹如东映②厂名背景一般撞击着海岬突出的岩体,而且J·G·巴拉德③式地刮着充满暴力的风。渔船当然不出海。从窗口看去,

---

① 日本有名的大商店。

② 日本电影制片厂名。其厂名背景为汹涌的海浪。

③ 英国科幻小说作家、评论家(James Graham Ballard,1930—)。主要作品有《残忍展览会》、《宇航员之死》等。

渔船进入港内，系着缆绳，桅杆随波摇晃。惟独海鸥开心地迎风盘旋。

这样的日子持续三四天（有时一个星期）之后，随即摇身一变，送来安安静静的清晨。海面平滑如镜，水波不兴。在这样的早晨我们赶紧洗脸，吃罢早餐就拎起购物袋往港口飞奔，一起买下够吃几天的鱼。两人混在老婆婆和餐馆老板之间，问这个多少钱那个多少钱这个贵了能不能便宜点，如此呶呶不休。如果港口摆卖的鱼没有好的，就等下一只渔船靠岸，一马当先同渔夫讨价还价一古脑儿买下。总的说来，旅居期间我的希腊语进步不大，但单单买鱼用的希腊语可谓百炼成钢。

我们不太喜欢吃肉，鱼作为蛋白质来源无论如何都是必不可少的。希腊菜固然十分好吃，基本让我中意，但我们日本人长期吃起来，体质上还是难以承受。油腻、香辣调味料用得多，吃久了就有脂肪不知不觉在体内囤积下来。没体验过的人或许无法想像，体内囤积脂肪是非常不好对付的事。从经验角度我认为（只是认为，谈不上科学根据），日本人的身体恐怕本来就不具有分解那么大量的脂肪的功能。所以，分解不了的脂肪囤积在体内，而脂肪一多，身体难免变重，肌肉活力下降，食欲减退，皮肤粗糙，头发变脆，汗有异味。

这种时候就要“脱脂”三四天，大凡油腻之物概不入口，不去外面吃饭，减为一日两餐。煮米饭，做大酱汤，多吃酸东西。把鱼作为蛋白质来源，而且烤来吃。不用油，“刷”地淋上柠檬汁，蘸酱油吃。烤鱼用的是从套房公寓管理人范吉利斯那里借来的陶炉和铁丝网。此前我全然不知欧洲人用陶炉烤鱼吃，一次看见范吉利斯用陶炉和铁丝网在管理人房间前面烤过期面包，遂问能用来烤鱼吗，他说当然能。于是我向他借来陶炉（希腊语叫斯卡拉），在院子里烤竹筴鱼。厨房的微波炉是电热式，没这东西烤不了鱼。遗憾的是燃料并非木炭，而是碎木料，但久违了的烤竹筴鱼还是香得令人感动。味道真是好极，可以感觉出烟味从鼻孔“刷、刷、刷”往脑芯漫延，细胞渐渐按捺不住。

烤鱼时范吉利斯每次都过来，得意地说：“鱼这么吃再妙不过，德国人法国人都不晓得这个吃法。”附近的猫们又闻味赶来。全世界喜欢鱼的人们和猫们无不中意烤鱼。如此说来，忽然想起以前早稻田穴八幡坡路下有一家专门提供烤鱼的套餐店，路过时闻到的便是这种味道。

另外，我们常吃的一种叫马利萨的鱼。在鱼中属于最便宜的那种，大小四至六厘米，一百日元能买一大碗。买来好好洗了油炸，从脑袋“咯嘣咯嘣”咬起。骨头硬，吃多了相当累，说麻烦也麻烦，但钙质丰富（在欧洲住久了，钙意外不足），而且有一种极其质朴的味道，我们时常喝着“雷切那”葡萄酒“咯嘣咯嘣”吃个不停。这是地地道道的平民风味，餐馆里上这道菜的仅限于面向当地居民富有希腊色彩的餐馆，以游客为对象的饭店的菜谱上基本没有。

光说鱼不好意思，章鱼也吃了不少。地中海的章鱼相当可以。刚买来时较硬，吊在房檐下晾晒。这样，第二天硬芯就能抽下，变得好吃起来。希腊人全都这么吃章鱼。渔夫捕上章鱼，活着拎腿在水泥地“吧唧吧唧”摔软。从章鱼角度看诚然疼痛难忍，但世道就是这个样子，奈何不得。把章鱼搭在晾衣竿上或什么上面，一天就可晾干。经过这两个阶段之后，章鱼终于适于食用。这个我们也同样用陶炉烧烤，淋上酱油和柠檬汁吃,好吃极了。只是,晾章鱼的时候附近的猫和狗便有几只围来,气呼呼地抬头盯视那章鱼。尽管不可能够到,但还是一蹦一蹦地往上扑。猫们也饿了。这光景看上去甚是令人不忍。另外还招苍蝇,起始耿耿于怀,后来就随它去了:招苍蝇就招好了,悉听尊便。反正是烧烤,苍蝇成群也不至于改变味道。

※

在港口不时碰见范吉利斯。范吉利斯喜欢在早晨的港口散步。并非有什么事,只是随便走来走去,或在露天咖啡馆喝咖啡,或跟同样漫步的朋友打招呼。若有卖鱼的就瞧上一眼,也有时逗逗塘鹅。港口就像是公共社交场所。我们买了鱼,他往往说一声"先给我,春树",当场掏出鱼的内脏。下到海里,用军用刀灵巧地割开鱼腮,剖腹,拉出肠子在海水里洗净,鳞也刮了,然后告诉我们这个怎么做好吃。范吉利斯喜欢做吃的,还时不时请我和老婆在咖啡馆喝咖啡。

※

范吉利斯是年近六十的左巴系希腊人。英语一窍不通。身材高大,留着漂亮的仁丹胡。热情,喜欢和人亲近,我们很快同他要好起来。除了我们没有常住客,范吉利斯也相当无聊。

我们居住的地方是有围墙的所谓高级住宅小区,面积很大,上面建有二三十栋漂亮的纯白色双层楼。一栋两个单元,上下楼中间分开。买下来的人或各自使用,或用于出租。楼外地面有很多细密的阶梯,原色鲜花处处争红斗妍。总体设计仿米科诺斯镇,曲径通幽,没有直路。设计上细致入微,作为希腊同类建筑,做得格外精细,无可挑剔。屋顶带有希腊特有的小小的鸽笼模型。风大不能远跑的时候(会被风吹回来的,没办法跑,不骗你),我时常在这小区里跑——便是如此宽阔。阶梯多,爬上爬下,正好锻炼。

走进大门,旁边有管理员室,范吉利斯一般都和两只金丝雀待在这里。不在这里的时候,就去清扫游泳池,或修剪花坛、收拾垃圾。管理员室也带一个小厨房。一看见我就招呼道:"喂春树,喝了咖啡再走!"随即用带花纹的小锅做了个黏糊糊甜腻腻的希腊咖啡,边喝咖啡边查辞典说很多话。范吉利斯说他战前在比雷埃夫斯开面包店,也当过船员,去了许多地方。下船后做了好几种工作,来这里是因 T 先生的邀请。T 先生是设计这片高级住宅小区的建筑师,也是小区的总老板。他请范吉利斯来这里做管理员,于是范吉利斯举家搬来,已是七年前的事了。

夏季范吉利斯当然也忙。"忙得天晕地转!"他本人说道。不光说,还扭歪了脸——扭得皱皱巴巴的——做出讨厌至极的表情。"夏天我女儿来帮忙,女儿会英语,毕竟是跟外国人打交道。我不行,傻瓜一个,英语不会,德语不会。"

可是范吉利斯绝对不是傻瓜。虽说是没正经受过教育的一介左巴,但直觉好,感情也够细腻。范吉利斯有两个孩子。大的是儿子,在米科诺斯的发电站当工程师(这座发电站动不动就停电)。另一个是女儿,做美容师。孙子两个,一个承袭了他的名字,就是说有两个范吉利斯。不过孙子叫米克罗·范吉利斯,即英语所说的小范吉利斯。他桌子上摆着孙子照片。子女也好孙子也好都在米科诺斯生活。"范吉利斯穷,但都健康。”他说。希腊人非常注重家庭，家人的幸福即是自己的幸福。虽然穷，但只要全都健康地活着，那就是幸福。

一开始他问我“春树，有孩子么”。我说没有，他马上现出非常困惑和伤心的神情。对他们来说，没有孩子是极其难以忍受的事情。

范吉利斯明年春天六十。“六十就有养老金下来，”他兴奋地说，“跟你说春树，那一来往下就可以游玩度日了。我也上年纪了，天天干活很不好过的哟！六十年来一直干个不停，差不多也该休息了。”

但范吉利斯显得十分健康。“您不是还能干么，”我说，“在日本，六十岁正是干活的年龄。”

“哪里哪里，”范吉利斯摇头，“六十已不是干活年纪了，我也老了，没精神了。”说着做出疲惫不堪的样子，以此表现他已彻底心力交瘁。

不过看上去范吉利斯甚是精力充沛，一有时间就在管理员室做手工活。有时修理捕捞章鱼的渔具，有时缝补渔网，还有时做饭做菜或干一点木匠活那样的活计，同时屈指计算养老金下发的日期。

范吉利斯工作时间里不喝酒，但圣诞节那天穿一套最考究的西服在管理员室醉得相当厉害。也罢，圣诞节说起来就像日本的正月。范吉利斯醉后满脸通红，比平时活跃，嗓门变大，并叫我喝威士忌，倒满满一杯。威士忌是红牌尊尼获加（Johnnie Walker）。他喝尊尼获加时显得分外得意，想必是为圣诞节特意保存的酒。平日大体喝廉价葡萄酒。乌糟酒则不喝，大概过去给乌糟灌得烂醉如泥，再也不想喝了。无论我怎么劝他喝乌糟，他都一滴不沾。“乌糟，坏酒，喝了变傻，春树你也注意为好。来葡萄酒好了！”说着，脸色黯淡下来。

他不时把我们领去当地人聚集的咖啡尼奥（希腊式咖啡馆）。作为他那是最大限度的招待。这是因为，那种当地人聚集的咖啡尼奥不欢迎外国游客进入，那是他们的圣地。何况老婆也跟着，女人进咖啡尼奥也让他们反感。咖啡尼奥是合得来的男人们畅所欲言的场所，所以都以冷冷的目光盯视我们和范吉利斯。这种时候，范吉利斯就把我们介绍给大家：“这两人是我的朋友。虽是外国人（克塞尼），但会讲一点希腊语。正用心学呢，喏喏，单词本都带着呢！”

接着，他劝我们喝葡萄酒，推荐好菜让我们吃。菜固然便宜，但以范吉利斯的工资衡量还是不小的破费，此乃友情的表示，我们心存感激。喝着吃着，周围的左巴们渐渐习惯了我们的存在，似乎在说既然范吉利斯那么说，那也就只好接受了。这种温情是希腊人所特有的。

※

12月3日，设计师T先生来了。范吉利斯说明天T先生来，我表示如果可以想见面聊聊。T先生乃知识分子，当然讲一口漂亮的英语，往返于伦敦与纽约等地之间，是个国际化人物。同样是希腊人，但和范吉利斯有很大区别，不属于左巴系。我称赞这个小区做得极有档次，他兴冲冲带我到处参观。“为做这小区我花了十二年，十二年！”他说，“你恐怕不了解希腊的衙门是怎么个东西，跟衙门打交道活活要命，私下疏通上下打点麻烦透顶。交计划书、交设计图、又要交什么什么图……这方面不知占了多少时间。规定又多,效率又低,能把人急死。一塌糊涂的国家!完工时都累瘫痪了。这种事不能再折腾一次,也不想再折腾。不过,我也认为干得不坏,会心之作。为此我投入了全部精力,天天到场,连石头砌法都要指点工匠。不这样不行,那些家伙不盯着就偷工减料,很懒的!就连细小地方都是我直接指挥建造的。所以,这个小区等于是我的孩子。做了五十三套,四十九套都卖了。每年定下卖几套。不然就乱套了。慢慢做,看准对象慢慢卖。如何,村上先生,你不也买一套?这么好的东西在米科诺斯再不会有第二份。景致也好。夏天小区里都很安静。出租也能赚钱,决不会吃亏的。正是该买的东西。价格十五万美元。明年就会涨价百分之十。手续费等各种费用百分之八,年度管理费等经费八万德拉克马(约八万日元)。"

但我们当然没买。作为度假别墅十分难得可贵,价格虽说高却也并不离谱,管理员范吉利斯也让人愉快,问题是当时我们没有那样的经济余裕(我们在经济上是带着一定程度的担忧离开日本的),再说希腊离日本未免太远,有时间也很难像去关岛那样说走就走。在那样的地方就算有一套别墅也徒然落得麻烦。

因此,我对T先生说:"有道理,您的意思我清楚了,容我好好考虑一下。""慢慢考虑就是,"他拍了拍我的肩膀,"米科诺斯是好地方,希望日本人也多来一些。"T先生是早上到的,傍晚即乘机飞回雅典。忙。"在南美有个建筑师的世界性会议。"他对我说。

※

早上和范吉利斯一起散过步。那时我再次认识到，希腊人实在是喜欢寒暄的国民。一如日本人喜欢点头和暧昧地微笑、美国人喜欢握手和打官司、法国人喜欢葡萄酒和霍华德·霍克斯①的电影，希腊人则喜欢寒暄。早上购物时间和傍晚去咖啡馆时间在街上走一圈，这点就一目了然。那不折不扣是寒暄的洪流。

举个例子。去购物的两个主妇（卡特琳娜和玛利亚）在路上碰见了，往下势必有如下交谈：

“卡里梅拉，卡特琳娜，泰卡尼斯（早上好，卡特琳娜，身体可好）？”

“米亚哈拉，玛利亚，埃夫哈里斯特，埃希（还好，谢谢！玛利亚，您呢）？”

“米亚哈拉，基埃勾，雅斯（我也蛮好，再见）！”

“雅斯（再见）！”

简直成了对话例句集，可她们的确照说不误，而且是在步履匆匆擦肩而过的时间里。从旁边看来，只能说是神乎其技。因为首先要认准前方来人，其次要看准火候（这样的距离是否合适），然后再不约而同地开始“卡里梅拉”，还要快嘴快舌地连发数发，最后以略微回头的样子道出“雅斯”。这么灵巧的活计我横竖做不来。到了这个地步，我觉得较之喜欢寒暄，更像是

① 美国电影导演（Howard Hawks，1896—1977）。主要执导影片有《光荣之路》、《红河谷》、《勇敢的利奥》等。

寒暄高手了。

住在小镇上的普通希腊人相遇时互相寒暄者能占百分之几呢？一天总共寒暄多少次呢？此乃我一直怀有的疑问。于是我同范吉利斯在街上走时注意计算了一下。由于匆忙，无法计算准确，但总的说来，范吉利斯碰上的人里边，三人有一人寒暄。数字相当不小。范吉利斯年已六十，寒暄的对象几乎都在中年以上，男女比率大体四比一。

在港口相继同七八个漫步的人寒暄："哟范吉利斯"、"你好啊范吉利斯"、"早上好"、"你好你好"。如此互致问候，但脚步不停。看来，寒暄不停步似乎是希腊一般习惯。若因寒暄而一一停步，那么恐怕哪里都到达不了。的确，如果停下脚步，大有可能卷入没完没了的长谈之中。所以大家都像蝴蝶一样行走，像蜜蜂一样寒暄。进得小巷，巷口呆呆站着的理发匠老伯道一句"你好范吉利斯"。和蔬菜店的老板来一声"你好"，和超市的老伯说"早上好"，和卖菜者连道"你好你好"，和穿黑衣服的胖老太婆擦肩而过时对方问"你好吗范吉利斯"，站着交谈的三个人连声说"你好"、"还好"、"早上好"，电气用品店的老伯问道"喂范吉利斯最近怎么样啊"——看着都觉眼花缭乱，根本顾不上计数。这已经是电子游戏，对于眼前忽然出现之人要一瞬间判别出是①"需要寒暄者"还是②"无需寒暄者"。即便来人属于①，也要根据对象确定寒暄的 grade（等级）——一看即可得知 grade 分得相当细，并且必须遵守若非特殊对象则不停步这条基本规则。可是范吉利斯对此应对自如，轻轻松松穿街过巷。寒暄对象的数目五分钟差不多有四十人。非同小可，堪称高手。我无论如何也当不成希腊人。

撤离米科诺斯

这篇文章的雏形是离开米科诺斯不久为一家文艺刊物写的东西。为避免同其他文章重复,后来多少有所改动,但基本保留了原貌。现在回头看来,不难看出当时自己的心很有些僵冷,尽管写的当时没有意识到。

我想文章这东西或多或少都有这种情形。写的时候由于写的东西太自然太理所当然(因为原则上我们是紧贴当时当地自己的心态写文章的),所以对于自己所写文章的温度、色调和语势往往很难当场作出客观判断。

不过我想,心有时候是会冻僵的,近乎绝望的冻僵,尤其是在写小说的过程中。

※

1986年12月28日。星期天。雨。

今天我将离开这座海岛。

6点半起床,伏案写一小时左右的小说下文。大致收尾的时候,将一摞信纸装入大号信封,而后放进结结实实的旅行箱最底层以免弄皱。在米科诺斯的生活也今天截止。回想起来,在这里生活的一个半月居然全是坏天气。每星期有一两天晴空万里的好天气降临,但此外都提不起来,不是下雨就是刮风,或者风雨交加，而且天空基本上阴沉沉的不见天日。置身于如此美丽的海岸之间，实际下海游泳却仅得一次。

最后一天还是下雨。无声的细雨，又有风。

紧挨我们所租房子的后院，有一块不大的牧场（或者不如说像是一块荒草甸），放养着三四十只羊。不时有似乎坏心眼的羊倌夫妇赶来（长相仿佛狄更斯小说中出现的情侣），一边破口大骂一边用棍子狠打不听话的羊。从桌前可以把牧场全景收入眼帘。写作当中，我蓦然抬眼从窗口打量羊母子，以此作为小小的乐趣。但随着冬日的推移，草很快少了，羊们在十来天前被一只不剩地转移到其他牧场。现在窗下铺展的仅仅是寒伧的褐色地面，既看不见拼命扑在母羊脚下的小羊，又听不见好像用直尺拉出的一条线那样没有起伏的单调叫声。看着空荡荡的牧场，清楚地认识到季节利利索索带走了它要带走的部分。

牧场往前有条通往山上的坡路，一辆旧卡车拉着建筑材料似的东西晃晃悠悠往山上爬去。早上的细雨冷冷地淋湿了地表所有物体。我怅然望着外面，心里想着刚刚写完的那一章。下雨的早晨写的文章，不知何故，就成了下雨的早晨那样的文章。事后不管怎么修改，都没办法从中消除早晨的雨味儿。羊们荡然无存的凄寂的牧场上无声无息降落的雨的气息，淋湿翻山越岭的旧卡车的雨的气息——我的文章就笼罩在这种晨雨气息中，半宿命地。

下到楼下，在厨房烧水、煮咖啡。这工夫里老婆醒了进来，加热平底锅煎薄饼。今天是最后一天，必须把电冰箱里剩的东西逐一消灭干净。冰箱残留一点做饼的面粉和牛奶，所以无论谁怎么认为，早餐都要吃薄饼。面粉、鸡蛋和牛奶的比例是有些不当，但也只好凑合了，毕竟是处理剩余物品。我把剩余物品做成的薄饼切成小块送入口中，忽然想起拿破仑军队从俄国撤退时的情景。一场最艰难、所获最少的撤军。在雪原上腾跃的哥萨克士兵。暴风雪。枪炮声。

不吃西红柿？老婆问。

西红柿剩了好多好多。吃，我说。把西红柿切了，洒上盐末和柠檬汁，再细切了香草洒上。咖啡和薄饼和西红柿色拉。士兵们渡过冰河，用冻僵的手烧毁桥梁。他们离开故乡实在太久了。

电冰箱里还有什么，我问。

意大利面条、西红柿罐头、大蒜、橄榄油和鸡蛋、一点点米、半瓶葡萄酒、金枪鱼罐头，也就这些了。

如此说来，午饭铁定是配以金枪鱼罐头西红柿汤的意面。归根结底，撤退便是这么个东西。也罢，吃完午饭，我们就离开这里，午饭吃什么都不是大问题。我一边听劳拉·尼罗（Laura Nyro）的旧音乐磁带一边吃薄饼，吃罢收拾行李。收拾当中蓦然想道：这一个半月时间对于我到底算什么呢？自己在这季节不对头的爱琴海孤岛上到底干了什么呢？对此我一时什么也想不起来，真的想不起来，脑海里生出疙疙瘩瘩般的空白。

得得，到底干什么来着？

在某种意义上，我迷失了自己，如同在无边无际的俄罗斯雪原上踉踉跄跄行进的疲惫士兵。

但过了一会儿，我当然想起来了，想起了自己迄今在这个场所的所作所为。我写了几篇类似游记的文章，翻译也脱稿了，还写了长篇小说的最初几章。成果不算差，我想。尽管如此，我还是在某种意义上迷失了自己，而觉得彻底迷失自己的时候，我甚至朝石墙狠狠踢去，可以说是穷途末路。我知道这样做所得到的无非脚痛罢了，已是第一百二十五次知道。

是的，我的小说沾有黯淡的雨味和夜半剧烈的风声。尽管没有沙俄战线那般严重，但也还是一场不大不小的战斗。喂喂那不对的，你挖出的不是我的尸体。是和我相似，但不是我。你多少误解了我。或许冻僵的尸体看上去全都差不多。

我的迷失，并非因为我远离故乡。我所以迷失自己，是因为我远离了自身。并且今天我就要从疏离自己本身的场所作进一步移动。无限相减，或无限相加，或多或少。都无所谓，彼此彼此。

2 时 35 分飞往雅典的飞机起飞。我被抛入汹涌的重力之中。也许看上去不然，但确乎如此。我只能勉强扑在类似把手的什么上面。正因为这样，我才一直回想拿破仑撤离俄国的战役。我无法抹除那一幅幅图像。可话又说回来，为什么下这么多的雨呢？

※

11 点 15 分，约翰来了。

约翰是比利时人。其原名早已忘了，一个听不习惯的相当烦琐的名字。此人很早以前来到希腊，直接住了下来，英语德语法语希腊语讲得非常流利，年纪四十上下。前额发际后退得厉害，总是穿一件开线的毛衣。估计已经结婚，因为见过一次他和希腊女性及其母亲模样的妇女在一起。虽说住在爱琴海，脸色却很苍白。嘴唇每每扭歪六厘米。他憎恶几乎所有的希腊人，而几乎所有的希腊人都漠视他或奚落他。我一说自己是作家，他就对我产生了莫大兴趣。

"跟你说村上先生，你我是知识分子。这里其他家伙清一色是傻瓜蛋，傻瓜蛋里的野蛮人。"约翰说。对于住在米科诺斯的其他欧洲人的智商，他也不以为然。

他在旅行代理店工作，是我所租房子的当地代理人（agent）。房租付给他，有怨言（有若干）找他抱怨。约翰今天是为计算电费来的，他把电表数字计在手册上，计算金额。我付给他大致五千日元的电费。他也不问可不可以就脱掉雨衣走进房间，神色悒郁地坐在沙发上和我谈了三十分钟。

"跟你说村上先生，以前我想当编辑，"他说，"但终究没当成。你猜因为什么？"

我说不知道。不可能知道。

"因为失望，"他把嘴唇往安特卫普①方向扭歪八厘米，"对于出版界的状况。明白？"

我答说不明白。

"我不能忍受的是那种大批量生产体制。弗莱明②写的007什么系列第十八、第三十六——那简直就是麦当劳连锁店。有资本的出版社出版那么无聊的书大赚特赚，脑满肠肥，而志向高远的人却始终被踩在脚底下，这就是出版界的现状。这个叫我无法忍受，现在也忍受不了。可明白，村上先生？"

---

① 比利时的港口城市。

② 英国悬念小说作家（Ian Fleming，1908—1964）。因创作以代号"007"的英国谍报人员邦德为主角的系列长篇小说闻名。

唔唔。

“所以我才离开比利时，干干脆脆地。之后来到希腊。为什么选择希腊呢？那是因为希腊是欧洲的边角——离开欧洲没把握混下去。所以来到边角。好地方啊，除了希腊人。恕我直言，我认为那些家伙无可救药。例如范吉利斯，那家伙连英语都讲不来，脑袋不开窍的懒汉，没有希望。看这些家伙真是看够了，有时很想回比利时去。就算是骗子文化，但至少那里还有文化这个东西。”

这就是比利时战后出生高峰的一代。得得，世界所有地方都好端端地活着我们这代人，尽管有些疲软褪色。但我什么也没说。说实话，比之约翰，我远为喜欢不开窍的范吉利斯，超过约翰二十倍。可是这种话无法说出口。

“我喜欢三岛和大江①。”这位名叫约翰的比利时人说，“可曾见过他们哪位？”

我答说没有。

约翰摇了几次头，像是表示遗憾。“对了，你写怎样的小说呢，村上先生？”

我说介绍起来十分困难。

“前卫性质的？”

或许可以多少那样认为，我回答。可不可以呢？

他再次摇头，仿佛摇头是他人生的重要组成部分。我在膝头摩擦双手，好像说那也是我人生的重要组成部分。

---

① 指大江健三郎（1935— ），日本作家。

往下我们谈了一会儿小说，然后他从沙发站起，穿上雨衣，向我伸出手："能见到你很高兴，村上先生。毕竟这座岛上几乎不存在类似文化的东西。"

约翰，我也为见到你高兴，后会有期。

"噢，雨好像停了。"他仰望天空说，"这回不要紧了，飞机可以起飞了，祝你旅途愉快！"

我说谢谢。

我们再一次握手告别。我再一次联想到拿破仑的撤军，眼前浮现出开始秃顶的、名字难记的比利时人约翰一边吐着似乎并不雅观的白气一边举斧头砍桥的光景。这里没有文化，他摇着头说。他何苦来这样的地方呢？既然这样，留在比利时不还好些？跟你说，约翰，你怕是忘记比利时了。已经发生的事就是已经发生了。你的心情不是不可以理解，可是 1960 年代早已消失在背后，早已远去。

约翰走后的房间里仍存留了一会儿他的焦躁，他的文学性自我犹如细微的尘埃飘来飘去。还剩有六七厘米的嘴唇的扭曲，如同死者的纪念品。

约翰让我想起历史上无所不在的死，觉得应该有人为约翰写一本传记，应该有人精确而详细地描绘他的疲惫他的向后撤退的头发他的开线的毛衣他的希腊岳母及其通往三岛和大江的人生旅程，并且像戴米尔①的《十诫》那样浓墨重彩。我坐在沙发上，一边感受房间中漂浮的约翰的焦躁，一边这样思来

---

① 美国电影导演（Cecil Bbunt DeMille，1881—1959）。主要执导影片有《十诫》、《草莽英雄》等。

想去。

此后去了范吉利斯那里。范吉利斯在昏暗的房间里,正戴着老花镜补渔网。他一个人的时候几乎不开房间电灯,我想大概是为了省电。在昏暗中独处,范吉利斯显得比平时苍老。

我敲门进去。范吉利斯打开灯,放下渔网,让我坐下。他慢慢摘下眼镜,擦火柴点燃呛人的希腊香烟,随即轻咳一声,问我喝不喝咖啡,我说谢谢。

"喂春树,还有六个月。"他眨巴着眼睛说,"六个月后养老金就下发了。"他的确是在盼望养老金。"你今天就离开岛吧?你一走可就寂寞了。"他说,"你不在,就剩我范吉利斯一个人了。"

"不是还有那个德国电影导演么?"我说。

"哪里,他今天也回去。剩下来的只有我和金丝雀。"

"还来的,范吉利斯。辞去这里的工作后,不也还是在港口咖啡馆里转来转去吗?"

我们各喝了两杯范吉利斯珍藏的白兰地(这种时候喝一点儿也无妨吧),握手,以希腊方式拥抱告别。然后提起旅行箱走到奥林匹克航空公司的办事处,在那里等待开往机场的小巴士。

在那空空荡荡的高级住宅小区住了一个半月的差不多只有我们俩。我们和范吉利斯和他的金丝雀。我们离开前一星期,那个沉默寡言的内向的德国电影导演(名字忘了)从伦敦回来了。范吉利斯说此人总是闷在这里写电影脚本。确实,德国人似乎一直独自静静写电影脚本。我也一直写小说。约翰则一直满岛播洒他的比利时牌焦躁。范吉利斯一直补渔网，一直拆解钓乌贼的针捆。港口附近那个报摊少女在我每次去买《雅典新闻》时都把报纸恨恨甩给我，然而我直到最后都对她怀有类似好意的情感。十四五岁，鼻子下面已经生出淡淡的胡须，但看上去并不像多么坏的孩子，她只是焦躁罢了，一如其他多数人。

风持续刮，雨经常下，冬天整个包围了海岛。我们每次去取洗的衣服，洗衣店老板娘都微微摇头，就差没说你们怎么还在这里。12月中旬，她对我问道："莫不是你们打算在这里过冬？"我答说不不，年底离开这里去罗马，于是她显得多少放下心来。是的，这里不是游客过冬的场所。"以前去过日本的。"烫熨斗的老板娘的丈夫自言自语地说了一句。以前上船来着。可如今他在洗衣店里几乎从不开口地熨衣服。

在1986年这一年结束的时候，我即将离开这座岛。我在空气滞闷的奥林匹克航空公司的办事处等待开往机场的巴士。外面，风越刮越猛。飞机能起飞吗？松动了的球形门拉手"咯咯嗒嗒"响个不停。疲惫不堪的门拉手，就好像穷途末路的李尔王。

再见，米科诺斯岛！

我瞥了一眼装有小说原稿的旅行箱，然后怅怅地望着窗外白浪滔天的海港。海鸥以撕裂乌云之势笔直地飞去。有人就机票问题对办事处女士发牢骚。敲击电脑键盘的"呼呼"声不绝于耳。两个年轻士兵无所事事地看体育报。另有加拿大一家老小。一如大多数加拿大人，背囊上缝着加拿大国旗。亦如大多数加拿大人，显出百无聊赖的神情，简直像在说我等乃是表现无聊的小小权威。

我从某处迁往某处。时间与场所——二者屡屡在我心中增加重量。我自身和时间和场所这三个存在的平衡趋于崩溃。

喂,比利时人约翰,莫非你正在拆自己的桥?弄不好可是哪里也去不了的哟!

乘坐2时35分飞往雅典的班机的先生们女士们……工作人员吼道。得得,飞机起飞。我把石油洒在桥上,小心擦燃火柴不让风吹灭。球形门拉手“咯咯嗒嗒”一个劲儿颤抖。深重的天色又有一种颜色涂了上来。我在风雪中大声喊叫:喂我都说了,那不是我的尸体!相似,却不是我!

从西西里到罗马

西西里

除夕①早上从雅典出发，到罗马正是 CAPO D'ANNO（新年庆祝活动）最热闹的时候。在意大利，除夕夜到元旦之间死人相当不少，有喝酒过量喝死的，有撒欢儿弄倒蜡烛失火烧死的，有撞在枪口上打死的——有人从窗口开猎枪来代替助兴的烟花。这还不算，作为除夕夜的一种庆贺方式，一到 12 点意大利人就把不要的东西从窗口一件件抛下，以致也有人倒霉碰上砸死。正月的报纸连篇累牍都是这种让人笑不起来的死亡事故报道。不成样子！不过从热闹与否这点来说，那还是热闹，这点百分之百可以保证。

我们也学罗马人在除夕夜吃象征喜庆的扁豆（lentil），打开香槟姑且庆贺新年。超短波梵蒂冈通宵播放维也纳华尔兹。时值 1987 年。恭贺新年！随即我们告别罗马，朝下一站西西里进发。将在巴勒莫租房子住一个月。为何选择巴勒莫呢？因为要给一家航空公司的机上刊物报道西西里，只要完成这个报道，往下就可以随意写自家小说，事情不坏，况且我也想去一次西西里。不料到达巴勒莫时，一瞬间把我弄糊涂了：巴勒莫

---

① 日本明治维新（1868 年）后停止使用农历，但农历的有关说法仍然保留下来，此处“除夕”指公历 12 月 31 日。

任何意义上都不是足以让游客老老实实住一个月的地方。首先，街道反正就是脏。一切都破败不堪、黯然失色、不干不净。构成街道的建筑物一言以蔽之大部分堪称丑陋。街上行人面无表情，总给人一种抑郁之感。车太多，噪音太大，城市功能一看就知每况愈下。事后得知，街上到处是暴力犯罪，人们疑心重重，对外人极其冷漠。

假如没有讲定工作，没有预付一个月房租，我想我恐怕到达的第二天就赶紧离开这座不三不四的城市。可是因为这个缘故，无法改变计划。当然，住下来也有几桩并不糟糕的事情，可是除却为数不多的例外，我对巴勒莫这座城市的状况总的说来深感失望。

看了好几种关于巴勒莫的导游小册子，也没发现说这座城市不好部分的记述。说干脆些，上面全是好话。也罢，导游册这东西本来就是为激发人们的旅游欲而写的，太消极的事项怕是写不得的。其中英语版的《蓝色导游》(Blue Guide)记述还算基本正确，引用一段：

“巴勒莫，人口六十七万，西西里区首府，一座令人深感兴趣的城市。面临北海岸美丽的港湾，位于康卡德罗(金盆地)的尖端。不大的盆地四面围着石灰岩山，满山遍岭是橙园、柠檬园和蚂蚱豆(我也不知晓这是怎么个劳什子)田。港湾已毁灭性地衰落，贫民窟惨不忍睹，街头杀人斗殴，交通寸步难行……尽管如此，巴勒莫仍是值得一游的富有魅力的城市。气候无可挑剔。”

至于巴勒莫到底什么地方值得一游，我一下子很难理解(“令人深感兴趣”这点不妨承认)。也罢，世间有各种各样的想法。记述自是简明扼要，但作为我，倒是希望写一下这座城市的丑恶嘴脸。

乘出租车从蓬塔莱希（Punta Raisi）机场去巴勒莫的路上，我们目睹的是数量惊人的汽车修理厂和无论从哪个观点看都难以说是富有诗意的郊区住宅群。过了这些进入市区，紧接着被卷入了作为巴勒莫名胜的交通堵塞之中。车尾废气把所有建筑物都弄得黑乎乎脏兮兮的。不但脏，建筑本身也一副寒酸相。目睹之间，心情渐渐黯淡下来。欧洲城市总的说来给人以协调之感，赏心悦目，在这个意义上，这里已不是欧洲。如果说这里有某种协调感的话，那便是丑陋与贫穷。人口增加，只好随时随地接二连三建起简易集约式住宅——感觉上便是这样一座城市。款式一塌糊涂，色调一塌糊涂。加之灰头土脸，一副穷困潦倒的样子，俨然贫民窟。城市本身正失去健康的活力而走向没落，这点一看建筑物即一目了然。

而且警察随处可见。全都穿着防弹背心，端着自动步枪。警察的眼神比罗马的严厉得多。我们去巴勒莫时，正赶上审判黑手党头目。连续发生报复性大批量杀人案。巴勒莫街头巷尾闪动着黑手党的身影。照料我们公寓的一个叫桑德拉的女孩的男孩子朋友不久前就被黑手党杀死。并非他本人做了什么，他父亲曾是黑手党干部，仅仅由于这个原因，他在巴勒莫街上行走时被自动步枪射成蜂窝。

"不是什么稀罕事的，在这里。"桑德拉耸耸肩，面无表情地说。

城市笼罩在冷漠阴暗的气氛中。倒也不是说有什么实际阴暗，只是觉得无论去哪里都好像隐约蒙了一层薄膜。在餐馆吃饭也好，进邮局寄信也好，去蔬菜店买菜也好，或者上街东游西逛也好，反正到处都可感觉出这种阴暗挥之不去。就连身为外国人和局外人的我长住起来，都被整个卷入这阴暗的氛围中。在旅居巴勒莫期间我们最讨厌的，就是此种无可救药的阴暗。这种阴暗，可以说是无论怎么挣扎都找不见出口的绝望阴影。看统计数字即可得知，西西里的经济衰落得堪称崩溃。人们穷，工资低，失业率高，如火烹油的意大利经济根本没有惠及这座南方的海岛。北部意大利呈现的富裕和活力在西西里踪影皆无，西西里有活力的，仅仅是黑手党控制的地下经济。

人就在几十个市民眼前被击毙，而警察却一个目击者也找不出来。谁都没有看见，匪夷所思。在枪声传来的一瞬间人们都目视别处。多数警察被黑手党收买，此乃尽人皆知的事实。拒绝收买的警察和法官屡屡遇害。一个背叛同伙向警察作证而直接逃往美国的黑社会干部，其留在西西里的一家老小全被杀害。因此，人们概不多言，缄口，闭眼——城市气氛若不阴暗，反倒是咄咄怪事。

不过比之黑手党，我们更要注意的是汽车。因为巴勒莫路窄车多，而且横冲直闯，以致百分之九十的汽车都伤痕累累。在巴勒莫找出没有伤痕的汽车，或许要比在日本找出有塌坑的梅赛德斯-奔驰还要困难。到处有汽车“叮叮咣咣”相撞。信号灯本来就少，而行人又几乎全不遵守。多数人行道被停靠的汽车封死。虽说这可以说是遍及意大利全国的交通状况，但以巴勒莫为登峰造极。我是顶喜欢散步之人，然而在西西里可以说几乎没有外出的心绪，一想到那洪水般的车流就万念俱灰。

还有无休无止的噪音。

我住的公寓面积还可以，在巴勒莫算是舒服地方，尽管如此，汽车声从早到晚响个不停，头都有点痛了。半夜尤其厉害，巡逻车或救护车“叭叭叭”满街飞奔，车动不动就“滋——”一声急刹车。车上装的防盗报警器不知因为什么“啾啾啾啾——”响彻四方。被挡在后面开不出车的车主“笛笛笛笛——、笛笛——、笛——”按二三百次喇叭。如此情况绵绵不断持续到后半夜三四点。从寂无声息的淡季米科诺斯一下子来到这等地方，简直是堕入地狱。陀思妥耶夫斯基暗示有另一种内省式地狱存在，而对于我，这个程度的地狱足矣足矣。

※

在这样的城市住了一个月。那期间一直写《挪威的森林》，这部小说在此写出六成。和米科诺斯不同，这里天黑后也不能外出稍事散步，说难受也够难受的。想换个心情也换不成。所以离开巴勒莫出去短途旅行了两次。一次去陶尔米纳，一次去马耳他岛。返回巴勒莫，又闷在房间里写作。

天天都写小说是很难熬的。有时甚至觉得自己被敲骨吸髓似的（也许你说不是什么了不得的小说，但作为写的人此乃实实在在的感受）。但不写更加难熬。写文章不易，可是文章方面要求我写。这种时候最要紧的精神注意力，将自己投入那一世界的注意力——必须尽可能长时间保持这种力。这样，就可以熬过当时的难熬。同时相信自己，相信自己具有圆满完成创作的力。

脑袋日复一日处于慢性痴呆状态。蓦然回神，已经血涌头顶，意识模模糊糊，脑浆充气一般膨胀开来。这也是全神贯注写小说的缘故。注意力过于集中，感觉上有时脑袋缺氧。但不止于此。巴勒莫的冬天过于温暖。1月了，街上却热气扑面，中午外出时穿半袖衫都不碍事。半袖顶不住的日子也很少穿毛衣。艳丽的巴旦杏花到处盛开，公园的槟榔树叶随着非洲吹来的暖融融的南风摇曳不止。路旁摊床的卖花姑娘在卖水杨枝。从寒风呼啸的米科诺斯飞来，这里的气候同乐园无异。但遗憾的是，对于我的写作很难说是理想气候。不时头昏脑胀。春天暖和没关系，夏天炎热无所谓，秋天凉爽亦无妨，这样的气候自有其必然性。若无极特殊情况，任何季节我都能像样地写作，惟独巴勒莫冬天的温暖叫我求饶。就好像汽车里的空调机出故障似的呼呼吹起了暖风，又不知如何才能制止——便是这种令人不无头疼的温暖。我基本是为了温暖来这里的，按理不该说三道四，可我时不时还是深深觉得既是冬天但冷无妨。

还有，我这人本来不怎么做梦，但那时常常做梦。

梦见葡萄酒瓶里塞满小猫崽的死尸。猫崽眼睛瞪得圆圆的淹死在细瓶子里。是怎样把猫崽塞进瓶子里的呢？我全然无法理解。另外还梦见熊猫咖喱。普通咖喱上面直接蹲着一只小熊猫，用叉子扎来吃。肉硬邦邦的。刚吃一口就睁眼醒来。现在想起都心情不快。

隔壁房间住一个女歌剧歌手，经常练独唱，有时还做发声练习和音阶练习。声音和音阶都一丝不苟，大概是在巴勒莫歌剧院演出的歌手住在了这里。另一侧隔壁房间的人养一只漂亮的暹罗猫，猫时常来我们房间玩耍，好奇心很强，却又胆小。

女佣一天来打扫一次房间。女佣来时，我们出门去附近买东西。女佣总是两人一块儿来，长相每次各不相同，其中也有令人怦然心动的美貌少女。打扫房间自是好事，问题是电冰箱里放的巧克力有时不见了一半，我的威士忌也日见其少，马桶里常有烟头扔进去。不过贵重物品倒没丢失。一直放在桌面上的钱也安然无恙，只是食物时不时减少一点罢了。我猜想，某一类意大利人面对食物时恐怕自控力失灵。

日暮时分放下笔吃完饭，往下就再也无事可做了。于是我们在房间里喝着葡萄酒看电视。因此看了很多很多电影。全部是意大利语配音。《阿拉伯的劳伦斯》的彼得·奥图尔当然讲一口地道的意大利语。若说我个人感想，我看再没有比彼得·奥图尔更不适合讲意大利语之人。保罗·纽曼还较为适合。就连东宝的《诺查丹玛斯大预言》都以意大利语配音看了。搞笑节目看了，唱歌节目看了，新闻看了，电视剧看了。如此扎扎实实看电视有生以来头一遭。此外无事可干，实属无奈之举。最后看电视实在看累了。但实在看累了也还得看。不外乎坐在沙发上边喝酒边注视荧屏上的晃动。尽管这样，心情到底为之一变。

※

晚上去听了几次歌剧。巴勒莫有两座歌剧院：玛西莫和波黎得亚玛。由于玛西莫太玛西莫（巨大）了，平时公演使用波黎得亚玛。从外面看，建筑物同样脏兮兮的，而进去则相当不坏。因是老建筑，作为剧院很有气派，也有相应的氛围。天花板凌空而起，包厢齐刷刷围了一圈，统一涂以金色和红色，令人怀念19世纪至本世纪初的地方文化的辉煌。入口齐整整地站着身穿老式制服的引导员。我在这里看了莱斯庇基的《塞米拉马》

这一少见的歌剧和罗西尼的《谭克雷迪》(Tancredi)。《塞米拉马》前面第二排为两万里拉(两千日元多一点)。基本满座。巴勒莫是个娱乐少的地方,有歌剧时人们身着盛装来到剧院(theatron),“呀——呀——”互致问候。尽管天气温暖,人们却身穿毛皮大衣擦着汗赶来。当然是为了穿给大家看。总之这里是个华丽的社交场所。

不过《塞米拉马》这部歌剧音乐上未免冗长,而情节我又不大明白(小册子全部是意大利语),看得甚为狼狈。不仅情节相当曲折,而且全部身穿大同小异松松垮垮的白色衣服,人物无法区分。好歹看懂小册子后,得知《塞米拉马》乃是仅仅在1910年公演过一次的险些失传的歌剧,怪不得!交响乐团倒是恰到好处地传达出了莱斯庇基的音色,令人佩服。这种音色的“吻合度”令人感叹不愧是意大利(后来听了西西里交响乐团演奏的拉赫玛尼诺夫,听起来根本不像拉赫玛尼诺夫)。

《谭克雷迪》因有玛丽莲·霍恩出场全场座无虚席,反响也好。我们咬了咬牙买了一次——总该有一次——包厢票。坐在包厢里一小口一小口呷着自带葡萄酒看歌剧实在非比寻常。费用是两人一万日元多一点。《谭克雷迪》妙趣横生,观众也相当动情,但若让我直言不讳,我想尚未达到如醉如痴的程度。或者霍恩那天状态欠佳也未可知。

卡塔尼亚的歌剧院也去了,名字叫贝利尼歌剧院(贝利尼出身于卡塔尼亚)。我在这里看了威尔第的《埃尔纳尼》。免费。这是因为,我们一说是专门来卡塔尼亚看歌剧的,售票处的老伯默默给了两张招待票,微笑使了个眼色。这是在西西里发生的为数不多的好事之一。在西西里,日本人这一存在相当珍稀。

倒不是因为白拿了票才这么说的——这《埃尔纳尼》甚是气势雄壮。在西西里看的三部歌剧之中,这部最让我开心。土里土气举止粗暴的威尔第没有多少装腔作势之处,从中深切感受到的是“大家一起欢度今宵”的民众性活力。这种积极的现世气势恐怕只有在意大利地方城市才能感受到。交响乐团和角色或许比米兰稍逊几分(不过这天扮演埃尔纳尼的是林康子),但惟其如此,观众席间有一种温情脉脉的气氛——“让我们为本地歌剧加一把火吧!”而这点非常有意思。邻座的老伯一边吃橘子一边同歌手合唱。

※

西西里留在印象里的,不管怎么说都是吃的。不过,并不是说名列米其林①的星级名店有多么好吃,那种店我去过几家,大多令人怀有疑问(我觉得米其林倾向于高度评价饭菜无懈可击的饭店,而在这点上意大利菜的美妙和气势不可能得到正当评价)。总的说来,在西西里较之所谓无懈可击,“有懈可击”的菜似乎更有味道。一如歌剧,多少有些粗鲁但还是有气势的歌剧更适合西西里的风土。在这个意义上,偶然走进的街头饭店好像更能幸遇令人心服口服的菜肴。当然,相当劣质的也并非没有领受过。

我们在巴勒莫外出就餐大体是吃午饭。晚间懒得动固然

---

① 指米其林(Michelin)轮胎公司主办的以星数评价欧洲的宾馆和饭店的旅行指南书。

是个原因,但最主要的原因是半夜(即意大利晚饭时间)吃得太饱很难入睡。

一来没有一一吃遍巴勒莫的主要饭店,二来太高档的敬而远之,因此不可能断言哪一家是巴勒莫最美味的饭店,但我个人最中意格拉纳特里大街的“阿库卡尼亚”,去了三次。一直在意大利生活,去两次的饭店虽说为数不少,但去三次的则没有几家,可见一定好吃无疑。不过,意大利的饭店厨师流动频繁,一年后再去很可能味道大变,即使现在也说不准此处是否好吃。

首先,这里的自助餐式的前菜(antipasto)很够味。意大利饭店里的前菜,往往看上去似乎好吃而实际吃起来却油腻腻的令人难以下咽,但这里的非常清淡爽口,颇有家常菜风味。我们一边高兴地吃着,一边喝有力度的西西里白葡萄酒。其次值得推荐的是西西里特产沙丁鱼通心粉和墨鱼汁细扁面,这两样好吃得不分上下。沙丁鱼通心粉就是往通心粉里拌上沙丁鱼、松籽、茴香和葡萄干,美妙至极,盘子上来时味道好极了。搭配或许让人觉得不伦不类,但实际吃起来的确让人舒坦。这东西除了西西里很难吃到,若有机会去当地务请一尝。

话虽这么说,对墨鱼汁细扁面也不可坐失良机。可能你说墨鱼汁通心粉岂不到处都有,可这并非普普通通的墨鱼汁通心粉——往堆积如山的细扁面上大淋特淋墨鱼汁。乍看之时,不由让人未吃先饱,心想一个人哪里吃得下这么一大堆,可是偏偏吃得下。吃起来顺顺利利进到胃里。吃完时餐巾因墨鱼汁变得黑黑的,说难为情也难为情,但其冲击力还是务请一试为快。赤坂[①]的"格拉纳塔"的墨鱼汁我也中意,但和"阿库卡尼亚"相比,我觉得墨鱼汁的浓度差一档次。

一般说来,这家饭店每个菜的量都很大,吃完前菜和通心粉,肚子就胀鼓鼓的了。于是我们两人点了一盘量不大的主菜分开吃。实际上只前菜和通心粉就足够了,问题是若拒绝主菜,男服务生的脸色就好像有人告诉他今晚 6 点世界完蛋似的。如果可能,我不想看那样的脸色,所以大致点一道菜。这里的菜数鱼好吃。鲜鱼烤好后淡淡调味,长相俨然杜鲁门·卡波蒂(Truman Capote)的领班把鱼端来,用刀和叉子动作麻利地把鱼刺和鱼肉分开。我喝蒸馏咖啡,老婆吃点心。我思忖,女人这东西恐怕天生具有用来装饭后点心的小型备用胃。

开销是五万里拉(五千日元多一点点)。老实说,吃罢这些若能挺到第二天早上不饿,说便宜我想也未尝不可。鱼相当贵,所以若主菜点肉类,费用要便宜些。

另外——这倒不是饭店菜肴——西西里的冰淇淋妙不可言。里面的水果味简直原汁原味。由于温煦如春,冬天也常在街头摊床上买冰淇淋吃。买冰淇淋时,对方总问"做蛋卷还做面包"。起始一头雾水,面包怎么回事?四下一看,原来不少人把冰淇淋夹进汉堡包大口小口吃。据我所知,虽说世界之大,但如此冰淇淋吃法仅限于西西里人。当然这属于个人喜好,无意一一吹毛求疵。

领略西西里美食也无须跑去饭店。对于自己做饭的人来

---

① 东京港区的地名。

说，西西里也是无比幸福的地方，因为市场里鱼铺多得不得了，刚出水的鲣鱼、青花鱼、金枪鱼、鱿鱼以及虾、贝等海鲜齐刷刷排开，应有尽有。不光鱼，蔬菜和水果也丰富得无可挑剔。葡萄酒也十二分可口，又便宜。就连对巴勒莫这座城市忍无可忍的我也不得不认为此地出产的食物——惟独食物——出类拔萃。物产应有尽有且出类拔萃的土地绝对少而又少。

南欧跑步情况

在南欧住久的一个不便之处，就是每天很难跑步。这里几乎没有跑步这一习惯，跑步的人也很少见到。在街上跑的，不是逃亡中的抢劫犯（确实有的，这种人），就是快要赶不上一天仅两班的大巴的背包客。所以，我悠悠然在路上奔跑，难免为人侧目，那眼神仿佛在说那小子怎么回事啊，甚至有人止住脚步张着大嘴看得出神。如此倾向越去乡下越明显。跑步或散步这类习惯或概念原本就是都市型文明的产物，而这些少见多怪之人对此全然不晓。

住在米科诺斯期间，基本上是从霍拉港翻过一座山（翻山相当吃力），一直跑到岛另一侧的海滩。因是冬天旅游淡季，没几个人。迎面错过的不外乎骑驴翻山来卖菜的中年妇女或农夫。冬日的米科诺斯风极大，在坡路甚至险些被吹回来。在此岛跑时被叫住几次——他们根本搞不明白我为何特意跑着翻山越岭,所以把我叫住,问道:“喂,你这人,干嘛那么跑啊?”希腊人不但得闲,好奇心也强。

一天把我叫住的,是两个黑衣服中年妇女和一个戴帽子的五十光景男人,男人牵着驴,三人都像是普通百姓,晒得黑黑的,手脚粗壮。三人正站在小农舍门前聊天,我跑近时,他们停止交谈,照例点头、张嘴,怔怔看我。我察觉不妙,果然被其叫住,而且是在我跑出五十米远时从背后叫道:“喂,年轻人,这边来!”

英语虽很蹩脚,但毕竟是英语。得得,谁是年轻人啊——我嘟嘟囔囔退了回来。

“你好!”我寒暄。

“你好!”男子应道。

“你好!”“你好!”两个中年妇女开口。一个戴着似乎度数很大的近视镜,胖得大象一般。两人都十分警觉地定睛注视我的跑步鞋和T恤,像是说对此人马虎不得。

“呃——,你为什么在这条路上跑呢?”男子问。男子似乎担任发言人角色。

“因为喜欢跑。”我回答。同样的问话不知反复多少次了,这点儿希腊语早已倒背如流。

“那么就是说,”男子摸着腮胡继续问,“不是因为有事才跑的喽?”

“没什么事。”

三人对视一下,就我说的讨论一阵子。这时间里我或揩汗或观望周围景致,大体如此。风大,汗一凉就感冒,一心想跑。但话没说完,别无他法。

"往下跑去哪里?"男子接着盘查。

"超级天堂海滩。"我答道。

"那里够远的。"

"是啊,那倒是。"

"一直跑去?"

"所以说喜欢跑步嘛。"

"何苦非跑到海滩不可呢?"胖的那个中年妇女从旁插嘴。我心里叫苦,也许因为自己的希腊语不三不四,意思根本没有沟通。

"所以说喜欢跑步嘛,阿姨。"我也不厌其烦地重复。

"跑对身体不好。"戴眼镜的中年妇女接了一句。

"是啊是啊。"胖的表示赞同。

跑对身体不好还是第一次听得的说法,但两个中年妇女显得相当认真,双双眉头紧锁。

"不要——紧,我有力气。"我半是妥协地做出身强力壮的样子。罢了罢了,瞧我在这等地方干的什么!

接下去我们为争取沟通努力了一阵子,可惜怎么都不顺利,就好像风大之日隔着一道山谷交谈。没有接合点。男的耸耸肩,摊开双手,像是表示莫名其妙。两个中年妇女宛如脖子不够长的长颈鹿,一个劲儿缓缓左右摇头。一阵沉默。驴瑟瑟发抖。

"嗳,进屋喝杯乌糟酒可好?"胖的中年妇女说。

简直开玩笑,跑步当中怎么能喝度数那么高的酒呢!真的什么都不懂。

"谢谢!不过还要往前赶路。"我笑着拒绝。

“乌糟对身体有好处。”戴眼镜的说。

如此下去没完没了，于是我就此打住，开步往前跑。跑了一程回过头去，见他们仍一动不动往这边看着。

在南欧跑步的第二个问题点，那就是狗。一来放养的狗多，二来狗也和人一样没有看惯跑步的人，我一跑就以为是什么怪物而随后追来。若是人，虽说有点麻烦，但总可以讲通，而狗则不可能。狗这东西通常不懂话语，也就是说道理讲不通。弄不好，性命都要出问题。

在希腊一个城郊被一条大黑狗追过一次，形势相当紧迫。周围没有人，好在正害怕的时候有一辆出租车从我和狗之间穿过，得以化险为夷。

旅居西西里巴勒莫期间也为狗生出诸多烦恼。巴勒莫的赛马场旁边有一条非常不错的跑步路线，令人感激莫名。问题是如何到达那里。从住处跑十五分钟的路上有数条放养的狗。观察其他跑步者如何处理，原来他们丝毫不当回事：全都开车赶到跑步路线那里，跑完又开车回去。我没有车，死活非跑到那里不可。加油站旁边养的那条白毛狗尤其品质恶劣，我每次跑过，它都不顾一切地从后面“汪汪”叫着追赶。必定在同一地方等我，必定穷追不舍。狗的主人一般也在那里，然而狗追我他也不怎么劝阻，只是呆愣愣的袖手旁观，我用只言片语和手势抗议也全然不予理睬。西西里人对于这种事十之八九态度冷淡而固执，甚至让人怀疑他是认为别人全部喂狗才好。

别无良策，开始几星期只好手拿护身棍奔跑。而这个也有这个的问题，这是因为，此时正在大张旗鼓地对黑手党头目进行审判。黑手党方面出于报复在街头开枪打死了几个政府官员。总之全城处于戒严状态,到处全是警察。警察全都身穿防弹背心手持自动步枪,神情高度紧张。而手持棍棒从中奔跑,无论如何都需要一点胆量。狗吓人,警察也吓人。

这样一来,往下只有两种选择:或放弃跑步,或同狗正面交锋。我当然选择后者。若是怕狗和文艺评论家,岂能写出小说——这么说是有点言过其实,但岂能败在狗手下的心情确是有的。

于是,一天我主动大踏步朝狗走去。狗与我面面相觑,一动不动。我弯下腰以"你敢咬我"的眼神狠狠瞪视,狗也并不相让,"呜呜呜"低声叫着以眼还眼,似乎在说"你想把我怎么样"。我如此动真格地跟狗吵架是头一次,因此一开始颇有些担心,不知战况如何发展。但不久我即确信获胜的肯定是我,因为狗的眼睛现出困惑的阴影——它是在为我主动出击而感到不知所措。这一来往下就简单了。不出所料,互瞪五六分钟后,狗一瞬间移开眼睛。我看准这一瞬间,从近至十厘米左右的距离冲着狗的鼻尖以最大音量吼道(当然是用日语):

"你这个混蛋,看你还敢捉弄我!"

自那以来,白毛狗一次也不再追我了。我时不时开玩笑追它,它倒逃之夭夭。肯定是害怕了。这么着,追狗成了相当有趣的活计。

尽管为数不多,意大利还是有跑步者的,但气氛上意大利的跑步者同美国和德国的跑步者有很大不同,同日本也相当不一样。我跑了很多国家的很多城镇,但觉得意大利的跑步者作为先进国家恐怕还是属于相当特殊的那类。

首先一点，很俏。像我这样的，只要容易跑就行，一切由此开始。可是这里的人似乎不是这样，而首先讲究穿戴。这点无论大人小孩都是如此，各自下足了功夫，舍得花钱，而且确实像那么回事，令人叹为观止。若真有本事倒也罢了，究竟如何不得而知。不过毕竟在上下身"华伦天奴"外面围着"米索尼"(Missoni)毛巾奔跑，端的非同一般。

意大利跑步者的第二个特点，是极少一个人单跑，一般都是几个人一起行动。至于是因为不擅长一个人做什么，还是出于容易感到寂寞的国民性，抑或由于说不成话觉得难受，我则无从判断。最初甚觉不可思议。跑步是孤独的运动——我无意这么装腔作势，和大家一起跑也全然不认为有什么问题，但不管怎么说，一人单跑的情形实在太少了。在其他国家，感觉上大体八成是一人单跑，另两成是团体或复数，而这个国家，比例完全颠倒过来，全都嘻皮笑脸叽哩哇啦说着聊着跑步，样子极为开心惬意。一个人钻进附近树丛站着小便，那时间里其他人全都原地踏步，静等其小便结束。也罢，终究是别人的事，我不好说什么，只要人家觉得好就是，可是没必要小便都等的嘛！那一来岂不跟小孩子一个样了？若是美国人，想必不会等待。而德国人不至于跑步时小什么便。虽说同是跑步，但各国竟迥异其趣，看意大利跑步，深深觉得这个国家的人打仗很难取胜。

去二战激战之地马耳他旅行时，从马耳他人口中也听到同样的话。马耳他在二战期间一再遭受意大利的轰炸，但马耳他人对意大利人可以说丝毫不怀有恶感，因为几乎没造成损害。"跟你说，意大利人么，除了吃、闲聊、对女人花言巧语，其他没有卖力气做的事。”一个马耳他人告诉我，“轰炸马耳他的时候也不例外。飞得低怕挨高射炮，所以从很高很高的空中‘啪啦啪啦’扔下炸弹就回去了。那东西不可能打中，不是掉在海里就是落在荒郊野外，但对他们来说那就可以了。叫扔炸弹就扔了，扔了就算完事。因此，不管墨索里尼怎么狂喊乱叫，马耳他都纹丝不动。后来德国空军来了，这个厉害。急剧下降的轰炸机几乎贴到地面，炸弹全部击中，城市夷为平地。在这个意义上，意大利是个好国家。”

我也认为确是那样。在这个意义上意大利是好国家。在这样的国家里，人们不至于无谓地跑步。

在德国，就连妓女都天天早上跑步，很有些像村上龙写的《纽约马拉松》。我实际在汉堡同妓女交谈过，她说她每天早上沿艾塞斯特湖跑步。因为我也跑这条路线，遂问跑多长时间。嗬，时间还真不算短。我说好厉害啊，她耸耸肩说“身体是本钱对吧”。对对，妓女也好小说家也好，身体都是本钱。

“你一个人跑？”我问。

“那当然。”她说。

喂，意大利人，听见了没有？人家德国就连妓女都天天跑步的哟，且是一人单跑！

一次偶尔看见一人单跑。也有默默跑步之人。不过一人单跑并不意味默默独跑，其中有讨人嫌的家伙凑到我身旁问我“喂跑多远”或要求“一起跑吧”，不胜其烦。明知我的意大利语不成样子，却在旁边边跑边喋喋不休。一开始我思忖这小子没准是同性恋者，但没给人那样的感觉，无非不说话就寂寞罢了。

活活要命。

南欧最不适于跑步的城市，不管怎么说都是罗马。不是说没地方跑，跑步场所完全有。例如波各赛公园，有极好的跑步路线，宽宽敞敞，景致也好，台伯河的河滨路也非常不坏，问题是如何到达那里。到达那里的路途堪称地狱——大凡人行道都被所停车辆堵死，大街小巷到处是狗粪，汽车“嗖嗖”全速行驶，空气污浊，人头涌涌。我敢保证，没等跑到公园就已筋疲力尽。纽约通往中央公园的道路我想就够差劲儿了，但同罗马的混乱相比还算文雅的。

在罗马跑步另一点叫人心烦的，是满街乱窜的十几岁少年的恶劣表演。虽说恶劣表演，但并非纽约布朗克斯区（Bronx）的高中生吸海洛因挥舞弹簧刀那种胆大妄为的恶劣，只是丁丁当当小打小闹讨人嫌，而且被彻底惯坏了。性也早熟，据报纸调查，几乎所有的调皮鬼在15岁就完成了初次性体验，只对这一件事表现热心。意大利的学校体制如何我不晓得，反正肩挎书包的高中生初中生大白天就在那一带无所事事地东游西逛，吸烟，一对对打情骂俏。这些家伙毕竟时间精力有余而钞票不足，每次我在其前面通过，他们简直就像正闲得无聊时来了个好欺负的傻瓜蛋，哇啦哇啦大声起哄，别提有多吵闹、多烦人了。

“喂——日本人，再跑快点！”

“喂——日本人，别跑了，来个功夫拳，功夫！”

“一、二、三、四！”

如此异口同声狂喊乱叫。有的模仿我跟着跑，有的死皮赖脸拉出功夫拳架式，有的只是一个劲儿上蹿下跳，同过去《人猿泰山》电影里的调皮猴子无异。知道他们没有恶念，并不怎么生气，但还是让人烦得不行。甚至有的家伙合唱《洛奇》的主题曲。日本的高中生基本不干这种傻事。我每次看见日本的初中生高中生，都觉得他们可怜——被考试、校规、课外活动、歇斯底里的教师等等紧紧五花大绑，如果可能，真想把他们从那种消耗中解放出来。而就连这样的我看见意大利的调皮鬼时都想掐住他们的脖子教训道“你们别老这么胡作非为好好到学校学习去也考虑考虑社会上的事”。

可是一一搭理这样的家伙也不值得，自觉犯傻，于是佯装未闻地赶紧走过。

坦率地说，罗马就像个巨大的乡间集镇。以作为大城市的信息量而言，比纽约和东京（甚至米兰）小得无法再小，而且落后。另一方面，罗马的小孩子们却给人以朝气蓬勃生龙活虎之感。缺乏教养的调皮鬼每每令人心烦意乱（有两个甚至想一把掐死），但我觉得他们的眼睛要比竹下大街①上的孩子们平均线上的眼神灵动而光亮。用电影打比方，就是镜头剪接干脆利落准确无误，有一种拼命窥伺什么的气势。相比之下，东京平均线上的孩子眼神不是显得无精打采似乎在说“所以嘛这样就行了”，就是神经兮兮——就像用遥控器“咔嚓咔嚓”转换电视频道那样忙乱。他们或被城市信息量所抛弃，或拼死拼活紧追不放，而基本上找不见介于二者之间者，至少我有这个感觉。

① 东京的街名。

在这点上，罗马的淘气鬼们可谓悠然自得。因为几乎不存在非追不可的东西，且有趣的名堂相当不少，躺在广场上朝过路人来一句“喂老伯活得还好”也未尝不可。

外出旅行，在那里的城镇跑步是蛮快意的事。时速十二公里左右我想应该是观看风景的理想速度。开车速度太快而漏看小景物，轻微的气息和动静也失之交臂，一步步走则过于花时间。每座城镇有每座城镇的空气，有每座城镇的跑步感觉。各种各样的人做出各种各样的反应。路的弯曲度、脚步的回声、垃圾的倒法，无不有所不同，不同得令人兴味盎然。我喜欢一边看如此城镇的表情一边悠悠跑步。全程马拉松诚然有趣，而这个也不坏。跑步之间会有一种实感：我是在活着，大家都在活着。而这种实感是很容易迷失的。

一如某种人去陌生地方必去大众酒吧，一如某种人去陌生地方必找女人睡觉，我去陌生地方则必跑步。只有通过“跑之感觉”才能领会的东西在这世上也是有的。

罗　马

比拉·托雷克里

终于回到罗马。从西西里返回的一段时间里，就连罗马在我眼里也显得比较安稳平和，不可思议。我请朋友帮忙在罗马郊外找了一家名叫“比拉·托雷克里”的公寓式旅馆（residential hotel）。虽说是郊外，但距市中心坐大巴仅十来分钟。当然，我是说如果大巴好好跑的话。房间并不很大，客厅、卧室、小厨房、浴室。在此安顿下来后，暂时不刻意做什么，呆呆愣愣打发时光——正是旅行疲劳差不多浮出水面的时候。回想起来，这个那个手忙脚乱之间，离开日本已经四个多月了。由于气候、食物的急剧改变，身体感觉似乎已一点点发生变化，头发干干巴巴，浑身酸懒，眼窝下陷，脸皮肿胀。

一如名称所示，“比拉·托雷克里”是旧公馆改造成的①，带一个甚是气派的大院子。而且位于小山上（托雷克里乃“三座小山”之意），视野十分开阔，罗马全城尽收眼底。从房间窗口可以望见外交部、台伯河以及有足球场的奥林匹克运动场。有足球比赛的日子，“噢噢噢——”的欢呼声甚嚣尘上，上空还雾濛濛地笼罩着吸烟的紫色烟气。刚目睹时我还以为世界上

---

① 比拉（Villa）意为“公馆”。

发生了什么天崩地裂的事情。

冬末至初春期间的罗马风景给人以极深的印象,罗马城简直就像小孩子耍性子似的要把缠在身上的冬天抖掉,这点同任何时节的罗马景致都不一样。奇形怪状的云气势汹汹地在空中飘移,在山麓蜿蜒流淌的台伯河无端地闪烁着奇异的光彩。我把桌子放在窗前,写作累了,就漫然望着这样的光景。为了纺织出文章,我自己的身体也像罗马城一样耍起性子。这个季节经常下雨,甚至不时下雹子(致使阳台上摆放的盆栽紫苏全军覆灭)。雨停时,云絮强有力地四溅开来——感觉上颇像很早以前的场面壮观的电影镜头——似乎只罗马才有的眩目耀眼的太阳迫不及待地探出脸来,将城市染成一片金黄。切切实实感觉到春天即将来临就是在这种时候。

不过,同如此漂亮的景致和庭园风情相比,建筑方面很难说有多么气派。说清楚些,已经摇摇欲坠,设备也有些粗糙。墙纸褪色,处处剥裂,电梯像得了肺结核似的"吭吭哧哧",厨房换气扇出故障动弹不得,窗扇吻合不好,热水出不来,地板吱呀作响。原先大约是蛮不错的建筑物(甚至可能有情调)这点不难想像,但如今尽皆破败不堪。总而言之,这座旧公馆没有为使其原样保持下去而进行必要的修葺。据说,这里动不动就换经营者,致使管理不够到位。不过,只要不过于讲究,大体过得去的生活还是可以维持的。其优点首推幽静。作为我实在谢天谢地。不管怎样,总算有了可以安下心写小说的清静环境。

小说初稿于 3 月 7 日完成。3 月 7 日是个阴冷阴冷的日子。罗马人称 3 月为发疯月——风云突变,冷热无常,前一天还煦暖如春,过了一夜就倒退回严冬。这天我是早上 5 点半起来的，在院子里跑了一小会儿，而后连续写了十七个小时，于子夜前写完小说。看日记，到底像是累了，上面仅有一句“何其快哉”。

我给讲谈社出版部的木下阳子打电话，告诉她小说大致脱稿。对方说4月初博洛尼亚有个“绘本”展销会，讲谈社国际室有人参加，最好在那里交付原稿。我说自认为是一部极有意思的小说。“哦——，原稿纸有九百页？果真有意思？”她怀疑地说。此人疑心相当之重。

翌日我马上开始第二稿，把写在笔记本上、信纸上的原稿从头到尾重写一遍。四百字稿纸共九百页份量的原稿用圆珠笔全部重写下来，非我自吹，没有体力是无论如何也做不来的。第二稿脱手是3月26日。由于想赶在博洛尼亚书展之前完成，争分夺秒往前赶，以致最后右臂都麻木了，几乎动弹不了。幸好体质上我从不肩酸，肩自是问题不大，但胳膊受苦了。所以一有时间我就在地板上一下接一下做俯卧撑。写长篇小说是个消耗极大的体力劳动，其程度远在一般人想像之上，时下开始用文字处理机，变得轻松多了。

接着又马不停蹄地开始对第二稿进行细细修改。这也彻底完成，而定名为《挪威的森林》，已是去博洛尼亚前两天了。

在“比拉·托雷克里”写小说期间，除了小说我什么文章也没写。写信的气力都没有了，甚至日记都应付了事。接下去要为一家文艺刊物把这一期间的事写下来，较之随笔，更接近自白亦未可知。

凌晨3时50分的昏死

对于我，写长篇小说可以说是非常特殊的行为，在任何意义上都不可能称之为日常性行为。打个比方，就好像孤身一人深入深山密林一样。没带地图，没带指南针，甚至食物都没带。树木如墙壁密不透风，硕大的枝桠重重叠叠遮天蔽日，就连里边生息着怎样的动物我都浑然不觉。

因此，写长篇小说期间，我脑袋的某个部位总是围绕死思来想去。

平时不至于思考这个。将死这个东西作为迫切的可能性加以日常性把握的，是极其少有的——三十五六岁的健康男性大多如此——然而一旦投入长篇小说创作，我的脑海中便不由分说地出现死的图像。这一图像死死贴在脑袋四周的皮肤上不动，我持续感受着它的刺痒、它的讨厌的抠抓。在小说最后完成那一瞬间到来之前，这种感触绝不剥离。

总是这样，屡试不爽。写小说过程中，我总是心想我不愿意死、不愿意死、不愿意死，至少绝不愿意在小说平安写完之前死去。想到扔开没写完的小说一命呜呼，我就懊恼得几乎落泪。也许不会成为留在文学史上的杰作，但至少那是我自身。说得极端些，如果不使小说完成，那么准确说来我的人生就不再是我的人生——每次写长篇小说我都或多或少这样想，并且似乎随着自己年龄的增长、随着自己作为小说家的阅历的积累而愈演愈烈。我不时躺在地板上屏住呼吸，闭起眼睛，想像自己死的情景，想像死去是怎么一回事。并且这样想道：不行，这无论如何也忍受不了。

早上醒来，先去厨房往水壶灌水，打开电炉。这是为了做咖啡。我一边等水开一边这样祈祷："拜托了，再让我多活几天，我还需要一点时间！"可是——是的——我到底该向谁祈祷呢？若向神祈祷，自己迄今为止的人生实在太为所欲为了；而向命运祈祷，我又过于依赖自己了。也罢，无论向谁祈祷，只要一直祈祷，不久总会和谁顺利沟通的。我就像期待自己的祈祷迟早被哪里的外星人获取，而从山顶上随意向很多方向持续发射信息电波的科学家。不管怎样，作为我除了祈祷别无他法，因为生息在这个不确定的、暴力性的、不完全的世界上，我们四周充斥形形色色的死。冷静想来，能平平安安一直活到现在都已经近乎奇迹。

这样，我一味胡乱祈祷。祈祷漫不经心的菲亚特别在十字路口把我挑飞，祈祷街头警察手中那悠然自得地摇来晃去的自动步枪别朝我突然开枪，祈祷公寓五楼阳台扶手上岌岌可危地摆放着的花盆别瞄准我的脑袋滚落下来，祈祷精神异常者或吸毒成瘾者别突然发狂把尖刀"咕哧"一下子扎进我后背。

坐在面对卡武尔广场(Piazza Cavour)的露天咖啡馆里，喝着蒸馏咖啡观望四周景致的时间里，我蓦然涌起不可思议的心情：此时在此地走动的人们，一百年后将荡然无存。匆匆向前赶路的年轻女郎也好正上公共汽车的小学生也好盯视电影院招牌的小伙子也好以及我也好,一百年后恐怕都要化为毫无价值的尘埃。和现在同样的阳光一百年后必将同样照耀这座城市,和现在同样的风必将同样吹过这条街道。然而,位于这里的任何人都早已从这地表消失。

也罢,这样也无所谓,我想。纵使一百年后我的小说如死蚯蚓一样干瘪继而消失,我认为那也是奈何不得的事。这并非什么问题。我所追求的,既非永恒的生又不是不朽的杰作。我追求的仅仅是此时此刻,仅仅是允许自己好歹活到把这部小说写完,如此而已。

1987 年 3 月 18 日星期三,时间是凌晨 3 时 50 分。

当然外面还黑,到天亮还有一个小时多一点点,用英语说就是"Small Hours",司各特·菲茨杰拉德称之为"灵魂的黑暗"的时刻。如此说来,司各特·菲茨杰拉德也是在写小说当中死去的。不过或许他还算幸福的,毕竟病情发作昏倒转眼之间就断气了,恐怕连考虑未竟工作的时间都没有。不,不对,倒地的刹那间说不定没写完的《最后的大亨》(*The Last Tycoon*)倏然掠过他的脑际。因为人这东西恐怕并非一下子就能死掉的。我猜想那肯定是很懊悔的事。那部小说已然在他脑袋里写完了,他只要把它变成眼睛看得见的形式即可。可是若提前死去,一切都化为泡影,任何人都无法将其复原。

我凝视窗外的夜色,考虑了一会司各特·菲茨杰拉德。可以看见山脚下排列的街灯。街灯队列沿着台伯河徐缓地迂回着,一直向远方伸去。不时有车灯划着弧形消失在哪里。不闻任何声籁。岑寂。彻底的黑。就好像置身于深深的洞底。天空星月皆无,阴云密布,如被罩上了顶盖。我缩进沙发,舔一样啜了一口白兰地。这个时候喝酒太晚了,而喝咖啡又太早了。但一小口白兰地未尝不可吧。想听音乐,又怕吵醒老婆,转念作罢。何况,在如此万籁俱寂的黎明时分有什么合适音乐可听呢?

我在沉默中沉下身体。

3点半睁眼醒来是因为做了个奇妙的梦。太奇妙了,因而醒来。我因梦见什么醒来是极少有的事。我基本上不做梦,做也当即忘光。

所以我想趁还没忘时记录下来。如此明晰而有现实感的梦是不可多得的。是的,在某种意义上,那个梦比现实本身还明晰、还有现实感。

梦中出现一座空空荡荡的巨型建筑。天花板很高,俨然飞机库。里面空无一人。我的四周飘有一股血腥味。沉甸甸滑腻腻的气味以明确的比重如断层一般在建筑物内飘浮。每当空气缓缓卷起漩涡,那气味也如心灵体①那样移动,并且涌入我的口中。无可回避。它同空气一起不由分说地涌进来,我可以在舌尖上感觉出那气味的动态。气味进入我的喉咙,渗入我全身每一个细胞。我这一存在已经同化在血的滑腻腻的黏液中,无可奈何。

---

① ectoplasm,鬼神附体者身上释放的一种物质(心灵术用语)。

房间左边排列着被砍掉头的牛身，右边摆着被砍掉的牛头。好像刚砍下不久，头和身仍在接连不断地流血。哪一边都摆得井然有序一丝不苟。因此，被一分为二的牛们看上去十分安静，感觉上简直就像在沉睡时间里，被割麦一般飞快地——连感到疼痛的工夫都不给——砍了头。至少牛头似乎还没觉察到自己已从躯体切割下来，这点看它们的眼睛即可了然。不过它们就算觉察到也已无计可施——只能排列在那里持续流血。

五百个左右的牛头全部朝同一方向排列。何苦费这般麻烦呢？我不得其解。无论谁做，我想都耗时费事。

房间地板上有无数细沟，宛如叶脉。细沟汇集了牛们的血，注入房间中央一条大沟，大沟将集中的血冲入大海。建筑物外面即是悬崖，下面就是海。海已染成牛们的血色。

窗外有海鸥盘旋。数量奇多的海鸥，犹如飞蛾，数不胜数。它们聚来这里是为了牛血——吮吸沟里淌来的血，贪婪地啄食血中混杂的细碎肉片。当然仅此并不满足。海鸥在空中盘旋着窥视窗口。它们想得到更大的肉片，想得到身首分离的牛们以及我。它们不屈不挠地在空中盘旋，静待时机。

牛们定睛看我。地板上齐整整排列着的牛头，看上去仿佛经过品种改良的奇异的蔬菜。我可以清楚感觉出它们的视线。它们看着我这样说道：还没死！还没死！海鸥们则说：已经死了，已经死了！

醒来我马上看表。我出了汗。也许神经过敏，手心黏糊糊的，就像沾满血浆。我赤身裸体走去厨房，从电冰箱拿出矿泉水,倒在杯里喝了,一口气喝了三四杯。

此刻正坐在沙发上眼望窗外的黑暗。时针指在3点50分。

我不想死。

我闭上眼,想像自己死去的光景。所有肉体功能划上句号,最后一口气从肺部徐徐呼出。最后一口气比预想的硬得多,感觉上如同垒球从喉咙吐出,但到底出去了。死随即到来,缓缓地、然而确凿地。视野滞重,颜色摇曳,就好像躺在游泳池底。有人飞扑进来,水纹荡开,摇动光亮。但稍顷光也消失了。

罗马是个吸纳了无数的死的城市,所有时代所有形式的死尽皆充斥于此。从恺撒的死到剑客的死,从英雄的死到殉教者的死,罗马史连篇累牍尽是关于死的描述。元老院议员若被宣布荣誉死亡,首先在自己家里大设宴席,同友人一起大吃大喝,之后慢慢切开血管,一边畅谈哲学一边悠然死去。无名贫民的尸体被投入台伯河中。卡里古拉①将所有哲学家处以极刑,尼禄②将基督教徒喂了狮子。

在清晨到来之前的这一短暂时间里,我感觉到这种死的高涨。死的高涨犹如远处的海啸摇颤我的身体。写长篇小说时常发生如此情形。我通过写长篇小说而一点点降到生之深处。顺着小梯子,一步又一步下降。然而越是这样向生之中心接近,我越是清楚感觉出死之高涨,感觉出就在前面很近很近的

---

① kaligula,古罗马皇帝。

② Nero Clandius Caesar Augustus,古罗马皇帝、暴君。

黑暗里,死也同时急剧地高涨。

去梅塔村途中

1987年4月

在博洛尼亚把《挪威的森林》的原稿也交了,决定慢慢休整一下身心。心情畅快至极,就好像一下子全部卸下背负的行李。

4月12日星期天,棕树主日①。乌萨科、乌比夫妇和我们夫妇四人去梅塔村游玩。梅塔村是个小村庄,位于罗马西北方向,开车需两三个小时。相当详细的地图上也找不到。由于在远离城市的山尖上,一般没有人特意前往。人口一千左右。村正中有个酒吧,卖一点简单的食品之类,此外概无店铺。村民的职业清一色是农民,一切自给自足,几乎用不着买东西,便是这样的村落。若问为什么特意去这样的村落,因为这里是乌比生身的故乡,在此长到16岁。父母仍在这里生活。“毕竟房租便宜得不得了,”乌比说,“一年的房租才三千七里拉。”

三千七里拉约合四百日元。

我以为听错了,重问一次,但仍是四百日元。

---

① Palm Sunday,基督教的节日,复活节前最近的星期天。

“父亲原先一直在村公所工作——退休很久了——后来也继续住在公务员房子里,可以住到死。在这点上,这个国家非常难得可贵。不这么认为?”

“的确。”我说。

“我父亲的退休金比我的基本工资还多,不像话的国家!由于做这样的事,在财政赤字上已经破产了——等于国民从国民身上抢钱。”

“和日本相反,这方面。”

“是的是的,是相反。”乌比点头,“在这点上,我觉得日本人够可怜的。日本国家本身有钱,可是国民生活相比之下很难说多么富裕。休假少,地价高,纳税多。非我瞎吹,意大利人几乎不纳什么税。老实纳税的只我们这类公务员(他在外交部工作),其他人简直一塌糊涂。意大利经济一半以上是地下经济,国家掌握的资金动向估计不到整体的一半,所以意大利人每一个都比统计数字上的有钱,毕竟不上税嘛!上次你不是见到我妹妹玛利亚·露西娅了么,她在米兰税务署工作,她说那简直不成样子——去催交税款,竟然一个交的也没有,根本不打算交,鼻涕一把泪一把诉说自己过着如何如何苦的日子,交不起什么税款。意大利人在这类事情上真是能言善辩。玛利亚·露西娅也当真同情起来,说税款由我替你垫上,她也是有点莫名其妙,虽说是我妹妹。”(※一年后,玛利亚·露西娅因精神官能症住院)

“是莫名其妙。”我也赞同,“那地下经济,举例说是怎么回事呢?”

“啊,最大的是黑手党。”乌比介绍说,“这类组织意大利全国大大小小多的是。另外，这个国家的人，很多人有几种职业，我的同事中也很多。白天在外交部工作，晚间在托拉斯特拉(Trastevere)的爵士乐俱乐部吹萨克斯什么的。实际上白天在外交部睡大觉，哈哈哈。这些人根本不申报副业收入。社会结构也是这样子的。若是有哪个政治家要纠正这种结构，内阁第二天就得垮台，所以谁也不着手。国民任意而行。你瞧，全都有三个星期休假：暑假、圣诞节、复活节。一家老小每个星期都在高级餐馆吃饭，阿玛尼啦华伦天奴啦，尽穿花大钱的衣服……同日本的工薪层相比，你不认为过得阔绰？光靠工资那是做不来的。"

"像是蛮好的国家啊！"我佩服道。

"国家这东西，看样子要破产却怎么也破产不了的。"乌比俨然在讲别人的事。

在此进入收费公路，却不见收费站里有人收费，于是我们没交钱。

"收费员闹罢工，"乌比说，"动不动就来一次。"

如此罢工，自是难得。若是日本，这种时候想必是管理人员出来收费。

"墨索里尼是在大胆变革国家结构上唯一获得成功的政治家。"乌比说，"没有让国民说长道短，不那样就无法在意大利人面前搞像样的政治，因为发牢骚成了国民的买卖，一一听他们发牢骚根本搞不了政治。墨索里尼把黑手党都干掉了。他唯一的失败是夸大了意大利人的作战能力，让意大利人打仗可就完蛋了。"

接着他开始谈论意大利人的事务处理能力和劳动积极性。

“春树,意大利地狱和德国地狱的故事可知道?”

“不知道。”我说。

“是这么回事,地狱入口有个传达员,询问死者:去意大利地狱还是去德国地狱?死者问有何区别,答说没有区别,都捆紧吊起来,一日三次把整个人往粪坑里泡,脑袋都不露。意大利地狱由意大利人操纵吊缆,德国地狱则由德国人操纵。你选择哪个?”

想了想,但想不明白。

“绝对要选意大利地狱。因为三次有两次忘掉,哈哈哈。”乌比笑道。此人说意大利人坏话时显得最为开心。我觉得好像很难说她妹妹就莫名其妙。

“跟你说,春树,你可晓得一辆大众车上拉四个德国人和八个犹太人的方法?”

“不晓得。”

“前排座拉两个德国人,后排座拉两个德国人,烟灰缸上装八个犹太人,哈哈哈。”

“哈哈哈。”

菲亚特就在这样的气氛中沿着免费的收费公路向西北行驶。我家老婆和乌萨克在后排座东拉西扯地说着女人间说的话。

派驻东京工作几年后返回罗马的乌比受了逆向文化冲击(culture shock),憎恨起罗马来了。

“如果有人想得神经病,就该到罗马来。我在这座城市磨损了生命,这里是地狱,不是人住的地方。除了罗马,我哪里都去。苏丹也好阿富汗也好洪都拉斯也好伊尔库茨克也好哪里都好,只想快快离开罗马,越快越好。日本不错,也蛮受女孩子喜欢。"(往后面瞥了一眼)"东西也好吃。六本木的'田舍屋'让人怀念,贵是贵了些。"

"'北国之家'如何?"

"唔唔,那里便宜,那里也不错。"他点头。"意大利大使一次去麻布一家小有名气的意大利餐馆用餐,先点了葡萄酒。不料男服务生这样说道:对不起,法国葡萄酒刚刚卖完,只有意大利的,请忍耐一下好吗?大使勃然大怒,哈哈哈,那是要发怒。随即掏出名片,说自己乃是干这个的。男服务生吓了个倒仰,天翻地覆!经理出来一遍又一遍道歉。整个大使馆捧腹大笑了好些时日。"

我甚至觉得意大利的公务员有可能整天讲笑话。

"事情是不怎么叫人开心,但大家不做工作是事实,的确不干活,无法置信。只考虑休假和吃喝。还有一点:麻木不仁。"乌比不悦地说,"前些天我感冒请假,第二天去办公室想用电脑调资料出来,结果所有数据都消失了,一塌糊涂!有人随便乱动,动错消掉了!居然有这么荒唐的事,这也算是外交部!"

乌比渐渐激昂起来。

"算了算了乌比,冷静些。"乌萨克从后面劝道,"乌比干活干过头了,像日本人。"

"不光这个,那些家伙还是小偷!"

"小偷?"我反问。

"是的。外务省不是有专为职员举办的晚会么?结果很多东西都不翼而飞,银器啦花瓶啦烟灰缸啦。难以置信,难以置信啊(此句讲的是日语)!毕竟罗马是持续腐败了两千年之久的城市,腐败到家了!”

“乌比他时常这么激动的,一说起罗马和工作单位来。”乌萨克说。

“其实我并不是讨厌罗马这座城市。”乌比冲动地双手离开方向盘挥舞起来(意大利人常玩这手,令人心惊),“城市本身我喜欢,漂亮的城市。讨厌的是住在那里的罗马人。那些家伙全部送去撒哈拉沙漠就好了! 粗俗、下流、没有知识,简直是野兽!”

“好了好了。”我劝慰道。

“傻瓜蛋!”他说,“罗马一个好印象也没给我留下。以前在罗马当过几年警察,开巡逻车取缔妓女。若是警察,优惠半价。”他往后瞥了一眼(未尝没有占便宜吧),“总之那时候我很孤独。”

“当警察了?”我回问一句。此人的半生甚是波澜起伏,新情况层出不穷。与众不同的人物。

“再以前在罗马一个富豪家里做过勤杂工什么的。”

“……那,现在可是外交部官员。”

“唔,角色够多的。反正,我在罗马总那么孤独。在罗马我就沉静不下来。说到底,我是个乡下孩子(country boy),归根结底。作为军事警察在波尔查诺驻扎过六年,那时很幸福。人们热情,女孩温柔(动不动就提女孩这点还是说明他是意大利人)。嗯,知道么,和波尔查诺的女孩约会,她们全都客气,只点便宜东西;同罗马女孩约会,那些家伙开口就要芝华士。”

“唔,明白。日本称之为‘混账女人’。”

“混账女人,”乌比重复道,“反正从波尔查诺返回罗马时我哭了，难过啊！从东京返回罗马也很难过。”

（※后来我去了波尔查诺，差不多同奥地利接壤，一座极好的城市。葡萄酒和糕点很够味儿。）

“但愿能早日离开罗马。”我说。

※

讲一下梅塔村。

梅塔是座历史可以上溯到 11 世纪的古村，最初在山顶尖上，1915 年的大地震几乎毁了所有房屋，使村庄下移一百米左右。所以，山顶上基本原封不动地残留着崩毁的村落，一座仿佛画里的荒僻村落。

“村子孤立得很，村里的人过去几乎足不出村。”乌比说，“我母亲二战期间因为无论如何要买盐，骑着毛驴去过一次罗马。那以后四十年时间始终讲那件事，四十年！”

“听过六次了，我。”乌萨克说。

“二战的事讲起来像上个星期的事似的。”乌比说，“战争期间纳粹士兵跑进村来，以抵抗嫌疑把村里两个青年抓走了，他们再没回来。是觉得可怜，可是大家以严肃的神情一直讲到今天。难以置信。对了，还有，我 16 岁以前不晓得意大利存在意大利面条这个东西。为什么呢？因为梅塔村不存在意面，吃的都是母亲在家里做的面条，没那么圆，所以不晓得。难以置信。”

村子似乎妙趣横生，渐渐上了兴致。

梅塔村

驶离免费的收费公路前行不久，穿过一个铁道口，爬上山路。途中经过几座小镇。镇上的行人全部手拿橄榄枝——今天是棕树主日。我不明白棕树主日何以拿橄榄枝。可以看见山上有个小村庄。那就是梅塔村？我问乌比。

“No，那个小村子叫佩斯基拉。梅塔人管那里叫中国（基诺）。文明不发达，走路姿势怪异。”

“文明？走路姿势？”我吃惊地问。

“是的，同佩斯基拉相比，梅塔算是大都市了。这走路姿势嘛，的确走路姿势不一样的。因此，无论去世界什么地方都一眼就可看出佩斯基拉出身的家伙，一看走路便知。就是说，走路的样子很怪，步步紧挪，腿有点儿弯。”

“走路姿势为什么有那么大的差别？不是相距很近的吗？”

“嗯，相距不出一公里。”他说，“但高度略有不同，地形也不同。所以，年长月久，腿就依照地形变弯了，走路姿势截然不同。反正就是不一样，看了你就知道。”

我半信半疑，但乌比说得极为认真。大概真有其事吧。

“佩斯基拉村的上面是梅塔村？”我问。

“不，那上面还有一个小村子，叫圣萨维诺，没有梅塔文明开化。人口三百左右。梅塔和圣萨维诺倒是相距仅仅二百米。”

“那，走路姿势当然也不同喽？”

“当然不同。”他做出理所当然的神色，“在梅塔村，人们全都嘻嘻哈哈模仿圣萨维诺那伙人的走路姿势。衣着不同，说话方式不同，想法和世界观也大大不同。”

老实说，我渐渐头痛起来。

“这不是说谎。”乌比说，“你问玛利亚·露西娅好了，她完全可以作证。因为千真万确。”

乌比的父亲即是这圣萨维诺出身，母亲是梅塔人。尽管相距不过二百米，但是梅塔人和圣萨维诺人通婚似乎鲜有其例。结婚已经四十多年了，然而双方亲戚之间几乎没有往来，双方亲家也都极度讨厌对方的村子。意大利实在是个复杂的地方。

“我父亲嘛，至今仍在圣萨维诺拥有自己的田地和小屋，一有什么就跑去那边，死活不回梅塔。”

“那样的两个人怎么结婚了呢？”

“不大清楚。”乌比摇了下头，“结婚前互相厌恶，毕竟是梅塔和圣萨维诺嘛！却不知因为什么缘故，厌恶变成了爱情。”

“简直是罗密欧与朱丽叶。”

“对了，那是 1939 年的事，两人之间萌发了爱情。不料战争爆发了，父亲当时是法西斯党员——那时公务员差不多都是法西斯党员——立即被派去前线，25 岁的时候。先在希腊作战，后在阿尔巴尼亚作战，接着去南斯拉夫，直打到 1943 年。1943 年巴多里奥内阁向德国宣战，他被德军俘虏，送到埃森收容所，在那里待了半年，还被送去哪里的煤矿强迫劳动，最终被盟军解放，得以返回意大利，已是 1946 年的事了。”

“够受的啊!”

“那也不是的。”乌比说,“父亲说他蛮中意收容所,食品配给确实少,好在他本来就饭量小,没觉得怎么难以忍受。再说德国人都很地道,好像过得相当快活。他说比什么梅塔村好得多。哈哈哈。至今仍不时怀念起收容所。”

莫非真有人中意战俘收容所?“听起来人好像有点儿特殊……”我试着确认。

“是的。没准真有点儿特殊。圣萨维诺的人都有些乖僻。”

果然。

“七年都没回来,村里的人都以为父亲已经死了。我母亲一直等他归来。”

“爱的缘故。”

“还有一点令人不解:父亲至今仍为此气恼,说本来不用等的,我好不容易去战场游花逛景回来了,竟有人半死不活地等着,以致自己又不能结婚。四十年来一直为此嘟嘟囔囔牢骚不断。我想大概是出于乖僻。母亲也同样气恼——辛辛苦苦等着,回来时脑袋却比以前还莫名其妙。跟你说,梅塔出身的人比较认真、虔诚、一丝不苟。相比之下,圣萨维诺出身的人多少玩世不恭、疑心重、嘴上没德。”

“乌比他就很有这种性格。”乌萨克说。

很有些匪夷所思的一家。

首先在圣萨维诺下车。较之村,更接近于集中居住地,只有田地和房子,其他一概没有。看了乌比父亲的“小屋”,很简单,就像在葡萄酒库里安了张床。人住的痕迹的确有。自家酿造的葡萄酒桶堆了很多很多。一条大白狗箭一样跑进来,贴在乌比身上撒欢儿，我一伸手又过来撒娇。

“这条狗，看见人一个接一个咬过去。”乌比说，“圣萨维诺的狗嘛，性格像我父亲。不过它会看人的，不要紧，不必担心。”

小屋周围有小葡萄园、田、畜舍。乌比父亲不在的时候，由这条名叫托邦的狗看家。狗舍前放一个食盘，里面有里加特尼（大些的通心粉）、西红柿、香肠。意大利狗吃通心粉。

畜舍里面有兔、鸡和鹅。畜舍是石头砌的，没有窗，里面黑漆漆的，全在黑暗中静静待着。大兔守护着小兔，警觉地窥看这边。鹅一边“呱呱”叫着一边扑楞翅膀。鸡睡眼惺忪地一动不动地蹲着。全都是为吃肉养的。

“时常勒死兔子来吃。”乌萨克说，“母亲往死里勒，然后剥皮吃肉，兔眼珠掉在厨房台面上。我对这个受不了的，昨天还一起玩的兔子活活弄死端到餐桌上！可是母亲说怎么可能和兔子玩呢，不信不信。意大利人是不和兔子玩的，的的确确。”

从圣萨维诺沿着二百米长的坡路走去梅塔。确实只相距二百米。世界观、衣着、走路姿势和思考方式果真不一样？

不错，梅塔是比佩斯基拉和圣萨维诺大，而且像模像样。至少这里有街道。还有教堂，有告示板，有广场，有前面说过的小店。

“大都会吧？”乌比终于笑了。

乌比的母亲站在乌比家门前等着。

“她一直那么站在那里等我们来的。”乌萨克说。

“一直？”

“一直。意大利人的母亲都那样。”

乌比的母亲同乌萨克接吻。乌比则没任何表示。“我不喜欢那么无谓地抱着‘吧叽吧叽’接什么吻。意大利人总干这种事，所以渐渐变得不文明开化。接吻啦拥抱啦我一概不做。”此人到底有点儿特殊。

乌比的母亲个头虽小，但一看就知是个很有主见的典型的意大利式母亲。她把我们让进屋内，马上开始做午饭。菜有意大利云吞番茄酱、蔬菜色拉、煮青菜花、煮洋蓟、煮马铃薯以及两道肉菜，十分可口，全部是自家产的。饭做好的时候，乌比的乖僻父亲巴蒂斯塔回来了。此人是不折不扣的酗酒者，从早到晚葡萄酒喝个没完，饭也不正经吃，鼻子红得像圣诞老人。

“那个地方放的那些葡萄酒桶，都是他一个人喝的。一塌糊涂，活不多久了。”

“你们是在说我的坏话吧？”巴蒂斯塔说。虽然不懂英语，但说自己坏话这点还是听得出的。

“哪里，在讲托邦呢。”乌比遮掩过去，“托邦和他们混熟了。”

“上个星期喂了两个日本人，满足了，暂时不会吃日本人。”巴蒂斯塔说。有其子必有其父。

巴蒂斯塔“咕嘟咕嘟”一口接一口喝葡萄酒。的确能喝。我给他倒了一杯，他这才高兴地咧嘴一笑，然后只管绷脸坐着。他自己不倒酒。前不久中风摔倒一次，按理不该再喝酒了。

不过葡萄酒的确够味儿。虽然醇厚谈不上，但非常爽口、有香气。是酿好刚刚开桶的那种香气。我也喝了不少。炉子里有火，“哔哔剥剥”发着响声。虽说已是4月，但山上相当冷。

吃完饭，乌比邀我一起去酒吧。意大利的乡间酒吧，其作用同希腊的咖啡馆、英国的大众酒吧差不太多。梅塔的酒吧里聚集着村里所有的男人。星期天下午村里的男人不能待在家里。这个下午女人在家做针线活，男人聚在酒吧里喝啤酒、打牌或这个那个聊男人之间的话题。自古以来就是这个习惯。世上有各种各样的习惯。像我这样认为星期天午后在家里悠然自得地看厄普代克新小说更好的人，在讲究男子汉气的意大利是活不下去的。不用说，酒吧里面没有女客，清一色男人世界。有吧台，有电子游戏机，尽头有餐桌。不时有小孩子拿零钱来买糕点之类，也有来找父亲回家——大概有什么事——的孩子。

我在这里被乌比介绍给他的两个哥哥。他大哥叫菲利普，高高大大，一表人才，甚有长兄气度，只是眼神有点儿神经质。他是个成功的贸易商，特别有钱，坐一辆“梅赛德斯-奔驰”，典型的成功人士。老二名叫罗伯特，身材削瘦，感觉同菲利普截然不同。此人是地方议会的议员，前不久在村里的广场修建一个漂亮的喷水池。“难以置信吧？”乌比说，“在这种地方建喷水池到底有什么用呢？可是村里人为此欢天喜地。莫名其妙。我是理解不了。”

总之这就是他的两个哥哥。两个都住在梅塔村附近，横竖离不开梅塔村。

“离梅塔村越远，两人越没精神。典型的意大利人。生身故土最好，母亲的通心粉最好。”乌比说。

“我在日本的时候，菲利普正好有事来了日本。整整三天除了啤酒和三明治他什么也吃不下去。来日本喝啤酒吃三明治，而且是三天！难以置信。”他总是难以置信。

离开酒吧，去看乌比母亲娘家的房子。很大的石头房子，进了门，见房梁上吊着好几个硕大的火腿。这里住着两个独身的伯母。一座空空荡荡的旧农舍。里面有个秘密小房间。打开秘门，闪出大壁橱大小的空间。

"二战期间，这里藏过一个意外进村的英军飞行员。"乌比说，"母亲一家照料着他。纳粹来搜查，但没找到。那些家伙因此带走了村里的年轻人。"

"那个飞行员后来怎么样了？"

"战争结束后平安回英国去了，再也没有音信。村里人都非常关心那个飞行员的下落，几年前我去英国时托我去见那个飞行员。费了不少力查出他的住址，和我说话时他'啪哒啪哒'直掉眼泪——想起了梅塔村。"

"他不想再来一次梅塔村？"

"好像不想。为什么我不知道。"

人想必还是有各种各样心曲的。

※

傍晚，梅塔村越来越冷了。乌比、他母亲、乌萨克和我们夫妇爬到山顶看古村遗址（巴蒂斯塔喝得酩酊大醉，缩回圣萨维诺那个隐身之处去了）。触目皆山，就好像《音乐之声》（Sound of Music）里的风景。除了山没有别的。山坡上点点处处紧紧贴附着梅塔村这样的（但世界观和走路姿势不同）小村庄。冷飕飕的风呼呼吹过废屋四周。我由衷感叹：德军居然来到这样的地方！德国人大概确乎是凡事认真的种族。

"看见那里的山了吧？"乌比用手指着说，"我小时候，以为那就是世界尽头，实际上也谁都不晓得那对面有什么，谁也没告诉过我。所以,对我来说那就是世界尽头,而这里的梅塔村是世界中心。”他在风中叼一支烟点燃。“难以置信。”说着,他笑了。

春天的希腊

帕特拉斯的复活节周末和对壁橱实施的大屠杀

1987 年 4 月

复活节周末去希腊旅行。在意大利住了一些日子之后，开始分外怀念起希腊来。

※

希腊的确有许许多多国家的背包客。从人数多的排列起来，德国人（世界上最喜欢旅行的德国人）、加拿大人（世界上最闲的加拿大人）、澳大利亚人（闲得似乎仅次于加拿大人）、美国人（近来少多了）、英国人（脸色基本欠佳）、北欧三国、法国、荷兰、比利时，往下是日本人。没有一一确认或统计过，但大致说来怕是如此。德国人一看脸就晓得，装备也最威武。加拿大人和澳大利亚人把国旗缝在背包上，一目了然。北欧人除却德国人的威武，透出几分耽于冥想的神情。法国人脸上总好像带一点嘲讽意味，荷兰人和比利时人则似乎多少愿意与人亲近。在这些人包围中显得有些不舒服的（不过本人大概自得其乐吧）是英国人。当然这是一般印象，例外数不胜数。不过长期旅居欧洲，渐渐可以分出对方是哪国人。

不料，不知何故，压根儿见不到意大利背包客，一次也没遇上。匪夷所思。我遇上了波兰背包客，遇上了韩国背包客，甚至遇上了坦桑尼亚背包客，然而从未遇上意大利人。

我想这恐怕不是我运气不好。因为不用说，意大利人也应当背起行囊旅行的。迄今未同他们相逢估计是偶然性造成的。想必我总是阴差阳错地同意大利人走不同的路——我去那边时他们来这里。

不过，纵然把这种偶然性充分计算进去，我想意大利人不那么中意背包旅行是毋庸置疑的。不知道为什么，那种旅行形态似乎不为他们所青睐。一个人背着沉重的行囊一步一挪地徒步而行，有时只靠面包、奶酪和苹果过一个星期，有时在没有热水的旅馆里听着“咣当咣当”的门声入睡——北欧人比意大利人远为适合这样的旅行，我觉得。

北欧人，他们旅行的确是为追求艰难、贫困和苦行。不是谎言。这确实是他们的追求，简直就像中世纪各国的行脚僧。他们似乎相信体验如此旅程对其人格形成是极为有效而有益的。他们几乎不花钱、不住旅馆，为寻找二百日元的便宜旅馆而不惜在街头转两个小时。他们的自豪在于经济效率，一如汽油费。用尽可能低廉的费用去尽可能远的地方。他们结束如此漫长的苦行僧般的旅行返回故国、走出大学、步入社会，而且——举例说——作为股票经纪人取得成功，结婚，子女也茁壮成长。车库里停着奔驰、沃尔沃和两用面包车。于是，这回他们为追求完全相反的经济效率踏上旅程——怎样慢慢悠悠花钱怎样舒舒服服旅行。这是他们新的经济效率。

这是他们的人生目标、他们的人生方式。

意大利人不然。他们不太那样去想，那不是他们的人生方式。他们忙于考虑午后的通心粉、米索尼衬衫、身穿黑色紧身裙上楼梯的女孩、新型阿尔法·罗密欧的变速等等,没有闲工夫——搞什么苦行。非开玩笑,确实如此。

前言写长了。我第一次看见意大利背包客,是在从意大利南岸港口布林迪西开往希腊帕特拉斯的渡轮上。那是复活节周末,船上挤满去希腊旅行的年轻人。许多国家的背包客聚集在甲板上。其中意大利人相当不少。船上的意大利背包客活像挤进刚刚从井口上来的矿工队列的芭蕾舞演员,一眼即可看出。以下4点尤其显眼:

①粗声大气。②举止粗俗。③衣着时髦。④大吃大喝。

其他国家的背包客已经累了或者正为前面路途的劳累蓄精养锐而老老实实待着(总的说来,再没有比背包客更老实的旅行者),单单意大利人吵吵嚷嚷。不过这也罢了,他们毕竟是背包客。背负行囊,脚上是旅游鞋。我心想,原来意大利人也像模像样穿旅游鞋。

不料到达帕特拉斯港才看明白,原来他们只是背着行囊罢了,根本不是什么背包客。一下船,就七嘴八舌说着叫着,乘上旅行团大巴一忽儿跑去哪里不见了。而背包客当然不会乘什么旅行团大巴。

意大利人。

下面说我们。我们到帕特拉斯是4月18日星期六,复活节的周末。入住港口附近一家名叫阿多尼斯的旅馆。并非想在帕特拉斯住下才住的,因时间关系,当天转去雅典不太容易,只好在帕特拉斯住一晚上。帕特拉斯是座缺乏情趣的城市,几乎令人窒息。只有港口和火车站,旁边松松垮垮排列着楼房。

连狗都愁眉苦脸。餐馆服务态度差味道也差,差得同上野站周围不相上下。在街上行走之间,渐觉心灰意冷。街上气氛就像被祖国驱逐的索尔仁尼琴那样的二流作家一边嘟嘟囔囔发牢骚一边住下来的城市。顺便说一句,这里正在办电影节,其中有大岛渚①的电影专场,招贴画上写道将举行有大岛渚参加的学术报告会。我不由为之一震,但没必要跑来帕特拉斯看大岛渚的电影,遂作罢。

在帕特拉斯发生了几件事。

首先,立柜的钥匙断了。要出门时把照相机什么的放进立柜锁上(立即上锁是意大利生活后遗症),回来一开就断了。不是我特意拧断的。走进房间,从衣袋掏出钥匙,以一、二、三那样的感觉随便一拧,结果钥匙"咯嘣"一声断掉。就像酒吧里作为下酒菜端上来的有些受潮的格力高(GLICO)百奇巧克力,一下子就断了,断得利利索索,无任何前兆,无任何牵连。我手中只剩下黑乎乎寒伧伧的钥匙的一半,另一半剩在锁孔里。

我去旅馆服务台告以情由。服务台坐着一个看上去二十五六的女子,亲切,但长相薄幸声音亦薄幸。我告以钥匙折断以后,她的薄幸目录上又加上了新的一页。长相委实薄幸。我心里万分歉疚。我像《局外人》中的默尔索那样嗫嚅着自言自语"不是我的责任"。不是我的责任,钥匙自己断的。

---

① 日本电影演员、导演(1932—)。

“请稍等一下,马上派负责人去。”她以薄幸的语声说。随即叫负责人。所谓负责人,就是女佣大妈。她敲我们的房间,敲得很有力。开门一看,一个很健壮的矮个子阿婆立在走廊里。她照例只会讲希腊语。我出示折断的钥匙,说“钥匙、不行、打不开”。她猛拉立柜门,拿脚踢,用身体撞。立柜“咔嚓咔嚓”摇晃。我不安起来:里面的照相机不要紧么?而门偏偏不开。

“这就拿工具来。”她说。听得我放下心来。一开始就该拿工具来。岂料她拿来的工具竟是石块:葡萄柚那么大的石块,要用来砸立柜的拉手。总之声音惊天动地。过去我不知道,用石头砸立柜拉手实在是非常吵闹的活计,以至旅馆其他客人以为发生了什么事,全部过来察看。她“吭哧”、“混账”一声声吆喝着连续用石头击打立柜。不一会儿,石块一分为二。立柜也好拉手也好锁孔也好已经面目全非。然而门仍未开。这让我联想到只在书上看到的对古代文明的屠杀,联想到迦太基的毁灭、印加人大屠杀和撒马尔罕的陷落。

“事态怕是比刚才更糟了吧?”老婆说。

“我也那么觉得。”我说。

“找专家来难道不好些?”

“复活节的周末,不会来的。”我说。在这复活节的周末,开锁专家岂肯一个电话就能请来?什么也没有的平时都大可怀疑。

如此议论之间,大妈手持新石块回来了。这回是敦敦实实的大理石块,一看就无坚不摧。大妈出示给我们,自豪地微微一笑。我们只好报以一笑。此外有什么办法呢?

大妈随即精神抖擞地开始屠杀立柜。就像电视剧《蝙蝠侠》那样“CRASH! BOOM! BLITZ![1]”叫着大砸特砸。木屑飞溅，柜门砸出一个大窟窿，我们终于取出照相机。倒也简单。不过我想，往下住这房间的人看见立柜门上的大窟窿会做何想法呢？如此说来，我——转念想道——在其他旅馆好像也见过类似的窟窿。

那位大妈半夜12点再次“咚咚咚咚”大声敲我们房间的门。我睡得正香，迷迷糊糊走到门那里打开。这回她抱来的不是大理石，而是带有复活节鸡蛋的面包。“复活节快乐!”说着把面包递给我。这时，港口停泊的轮船一齐“哞——”一声拉响汽笛：“复活节快乐!”

复活节全希腊要烤几万只羊，整只羊串起来架在火上来回旋转着烤。人们聚在院子里，一齐烧烤可怜的羊。油“嗞嗞”滴落下来。春天来到希腊。

我们看着家家户户院子里烤羊的光景，乘大巴一路向雅典赶去。星期天清晨，天气好得出奇，正好烤羊。

大巴在科林斯运河那里停下，乘客们下车休息十五分钟。我们一边望着运河，一边嚼着昨夜旅馆大妈送给的复活节面包。面包正中有一个涂成红色的煮鸡蛋。“吧唧吧唧”嚼完面包，剥鸡蛋吃了。阳光暖洋洋的，感觉上简直就像来郊游吃盒饭。大巴乘客全部是希腊人，外国人除了我们只有一个单

---

① 大意为“爆裂”、“轰隆隆”、“闪电战”。

独旅行的小个子英国女孩，她说去了在德国认识的一个熟人那里，从那里坐火车转来这里的。“来找好阳光的。不过，假期已经没了，准备乘今天下午的飞机回伦敦。阳光差劲阴惨惨的伦敦，大学里的课，得得！”她笑道。随后我们又上了大巴。

阳光好的国家——希腊。

时不时有什么毛病的国家——希腊。

我们大巴的引擎跑到距希腊十五公里的地方死掉了。死得利利索索，“咔”一下子。司机和乘务员活像盯视突然倒地咽气的老马的御者，木然抱臂看着彻底沉默的引擎。什么也不做，光是注视。“我们怎么办呢？”我问乘务员。

“不知道。”乘务员沉下脸说，缓缓摇了两下头。英国女孩和我们不再对大巴抱有希望，赶紧拦住一辆出租车。我们可没工夫慢悠悠哀悼引擎之死。再说女孩要赶下午的飞机。我们钻进出租车离去时，司机和乘务员仍全神贯注看着引擎不动。

1987 年复活节的周末，死了相当不少东西。

数万只羊、阿多尼斯旅馆的立柜、开往雅典的大巴的引擎。那不是我的责任。

从米科诺斯去克里特岛、浴缸之战、101号酒宴大巴的光与影

复活节时的雅典暖融融的，正适合穿短裤和T恤。在公园悠悠散步之后，因无事可做，便在欧摩尼亚广场附近的电影院看《野战排》[①]（后面座位上的一个流里流气的大块头黑人亢奋地一个劲儿狂喊乱叫什么"fuck it fuck[②]"），吵得不行，根本谈不上看电影看报纸，上面报道说，一个专门杀害有钱人抢夺钱财的杀人团伙在雅典被逮捕。至今他们已经杀害了七个有钱人。其中一个竟是欧摩尼亚广场乞讨的失明乞丐——行乞几十年，因此成了大富翁。一塌糊涂。城市里发生的事五花八门。另外，同一家报纸还报道中曾根康弘去美国会见里根总统，以及"一美元兑换一百三十七日元"。

由于复活节的关系，雅典街上空空荡荡。人们不是回老家就是出门旅行了，商店大多落着铁帘门，街道没有活气。男服务生们无可奈何似的招待客人。常去的便宜餐馆关门了，只好去普拉卡附近面向外国人的餐馆吃饭。味道固然无可挑剔，但看付款单，上面有所谓"多隆"（DRAWN）一项，要另外加钱。

---

① Platoon，美国导演奥利弗·斯通拍摄的影片，获第59届奥斯卡奖最佳影片奖。

② 骂人话。大意为"性交"、"干"。

这东西从未见过，于是叫男侍应生过来询问。对方说是复活节期间官定特别费用，类似日本的正月费用。加收百分之七。不仅餐馆，出租车也加收。也罢，既是官定费用，倒也算是“阳光付款”。

在雅典消磨了两三天时间，然后又乘镀锌铁罐般的飞机去米科诺斯。因为想见一下久违的范吉利斯，同时也想看看春暖花开的米科诺斯。范吉利斯仍然悠哉游哉地继续做工，管理员室的金丝雀已经生了小金丝雀，常来家里玩的母猫听说生了四只小猫。我在意大利买了儿童皮鞋作为送给范吉利斯的孙子的礼物带了去，递出的时候，范吉利斯甚是欣喜。“跟你说春树，退休金真的快了！”范吉利斯拍着我的肩兴冲冲地说，“退休金终于要下来了。这回不用干也可以了。干到夏天，秋天就不干了。往下舒舒服服过日子！”

那好啊，我说。范吉利斯像以前那样为我们做了浓咖啡，吃午饭的时候甚至把太太玛利亚做的盒饭分给了我们。这东西真是好吃。

※

不过糟糕的是，我们到达的第二天，米科诺斯就彻底返回了冬季。我打算畅游一番，带了游泳裤来，但风又猛又冷，根本谈不上游泳，甚至日光浴都无从谈起。雅典的温暖魔术一般变成了寒冷。米科诺斯人也都说“直到昨天还热得异乎寻常呢”，他们也浑身发抖。得得，只好在房间里看书，或翻译司各特·菲茨杰拉德的《富家子弟》(Rich Boy)。结果在米科诺斯待了十来天。

相隔很久我重读了卡赞扎基斯的《希腊左巴》，于是特别想去克里特岛。众所周知，克里特岛是《希腊左巴》的舞台。卡赞扎基斯出生于克里特岛，因而他怀着极深的挚爱之情（有时转变为扭曲的憎恶）描写了此岛的风土人情和男男女女。从米科诺斯到克里特乘飞机瞬间可达，那么就去一趟克里特好了。至此为止，进展照例顺利。

不料，往下就没有想的那么一帆风顺了，因为那场臭名昭著的米科诺斯飓风（J·G·巴拉德式、世界末日式、隐喻式、神经质式的飓风）几乎一刻不停地呼啸。反正从早到晚刮个没完没了。无论飞机还是轮船都停运了，没有进岛航班，亦无出岛航班，总之彻底孤立，惟有风肆无忌惮地呼呼大刮特刮。不具有一定重量的物体统统被吹去天涯海角，草木如蒙克[1]的画一般变得七拧八弯。天空被染成阴郁色调，灰色的云犹传递坏消息的使者飞快赶来又飞快离去。海面白浪滔天无边无际，渔船系在港里百无聊赖地“咔嗒咔嗒”摇晃着桅杆。几乎看不见行人身影。人们闷在总好像有点神秘意味的俨然白色糕点盒的房子里，紧紧关门闭户。至于他们在里面干什么，我则不知其详。或织东西，或看书，或看出租录像带——也就干这些吧。反正闭门不出。只有狗和海鸥不在乎什么风，在地上和空中旁若无人地跑来蹿去。

别无良策，只能在寒风呼啸不止的米科诺斯再等三天，等

---

① 挪威表现主义画家（1863—1944）。

飞机起飞。没什么可做，也没心绪做什么，闷在旅馆房间里静静观望窗外罢了。而且冷得不行。

由于太冷了，遂求旅馆主人借状如抛物面天线的超旧型电热炉一用（可要瞒着别人哟！毕竟大家都冷得不得了。只偷偷借给你的）。在电热炉前瑟瑟颤抖着熬过一夜。如鱼市一般湿冷湿冷的风从窗缝飕飕直吹进来。

和我们同样困在旅馆里的还有两个背包旅行的荷兰女孩（两个都练就紧绷绷的体型，足可胜任阿诺德·施瓦辛格的对手）、一对举止高雅文静的法国老夫妇、不明国籍的年轻男子（此人连续两天凌晨4点回旅馆“咚咚咚咚”猛敲已经锁上的旅馆大门，旅馆主人不起来，客人中的一个嘟嘟囔囔起身出去为他开门。如此风急月黑之夜在哪里干什么了呢?），此外还有一个持智利护照的谜一样的中年男人。他寡言少语，一个人安静地喝炖菜汁（Stew），仿佛格雷厄姆·格林①小说出现的那种类型。这些人在飓风中的米科诺斯寸步难行，在这小山顶上的旅馆里。

也罢，毕竟风云突变，飞机不起飞自是奈何不得，对此我不再多想。问题是飞还是不飞总也没个明确消息，去港口附近的奥林匹克航空公司的办事处询问今天飞机飞还是不飞也全然不得要领，老是回答“那种事我也不知道”。万般无奈，便提起行李搭出租车花二十分钟跑去机场，两三个小时坐在候机大厅等待有无航班的通知。得知还是不飞之后，又提起行李返回。

① 英国小说作家（Graham Greene，1904—1991）。擅长间谍小说、惊险小说。

如此持续三天。不用说,这是相当折腾人的。在机场逮住航空公司负责人询问也问不出像样的答话。他们也什么都不知道,越被大家问越是慌乱。依我观察,希腊人是比较容易慌乱的种族。千方百计把事办好的意愿是有的,但事态稍一复杂,就变得慌手慌脚,有时开始发怒,又有时情绪低落。在这点上,意大利人正相反。意大利人从一开始就缺少把事情办好的意愿,因而即使不顺利也很少慌乱。至于喜欢哪一种,那纯属爱好问题。

如此这般,在机场候机大厅坐立不安地过了三天。也遇见了几个日本人,交换了信息。一个是必须接一家杂志摄影组的负责协调的男孩,因为不知来还是不来,只好在机场不屈不挠地等待来自雅典的航班。我觉得不忍,便将手上的最新一期《焦点》(FOCUS)给了他(至于我何以有那种东西,解释起来话长,此处从略)。其余两人是讲关西话①的女孩。诉说从雅典起飞的航班已经定了,这里却飞不过去,急死人了。那是要着急的,我想。一如绝大多数两人结伴旅行的女孩,一个俨然发言人(Spokesparson)口若悬河,一个在旁边面带微笑,一个瘦尖尖的,一个胖乎乎的。

第四天早上,风终于止息。5 月 2 日,星期六,风丝皆无,波平如镜。风一旦消失,就彻底消失,没有所谓中间过程。我们提起行李赶到机场,钻进较之飞机更像是退役的超旧型潜水艇的双引擎飞机。乘客共八个人。初次目睹希腊国内航线航班

① 日本大阪、京都一带方言。

的人心里想必生疑:喂喂,这种白铁罐似的东西真能载人升空?不过别担心,照飞不误。毕竟袭断希腊国内航线的奥林匹克航空公司以少有事故闻名。但若让我发表个人意见,这一事实恐怕不能证明奥林匹克航空公司技术有多么出类拔萃。这是因为,这家航空公司天气稍微不好就取消航班,此外还动不动就罢工。较之飞,莫如说以不飞闻名。但不管怎样,没有事故总是可喜可贺。

※

到达克里特。伊拉克利翁过而不入,乘大巴朝南海岸进发。以前我来过一次克里特,那时看了克诺索斯宫殿,那东西不值得看第二次(总的说来我对古迹没有兴趣),统统一路通过,径直向南。克里特南岸不远的对面即是非洲,加之季节已是5月,我们打算美美畅游一番。然而正如此次旅行的打算多数落空,这个打算也化为泡影。5月的克里特同5月的江之岛海岸[①]气温上没有多大差别。那么,我们到底为了什么跑来克里特的呢?跑来克里特到底为了什么呢?

也罢,来了就是来了,反正。

从伊拉克利翁开来的大巴翻山越岭,穿峡过谷,跑过只有葡萄园和橄榄园的平野,傍晚开到一座名叫阿基亚·加里尼的不大的港城。导游册上介绍说阿基亚·加里尼是一座珍珠般美丽的海滨城市,而我们对这一说法不能不多少怀有疑念。在

---

① 位于日本神奈川县藤泽市。

我们眼里，阿基亚·加里尼看上去不过是个一副寒酸相的二流观光地。这么说或许过于苛刻，因为这样说起来，克里特岛几乎所有的城镇都成了寒酸的二流角色。不过，在克里特街头转上几天，这种“寒酸的二流性”便渐渐和身体亲和起来，心情亦随之放松下来。这也是克里特的长处。这座岛至少眼下还不是赶时髦的效益型机械观光岛。

反正到了阿基亚·加里尼。事先晓得傍晚到达，旅馆已经订了，而且是在有巴士接送的正正规规的旅馆住两晚。毕竟我们已有三个星期没好好泡过浴缸了，所以委托旅行代理店的约翰，由他预订保证有像样浴缸的旅馆。

岂料，从港口爬五分钟坡路到那旅馆一看，大厅黑乎乎的，不见人影，但闻用大锤子砸碎什么的“咣咣”声一阵紧似一阵。一种非常不吉利的预感。按了几次铃，出来一个六十上下的秃脑瓜子矮小老伯，口称“guten Abend”①。原来这老伯只会讲希腊语和德语。我的希腊语实际上停留在基础水平，德语仅在大学学过，早已锈迹斑斑近乎解体。不过勉强可以沟通。老伯说的大致归纳起来是这样的：

（1）对不起，正在施工当中，热水完全没有。

（2）理应结束了，但由于我所不理解的缘故仍未结束。这不是我的责任，无论如何都是施工者的责任（所以你抱怨可不好办）。

（3）但是他们说三小时后可以结束，别担心。

① 德语“晚上好”之意。

得得，不顺利时诸事皆不顺。“三小时后真能结束？”我叮问道。“不要紧，师傅说得很明确。”老伯笑吟吟地说，“所以请在那边的酒吧慢慢吃点儿东西，吃完回来不一会儿就能有热水冒出来。”我心想能么，老婆也想能么，可是钱已经付了，不可能另找旅馆。好容易预订一次旅馆，竟落得这么个下场。在这种情况下，我们像大多数夫妇那样互相推诿责任，不久这也累了，遂进附近酒吧式餐馆吃晚饭。喝本地葡萄酒，吃菜花模样的色拉、粥样的东西、黄瓜、小鲷鱼和酿西红柿。非常可口，又便宜。饭后在港口转一阵子，快9点时返回旅馆。但如我们凭直觉（或凭经验）所料，到9点热水也出不来。

去大厅一看，一个看样子正直而又有几分懦弱的德国人已经在向老伯表示抗议了。这个德国人带着长相同样显得正直的太太和婴儿旅行。后来得知在这家旅馆投宿的客人只有我们。我问德国人怎么样了，他用英语对我说施工根本没有结束。跟在老伯身后去地下锅炉房一看，三个工人正发出很大的声音干一种让人摸不着头脑的活计。“反正正在抓紧干。”老伯解释说。但这么解释也没用，我们需要的是热水。“不是说9点之前弄好的吗？”我抗议道。“就是！”德国人也说。老伯向施工人员抗议：“不是说9点之前弄好的吗？”施工人员则莫名其妙地反唇相讥。全然没有结果。“那么，几点能有热水出来呢？准确地？”

“12点。”老伯说，“他们说12点保准能出热水。”

能不能呢？我想。能不能呢？德国人也似乎在想。希腊人难道会工作到12点？

第二天早上起来一看，不出所料，没热水出来。热水出来是在最后一天的早上。我用冷水刮胡子刮脸。老婆没澡洗，嘟嘟囔囔地抱怨。我当然也不愉快。但在希腊住久了，人都会开始懂得听天由命，即使完全不能游泳，即使没有热水洗澡，即使旅馆主人几乎不表示反省。

想不出有别的事可做，遂坐大巴去附近海滨游玩。那里有个叫普拉基亚斯的比阿基亚·加里尼寒酸两三倍的镇。海岸的确是有，但冷得游不了泳，有也等于没有。一看就知道没有钱的三十几个铁杆背包客在海岸无所事事地转来转去。作为实际问题也无事可干。他们之所以来这里，不过是因为克里特这座岛的海岸有个叫普拉基亚斯的镇并且想来看一眼罢了。这种事惟独闲人才干得出来。我倒也没资格说别人。

当然要从这里返回阿基亚·加里尼那座旅馆，但这辆大巴同样是个令人吃不消的劳什子，司机一边随着收音机里的歌声快活地唱着，一边在弯弯曲曲的悬崖峭壁路上快速蹦来跳去。糟糕，不要紧么？正担心之际，果不其然，左拐弯时一个车轮在山崖悬空，车厢陡然倾斜。我虽然早已不抱希望了，但还是稳住神，好歹挺着身子，得以有惊无险。乘务员以"瞧你瞧你"的神情看司机，司机也随即中断了十多分钟的歌唱——恐怕多少还算是个事故。

幸好中途换乘另一辆大巴。在山顶等了三十多分钟，来了一辆番号为 101 的开往阿基亚·加里尼的大巴。上车的有我们两人、一对相貌温和的英国老夫妻、大约 30 岁的德国单身游客、两个结伴的希腊一二十岁年轻人，以及当地一个大妈。这辆大巴起始跑得蛮认真，后来又开始莫名其妙起来。时近中午，司机和乘务员在车上大开酒宴，当然是在行驶当中。

骚动是从司机在哪里一座小村庄熟人那里拿到一瓶葡萄酒开始的。司机在那座村庄停下车，和乘务员一起走进一户人家，十多分钟都不出来。那时间里，我们就在车厢里静静等候司机和乘务员返回。司机拎着一升左右的大瓶子回来了。我当即预感事情不妙，果不其然，那东西是当地土造葡萄酒。在下一座村庄司机又把大巴停下，这回乘务员单独下车，走进做奶酪的人家，买了一个排球那么大的圆形奶酪上来。如此这般，大巴上的酒宴开始了。

坐在最前排的希腊大妈向司机以责怪的语气说“喂喂你喝的是葡萄酒吧”。“水呀，水！”司机笑着搪塞，不久说“大妈你也来一杯”，遂把葡萄酒倒进杯里，切了一块奶酪递给大妈。不知不觉之间，包括我们乘客在内的车上所有人员全部聚到前面大吃大喝起来。司机已然醉意上来，用看样子足可剥鹿皮的尖刀切开奶酪分给大家。问题是随着车身的摇晃，尖刀在坐在第一排的英国老夫妻鼻尖前闪来闪去，闪得二人把肩靠在一起，脸上浮现僵硬的微笑，直冒冷汗。司机早已不看什么路面，兴高采烈唱着、开着玩笑，并且哈哈大笑。道路依然险象环生，七拐八弯。

不过，这次旅行当中喝到这么美妙的葡萄酒是初次，吃到这么美妙的奶酪也是初次。不是夸张。的确美妙得难以置信。当然葡萄酒不是上等货，葡萄是那一带农家院里栽种的，然而的的确确好得令人大有觉悟之感。我不由愕然：我以前在这希腊到底吃的什么、喝的什么呢！单纯、新鲜，有一种深厚的温煦，乃是直接植根大地的撩人情怀的香味！遗憾的是，餐馆里没有如此味道的葡萄酒。总之我们酒足饭饱平安无事地到了阿基亚·加里尼。乘客们以既像释然又像满足、既似乎还想乘此大巴又似乎一次足矣那样的复杂心情走下大巴,全都同司机和乘务员握手、拍肩膀,互道再见。说到底,克里特就是这样一座岛,好也罢坏也罢兵荒马乱也罢粗枝大叶也罢。倘若一一细想细究,无论如何也活不下来。啼笑皆非。

※

说实话,这辆 101 号酒宴大巴,两天后我们碰巧又一次同它相遇。司机换了一个,乘务员则是同一人物。总有一种凶多吉少的预感。在希腊和意大利旅行久了,我们开始具有——无论我们情愿与否——这种预感能力。一如特洛伊的卡珊德拉①,我们只能看见所预感的凶面。遗憾的是这种预感大体成为现实:蓦然觉得奥林匹克航空公司可能因罢工停飞,果然停飞,蓦然觉得意大利火车可能晚点两个小时,果然晚点两个小时(不过以概率来说,这两个例子都很难称为预感)。

话说回来,那时关于这酒宴 101 号大巴的预感也是百发百中。大巴行驶正当中货舱的盖子开了——司机没有好好关合——里边装的旅客行李有两件掉在路上。时速高达一百公里左右,司机和乘务员都没觉察行李落地。所幸最后排一个背包客注意到了大声呼喊,车总算停下,后退把掉落的两件行李拾回。噢,还好……正庆幸之际,发觉情况不好,因为那两

---

① Cassandra,希腊神话中特洛伊王帕里斯的女儿,曾预言特洛伊战争。

件行李双双是我们的行李。一件是我背的觅乐牌大号背包，另一件是老婆的尼龙背包。下车查看，觅乐牌背包在路面上摔出一个窟窿。我自然向司机抱怨了，但抱怨就能得出某种结论不成，当然得不出，无非话语在空气中徒然游移而已。英语几乎讲不通。无奈，我向司机出示摔出的窟窿，并用肢体语言(body language)这样诉说：怎么办？出了个洞！司机耸耸肩，摊开双手，用手指着货舱门：这里，开了！喂喂喂，那不用你说我也知道，所以说，那是你的责任嘛！知道么，是你的责任！我用英语和法语和日语叫道(生气时候日语相当管用)。但是，不管怎么样都是白白浪费时间，如同用西班牙语向在路上碰见的大角鹿问路——“对不起，大角鹿君，森林出口在哪儿啊？”无论做什么说什么都无济于事。向大角鹿问路本身就是错误的。我把为准备说什么而吸进去的空气原样吐出，无奈地摇头。司机也同样摇头，而后“通通”拍我的肩，仿佛说飞来横祸啊！

这就是克里特岛。说好几次了，倘若拘泥于细小地方，横竖活不下来。希腊左巴肯定这样说：跟你说先生，那个窟窿是神心血来潮赏给你的。神时常做离奇的事，但统统合计起来，还是好事居多。所以就算了吧。这么着，我也做出阿兰·贝茨①那样的神情，不再追究背包的窟窿。

这便是101号大巴的光与影、酒宴与窟窿。

---

① 英国电影演员(Alan Bates,1943—2003)。

克里特岛的小村庄和小旅馆

克里特山洼里的小村庄和小旅馆。旅馆仅此一家，名字叫“翠微旅馆”，英语叫“GREEN HOTEL”，却没有人会讲英语。村庄里可看的东西一样也没有，但由于物价低，疲于奔命的背包客们（他们简直就像嗅到糖罐味儿的蚂蚁一样为寻找物价低廉的地方而没头没脑地四处流浪不止）看样子没有放过这里，旅馆饭厅的板架上一本接一本——俨然青春的墓碑——排列着他们看完扔下的简装书。他们全都把看完的书扔下，又把想看的书带走。

《希腊左巴》就有三本。英文版两本，德文版一本。另外有西德尼・谢尔顿（Sydney Sheldon）、温斯顿・格雷厄姆（Winston Graham）、J・G・巴拉德（J・G・Ballard）、杰克・希金斯（Jack Higgins）、哈罗德・罗宾斯（Harold Robbins），以及德文版韦尔伯・史密斯（Wilbur Smith）的两部小说、法文版詹姆斯・哈德里・切斯（James Hadley Chase）等等。瑞典文、荷兰文、意大利文等差不多所有的语种一应俱全，而且哪一种都狼狈不堪。稍微离谱些的，有《瑟伯》（Vintage Server）、《柯莱特（Colette）选集》、《凯雷尔・拜伦的职业》这样的货色。更离谱的，竟有《美国联邦调查局白皮书》（资料相当专业）和《美国的工会（图片版）》之类。到底哪里的什么人把这种东西带来克里特岛的呢？

我全然揣度不出。莫非《美国联邦调查局白皮书》和《美国的工会(图片版)》是同一人带来的不成?一切都是谜团。

一句话,似乎能引起我兴趣的书几乎没有。难道背包客属于不看正经书的群体?还是说这家“翠微旅馆”的饭厅板架上惟独无人领取的书犹如运河的淤泥静悄悄沉淀下来了呢?估计后者的概率高些(究竟有谁会在克里特岛看柯莱特呢)不管怎样,我从这大风刮来的不起眼的书堆(library)中挑出一本名叫斯蒂芬·布鲁克斯(Stephen Brooks)写的报告文学《乡村酒吧雪糕》(Honky-tonk Gelato)——后来才明白此书虽题材有趣,但内容枯燥无聊——用来同刚刚看完的《战火浮生》(Mission,罗伯特·鲍特写的那部影片的原作,在米科诺斯的书报亭买的)交换,另外放下一本新潮社寄来的作为新潮文库新书之一出版的《象厂喜剧》(安西水丸、村上春树著)。既然有这么多书,那么有一本日文书恐怕也是应该的,即便在克里特岛山洼里的小村庄的小旅馆的饭厅那世界末日一般凄清而脏污的板架上。

甚至旅馆房间的锁头也不存在。试着问有没有锁头,老太婆说了声等等,随即从哪里拿来一大串脏兮兮的锁头。“反正这里边有一把”,她说。可是哪把锁头看上去都没了模样,以往那种“不吉祥”的预感掠过我的脑际:一旦锁上,没准再也打不开。预感犹如莫里斯·拉威尔《夜之加斯帕》里的日暮钟声从远处“咚——咚——”传来,令人毛骨悚然。于是我说不用锁头。想必没有人用那玩意儿。在这个村庄里,要房间锁头的人怕是无可救药的变态分子,肯定。

小村庄中间夹一条路,银行一家,克里特银行。咖啡馆两家，酒吧两家。公共汽车一日三班。教堂一间，墓地一处。做什么不清楚，反正有一家似乎做什么的小工厂。面包铺和肉铺和杂货铺。糕点店和电器店。挂有“ROOM TO LET”（出租房间）招牌然而毫无人气的房子。有一个小广场，小广场上有饮水站，一排狮子头状的水龙头，每个狮子头都从口里出水。便是这样一座村庄，不出五分钟即可穿过。游客除了我们夫妇，另外只有一对不怎么起眼的中年夫妇，和他们在路上碰见几次。每次碰见，双方都显得有些难为情——作为我们也好作为他们也好，都无法向对方提示何苦非在这光溜溜一无所有的村庄住一晚上的理由。

不过地方还算安静，这点足可保证。清晨人们牵着驴、山羊、马、绵羊这个那个的走去农田或原野，傍晚又带着同样的动物返回。清晨和傍晚，路上全是这些动物的叫声和蹄声。山羊脖子上拴的铃铛叮咚作响。

简洁明快的人生。

没有文学的内在必然性，没有作为内在必然性的文学，没有以文学形式出现的内在必然性，没有诉诸内在必然性的文学，没有文学性内在性的必然性，没有内在性文学性的必然性，这些劳什子统统没有，只有驴和山羊。

驴和山羊通过后，天就黑了。由于别无事情可干，遂去仅两家酒吧中的一家。因为已经在另一家（扬尼斯餐馆）吃了午饭，所以晚饭必然（非内在必然）轮到这一家。彼此彼此，反正哪一家端上来的东西都一样。客人只有我们。一位老伯搓着手走了出来，样子像是说稀客稀客。我提出想喝本地葡萄酒，对方说倒是黑的更好喝。红的白的玫瑰色的都听说过，黑的却是头一遭。尝了一口,果然好喝。简直像药水似的刺舌头,但味道坚挺醇厚。看情形是自家酿制的,装在脏兮兮的一升瓶子里,摆在厨房地板上。也罢,来半升好了。接下去要了一盘希腊色拉、两盘炒土豆片。炒土豆片盛得满满的,足够喂冬眠醒来的狗熊。之后又喝了一瓶蕾契娜酒。一共七百日元,不认为占了便宜?

饭后正坐在外面椅子上呆呆眺望晚霞,村里七八个小孩把我们团团围在中间。大体是 7 岁至 14 岁小孩,年纪最大的领头女孩十分漂亮,看上去很聪明。她们互相捅来捅去,或嘻嘻笑着或不好意思似的观看我们喝葡萄酒,有的还跳了几下。想必因为从没见过日本人而觉得好奇,实际不出所料。领头女孩来到我身旁(花了十几分钟才下定决心),叫我要几下功夫:"功夫会的吧?""当然!"我撒谎道。让女孩儿失望有违我的信念。"那么,只一点点哟!"我说。说罢要了一点点,仅仅拉个花架子罢了。毕竟我也研究过李小龙。孩子们现出"哇——、到底厉害"那样的神情走回家去。估计明天要去学校里炫耀的:"喂喂,我们昨天看见真正的日本功夫啦!"即使我这人,偶尔也还是对谁有所帮助的。

偶尔。

上面写了,旅馆门没有锁头。可这扇门别说锁头,连门闩也没有,以致整整一晚门都被风吹着,在我耳畔乒乒乓乓叫个不停。不知何故,听这风声的时间里,我想起了贝多芬的《爱格蒙特序曲》。也可能是因为初中音乐教室墙上挂的贝多芬肖像画做出的是那种绝望(desperate)的神情——那种住在一无门锁二无门闩的廉价旅馆里通宵耳闻房门乒乓之声的神情。

翌日,一边在扬尼斯餐馆里吃午饭,一边等待开往雷西姆农的大巴。邻桌一个年老体衰的保险公司职员(即当下的保险公司职员)模样的单独旅行的英国人正忍无可忍地吃着上面浮一层厚厚油腻的煮牛肉。我们只点了葡萄酒和色拉。车来了,我付罢账,把一个星期前就想扔而没扔成的破烂不堪的耐克鞋(不知为何,每次扔时都有人给送来)包在纸袋里放在餐桌下,钻进大巴。好了好了,总算扔了! 不料高兴早了,酒吧老板特意把大巴叫住:"基里奥斯(你)、这个忘了!"我的破烂不堪的耐克跑步鞋! 它就像谁都不肯忘记的往日小小过失一样紧紧缠住我不放。"谢谢!"说着,接过纸包。

我又能说什么呢?

如此这般,我们把克里特岛山洼里的小村庄甩在后面,这往后恐怕永远不会到访的小村庄。

到达雷西姆农时,我当然若无其事地把耐克鞋纸包塞在了车座下面。可我一直担心到天亮,有人敲宾馆房间门把鞋送来:"基里奥斯,这个忘了!"好在没人来,谢天谢地!

1987 年,夏天和秋天

赫尔辛基

1987年初夏，我差不多时隔一年返回日本，目的是为了拿《挪威的森林》的清样。猜疑心很重的讲谈社的木下阳子（她本人自是矢口否认）也说“唔，极有意思”。于是放下心来。原本担心她若说出“什么呀这个光是拖拖拉拉的”可如何是好。另外旅欧期间（说法好像有些过时了）完成的保罗·索鲁（Paul Theroux）的《世界尽头》（World's End and Other Stories）和布莱恩（Courtant Dixon Barns Bryan）的《伟大的德斯里夫》（The Great Dethriffe）的翻译清样也要校对，就是说要把一年来的稿件集中处理完毕。虽说是工作，但毕竟要干的事太多，整个夏天为此报销了。

三本书的装帧定了下来，又同编辑这个那个商量完细节一一处理到只剩下印刷之后，再次离开日本。很有点像一次做好一个星期饭菜冷冻起来的主妇。从日本动身是9月初。虽是短期回国，但事情相当累人。要和人打交道，要处理红薯蔓式的接踵而来的杂务，脑袋成了一团乱麻。美味日本料理又要一段时间吃不成了，难受也只好忍了。

这次乘芬兰航空经赫尔辛基南下罗马。赫尔辛基是第一次来，准备住五六个晚上。北欧国家的航空公司大都叫人喜欢，芬兰航空更是我中意的航空公司之一。空姐绝对不算漂亮，体形也很难恭维，但基本部分很热情，落落大方而又没有生硬之处，全都显得悠然自得，笑吟吟忙来忙去。大概是只选健康女子进公司的。日本的航空公司的服务总体上我想是好的，但有的公司过于规范，未免令人觉得有些神经质（简直成了天上飞的麦当劳），而芬兰航空不妨说处于另一极。

※

从东京来到赫尔辛基，看上去这座城市总好像空荡荡的。路面宽，汽车数量极端之少，公园极端之多，街上一台自动售货机也没有，仿佛一座不怎么考虑经济效益的城市。城市规模不算很大，但也许道路宽阔的关系，走起来相当累，同在札幌逛街差不多。

此外城里女工数量多，无论去哪里都能看见正在劳作的妇女。或许因为人口少，公共汽车和电车的司机可以说几乎都是女性，从年轻姑娘到中年妇女，全都红着脸颊干得津津有味。人必须质朴、勤劳、健康这一思想在这个国家似乎无所不在。这点同罗马截然有别，除了少数例外，罗马人看上去都活得悠闲自在。较之罗马，气候也一塌糊涂，每天都阴沉沉的，冷雨淅淅沥沥下个没完。虽然时值9月，但早上在郊外跑步时手都冻僵了。

比寒冷更伤脑筋的是饮食。

走进餐馆，每个季节各有菜单。拿起一看，夏季菜单种类相当丰富。例如9月可以吃到波罗的海鲱鱼、鳕鱼、比目鱼、白鳟鱼、白鱼、七鳃鳗、兔子、野鸟、野鸭、蘑菇、草莓、越橘、洋李、红莓苔子、羊肉等等，极尽奢华。但夏季结束冬天到来的时候，到处冰封雪冻,食物来源少之又少。及至11月,使用新鲜材料的菜肴只有驯鹿肉、鳕鱼子和驼鹿肉。驼鹿肉!其实,即使在9月间,赫尔辛基街头餐馆的饭菜也绝对算不得美味可口,想到罗马市场上摆放的那些新鲜得几乎爆裂的神气活现的蔬菜,我无论如何也不能——尽管有些歉疚——在芬兰久居,不想在这种地方吃着甘蓝和腌鲱鱼过冬。尽管城市非常漂亮、给人印象良好。

※

不过除了寒冷和饮食,赫尔辛基这座城市还是极能让人放松的。人们温和稳重,而且人数少,几乎看不见排队。英语也相当通行,搭话时全都报以笑容。估计没有小偷,警察也难得一见。在街头见到的警察数量觉得也就是罗马的五分之一。

到达赫尔辛基机场时温度为8度,相当冷。毕竟离开日本时才一件T恤,不可同日而语。以日本说来,大体是11月末的气候,运动衫外面套一件皮夹克正好。想到到了隆冬时节可如何是好——仅仅这么一想——心里顿觉一阵发冷。我实在耐不住冷。这么着,鲍勃·迪兰的音乐会就免了。正赶鲍勃·迪兰和汤姆·佩蒂(Tom Petty)的乐队来到赫尔辛基,本想去听,但会场是名叫"冰雪大厅"(Ice Hall)——光听名字就彻骨生寒,居然取这么个名字——的音乐厅,吓得我打了退堂鼓。也罢。迪兰去年在武道馆①听了。顺便说一句,这"冰雪大厅"据

① 日本开演唱会的场馆,各地都有,此处应该是指东京的武道馆。

说是打冰上曲棍球的地方,类似芬兰的武道馆。真有些担心鲍勃·迪兰得寒症,此人也年纪不小了。

迪兰没听,去听了赫尔辛基交响音乐会。会场在一座名叫芬兰音乐厅的漂亮场所。以日本说来,也就是中型音乐厅,但有一种十分亲密的氛围,能让人静心欣赏音乐。票价四十二马克(约一千二百日元)。厅内有酒吧,可以喝到雪莉酒,八马克(二百四十元)。大玻璃窗外面舒展着美丽的湖水(也可能是海湾)。白天鹅掠过湖面,黄昏的细雨静悄悄落在红叶斑斓的树林——风景极具北欧情调,仿佛听得见西贝柳斯①的旋律。

回头来说音乐会。第一支曲是一位名叫某某的芬兰人创作的现代音乐。一如几乎所有的现代音乐那样,听起来好像恐怖片里的配乐。音乐的好坏自是听不明白,不过我想那种东西未免莫名其妙,又不是没有多少好听些的现代音乐!

第二支曲是莫扎特为两架钢琴作的协奏曲。钢琴手是一个名叫 TAWASTSTFERUNA 的芬兰人和一个叫 HUI-YINGLIU 的中国女性,两人合奏。怎么说呢,这可是相当厉害的莫扎特,听得筋疲力尽。莫扎特就好像从前几个型号的半旧"沃尔沃"在手刹车的状态下向上爬坡,重得一塌糊涂,叫人双肩酸硬。音乐诚然有各种各样的解释,当然不必所有人都演奏天真烂漫的莫扎特,可这个毕竟有点离谱了,我想这已超出了解释的范围。但既然听众报以热烈的掌声,那么在芬兰很可能这样的莫扎特才符合一般人口味。

---

① 芬兰著名音乐家(Jean Sibelius,1865—1957)。

不料到了第三曲柴可夫斯基第三号交响曲，这支乐队演奏得十分动听，和刚才判然有别，真有些叫人怀疑自己的耳朵，以为和演奏莫扎特的不是同一乐队。音域宽广，音质浑厚，有表情，有生活，有性灵。说老实话，我不太喜欢柴可夫斯基的音乐，但这样的演奏到底叫人听来心悦诚服。人们常说音乐只有好音乐和坏音乐，但另一方面，我深切地认为适合和不适合那个地域的音乐也是有的，即所谓地域禀性。很想听这支乐队演奏一次西贝柳斯。如此擅长和不擅长截然有别的乐队却也令人精神一振，较之什么都演奏得无懈可击却什么都在平均线上的乐队，这个更能让人产生好感。

这样，除去寒冷这点，芬兰成了对我胃口的感觉极好的国度，夏天再去一次也未尝不可。

马洛内先生的房子

这回在罗马租房子住。好歹也算是独门独院的房子，热情的乌比通过个人门路给找到的。光靠我们夫妇俩，我想无论如何也不可能找到。意大利原本就是个讲门路的国家，没有门路找房子比登天还难。这是因为，一旦不小心租给别人，对方往往一直住下去不出来，而房东倒要无可奈何地住在不方便的公寓楼里。我固然不大理解，但这在意大利虽属违法，却似乎是常识允许范围内的行为。合同那东西在这里不具多大效力。

而且，即使打官司，由于衙门手续啦形式啦繁琐得超乎想像，得出法律结论要等很长很长时间。所以，倘是已经摇摇欲坠的宿舍单元房倒也算了，而像样的房子，若无相当特殊的情况，房东只租给知根知底的人。

我们租的房子位于罗马郊外高地一块算是高级的住宅小区。有围墙，面积很大，带电动门，大门口设有煞有介事的值班房，进入时要查看长相。身份得不到确认不给开门，所以在治安这点上大致可以放心。居民多是外交官和高级商务人员，车也大部分是宝马、奔驰、奥迪、沃尔沃、萨博、路虎等进口车。

我们的房东马洛内先生是那不勒斯出身的意大利人，在意大利外交部做高级官员，在这座小区里拥有三座房子，其中一座租给了我们。马洛内在巴黎也有别墅，总之是有钱人。

我们到罗马的当天晚上，马洛内一家在花园里招待我们吃烤肉。马洛内的太太是英国人，过去想必很有姿色，但现在身体各部位脂肪未免多了些。这对夫妇有两个十三四岁的女儿，名字叫狄波拉和宝琳娜，都长得如花似玉。感觉上似乎意大利人爽朗豁达的血液和英国人内省稳重的血液掺和得恰到好处（若是反过来可就无可救药了）。一如这个年纪的女孩儿表现的那样，十分害羞，但好奇心旺盛，对旁边搬来一对日本夫妇怀有不小的兴致。姐妹俩非常要好，两人常说悄悄话。

另外，马洛内先生家有一条母狗“玛多”和一只公猫“琴”。概括说来，玛多未免轻浮嬉闹，琴多少郁郁寡欢。作为档次，我想以琴为上。不过，由于从小就在一起，作为狗和猫来说，琴和玛多关系十分融洽。不久我们和两个都要好起来，琴和玛多天天来我们家玩耍。

我们在这座房子里大约住了十个月。地点诚然不坏，可惜采光不好，有潮气，湿乎乎的。因为建在小山的北坡，冬天一整天都没阳光射进来。下一点点雨，墙就马上发霉。床上被褥总是凉浸浸的，还漏雨，房前路面也总是又黑又湿。暖气设施也不完备，冬天一直冷到骨髓。老婆恨不得争分夺秒搬出这种潮湿地方，但前面也说了，在罗马物色合适的房子比登天还难。我也抽时间到处找房屋中介商，在"住宅信息"那样的杂志上翻来找去，遗憾的是根本没找到正经货色。这样，直到最后也没能搬出马洛内先生的房子。老婆预言"住在这种地方准没好事"，在某种意义上真给她说中了。

住此期间，我写了、译了几本书，长篇小说《舞！舞！舞！》也得以完成。工作方面我想进展是顺利的，四十岁之前做的工作基本令人满意。但此外这个那个有许多无奈。

雅典马拉松和退票还算顺利

1987 年 10 月 11 日

10 月 8 日从罗马去雅典。

我去雅典有两个原因。首先一个是参加 10 月 11 日举行的雅典马拉松，另一个是退掉今年春天由于雅典代理人的失误而未能乘坐的奥林匹克航空公司的飞机票（雅典——罗马之间，两人四万七千日元）。原本说机场服务台早已准备好了机票，不料根本没有准备，以致必须新买正规的飞机票。在电话里再发牢骚也弄不出结果，遂趁参加马拉松之机直接去谈判。

先说马拉松。

雅典马拉松从马拉松村跑到市内，全程 42.195 公里，即原始马拉松距离，今年是第 5 届。作为赛事的传统虽说有所不足，但不用说，其来历不亚于任何地方，毕竟可以上溯至两千几百年之前。

不过，我对这马拉松的起源一向怀有疑问。首先，关于有传令者从马拉松村跑到雅典告知胜利这点，当时难道没有马？算是没有马吧，因为若有马就完全没有必要让传令者奔跑。但是，亚历山大大帝时代应该有马出现了。何以见得呢？因为过去我在历史书上看过骑在马上的亚历山大大帝的图片。如此说来，希腊的历史某个时期理应有马参与才是。原打算查阅一下究竟哪个时期，却因天天忙于琐事而不了了之。这种“如此说来”式的疑问，似乎大多如此不了了之。至于日本的飞脚①为什么不骑马以及日本为什么马车不发达，对于我也是个常年未解之谜。世上费解之事相当不少。

关于马拉松传说的第二个疑问：以长跑为业的传令者乃奔跑“专业户”，何以跑 42 公里就一下子跑死了？如今即使是业余跑手，42 公里也不在话下。全程马拉松跑死人这等事还几乎没听说过。

其答案近年终于弄明白了。原来从马拉松跑去雅典的那个希腊人前一天已经在雅典和斯巴达之间跑了个往返。他为

---

① 日本旧时远程传达信件、钱款和零散货物的人员。

了请求斯巴达人支援对波斯之战而携带亲笔信跑去斯巴达，然而固执的斯巴达人一口回绝，他又手拿回绝信急急赶回雅典，继而跑去马拉松战场，看准胜败趋势后又一次全速跑回雅典。这样，我也认为必死无疑。我坐大巴从雅典去过一次斯巴达，路上山连岭岭连山，烦不胜烦，进入伯罗奔尼撒半岛后几乎没有平地，山高路险。坐大巴都那么累，跑个来回不累死才怪。具体不清楚，但单程我想有 250 公里，跑这单程的比赛每年也举行一次，遗憾的是眼下我已没有气力参加了。

好了，我参加的马拉松赛的正式名称叫“国际雅典和平马拉松”，是纪念一位名叫科利荀利·蓝芭基的田径选手举办的赛事。蓝芭基退役不当选手之后成为国会议员，作为和平主义者反抗当时的军事政权，1963 年举办旨在和平的马拉松比赛，在跑的路上被捕，遭到殴打，翌月在塞萨洛尼基遇害。比赛宣传册上引用了他这样一句话：

“为和平而生是美丽的，为和平而死是尊贵的。”

这样的词句，当今日本人不至于说得出来。或许可以说说不出来本身即是和平，但不管怎样，这样的词句我想是绝对说不出来的。当然我也说不出。

总之就是在这一伟大志向之下举办的比赛。如果问和平跟马拉松有什么关系，我也答不上来，但若说我的个人感想，我觉得人在长跑时心情可以在很大程度上变得平和。跑过一定距离之后，渐渐懒得去想各种各样的事，觉得什么都无所谓，反正拼命跑就是。而和平那东西未尝不是在这一原则下形成的。

我有生以来第一次跑 42 公里也是这个比赛。六年前自己一个人反向从雅典跑到马拉松，因为必须赶在交通拥挤前跑出雅典。早上5点从雅典出发，在盛夏险些让人晕倒的酷暑中拼死跑到马拉松。时隔六年，这次在秋日阳光下倒过来从马拉松跑到雅典。较之雅典至马拉松，马拉松至雅典上坡要多一些。

在出发地点见到了前来参加的日本人团队。大老远组团来到雅典，日本也算是相当可以的阔佬。不过，大概到底过于遥远或费用过高，说是团队，其实一共才七个人：女性两人，七十多岁的长者四人，年轻男子一人。昨天刚到。我问长者们："没因时差搞得晕乎乎吧？""我们时不时去海外跑一圈，没晕过时差。""困了就睡，睡不着起来就是。"他们回答。着实了得。

但开跑之后一个日本人也没见到，四周清一色欧洲人。我长期旅居国外也没怎么感到孤独，惟独这个时候深切感觉到了：啊，我在这里是异乡人，孤身一人！我身边奔跑着许多国家的人。当然有希腊人，还有意大利人。世界上大概最有闲工夫的加拿大人自然少不了。此外有德国人（这个地球上难道真有看不到德国人的地方）、身穿同样运动服的快乐的法国人、无比友好的北欧人、郁郁寡欢地默默奔跑的英国人。放眼看去，东方人仅我自己。当然旅行时也去了生来第一次看到日本人的那个小村庄，但那种地方即使一个人也感觉不出什么孤独。说来也怪，在这周围全是外国人的马拉松路上跑上三小时几十分钟，孤独感竟时不时扑胸而来。什么缘故呢？

不管怎样，我一路跑到了作为终点的雅典奥林匹克体育馆，所用时间仍不很理想（三小时四十几分），途中乳头被衬衫磨出血了（不但不雅观，还相当痛，这个），但终究坚持下来了，值得举起易拉罐啤酒庆贺。从日本带来的宝贝耐克鞋也表现不俗。好妙！

这雅典马拉松蛮有家庭气氛，不那么兴师动众，感兴趣的人不妨一试。路线自不必说，终点是光荣的奥林匹克体育馆这点也让人切实欢喜。只是，从日本赶来太远，因此保证身体不出毛病相当不易，再说由于希腊菜过于油腻，赛前如何摄取碳水化合物也是个难题。另外，进入雅典市内后的糟糕空气也让人吃不消。

马拉松完了，剩下的就是退飞机票。这个比预想的费事。哪个国家都一样，钱一旦给出就很难回来。但由于GNTO（瑞典政府旅游局）工作人员全力帮忙，加上我死缠活磨，两星期后总算从旅行代理店拿回了钱，我和老婆再次举杯庆贺。GNTO那地方，据我所知是世界上最友善的政府机关，工作效率高，完全为游客着想。如果在希腊出了麻烦事，尽管去找GNTO，而在意大利遇到麻烦，则快快死心塌地为上策。在意大利，一旦出手的钱花两百年也绝对回不来。因为纵然等上五百年，意大利的衙门也不可能有效运转。

这两件事办完后，我们开始去希腊北部悠然旅行。

雨中的卡瓦拉

从塞萨洛尼基乘大巴花三个小时来到卡瓦拉。已有年代的大巴长吁一口气似的翻过最后一道山脊，海面、港口和卡瓦拉出现在眼前。卡瓦拉准确发音为卡瓦——拉，是一座三面环山的不大的港城。和大多数希腊此类港城一样，海港入口的山丘上耸立着拜占庭时期又大又老的城堡，城墙炮眼中有生锈的大炮将炮口对准海港入口，城堡最高处迎风飘扬着蓝白两色希腊国旗。港口漂浮着几艘货船，渔船留下白色航迹向外海开去。

由于我是在神户长大的，来到如此地形的场所，不由感到一阵释然。有港口，有包拢它的小商业区，继而有山坡隆起，房屋像俯视港口似的往山顶排列开去——便是这样的场所。海与山之间的距离越窄越好。

卡瓦拉是在那不勒斯(Neapolis)这个名字下作为港湾城市从古代繁荣起来的。距卡瓦拉十五公里的西北方向曾有一座名叫腓立比(Philippi)的古代城市(亚历山大大帝的父亲菲立普二世建造的)，卡瓦拉好比它的门户。并且，卡瓦拉还作为圣保罗①初次在欧洲传播基督教的地点而闻名。圣保罗在特洛伊城时梦见一个马其顿男子为他献上祝福并这样说道："请到马其顿去吧，并请解救我们！"圣保罗醒来后马上收拾东西准备远行。他把美国运通旅行支票揣进衣袋(开玩笑)，领着两个弟子上船，先到萨莫色雷斯岛，之后在卡瓦拉登陆。如此这般，基督教在欧洲传播开来。

但是，由于具有连接亚洲和欧洲的地利之便，历史上卡瓦拉就好像门口的擦鞋垫一样屡遭磨难，亚历山大大帝死后处于

---

① 《圣经》人物，又称使徒保罗(3—67)。曾到希腊、意大利等地传播基督教。

罗马帝国的统治下，继而被诺尔曼人一把火烧光，接下去被拜占庭帝国并入版图，成为土耳其与基督教军队激战的最前线，结果被土耳其征服，第一次世界大战后才获得独立——漫长的奋斗史。

我们到达的10月18日对于卡瓦拉城是重要的节日——1919年的这一天，此城从土耳其手里解放出来。希腊北部的城镇都如此拥有各所不同的独立纪念日，这是因为希腊军队是经过浴血鏖战后由西向东把自己的城镇一个个依序从土耳其军队手中夺回来的。这天，人们一大清早就穿戴得整整齐齐赶去教堂，向耶稣献上祝福，感谢解放与独立。

还有热火朝天的游行活动。我们傍晚走进街里的电影院，正看《芳心之罪》①(Crimes of the Heart)时，铜管乐队吹奏着虎虎生威的进行曲从电影院门前缓缓通过，以致台词好一会儿听不清楚。

我们住的宾馆附近有挂着镰刀斧头党旗的共产党总部，其一楼有个小咖啡馆。我们常去那里吃早餐，毕竟便宜。在宾馆餐厅吃，一个人将近五百日元，而这里一百日元就能吃下来。刚刚烤好的奶酪饼加稠糊糊的奶油咖啡才一百日元，而且早上6点就开门了。咖啡馆是一对父母及其三十岁左右的儿子经营的。客人有渔民们和共产党员们(看样子大概是，没有细问)。在那里一边看福克纳——不过这福克纳的小说是资产阶级的呢还是非资产阶级的呢——一边吃早餐。周围时不时有客人

---

① 美国喜剧影片，1986年上映。

吵起来。渔民对渔民，或者共产党员对共产党员，抑或渔民对共产党员……Who Knows?[1] 反正我是在此吃便宜早餐。

还有，不知何故，卡瓦拉是个面包好吃的地方，面包品种也和其他地方相当不同。走出共产党咖啡馆，我沿着拜占庭时代的旧城坡路散步。坡路到处有面包铺。从窗口窥看，师傅正在烤早晨的面包，味道也很好闻。一进门，里面出来一个小学生样的小孩，叫我等一下，说新面包马上就好。他的父亲和母亲在灶前边擦汗边烤面包，爷爷和这个男孩卖。男孩把背包放在门口，帮忙干到上学时间（我每每佩服，希腊的小孩子们真是勤快，而意大利的小孩和日本的小孩一样懒）。他是这个家中多少能讲英语的惟一人物，并以此为自豪。

"Good morning, What can I help you?[2]"他喜不自胜地向我打招呼。

我咬着老伯仔细用纸包好递给我的面包沿坡路爬上城堡，站在一个人也没有的城墙上眺望大海和市容，然后穿过嘈杂的鱼市返回宾馆。

我们在这座港城逗留了四天，因为很中意这里。四天里我们几乎什么也没做，只是懒洋洋去电影院（《妙想天开》也是在此看的，蛮有趣的）、散步、坐在宾馆阳台上眼望港口、查看鱼市、在鱼市附近的海鲜馆吃喝、吃完继续散步，下雨就在附近超市里买一大堆葡萄酒和奶油饼干，闷在房间里看书。

时不时下雨。下雨天气在小餐馆阳台上看着雨吃鱼，蓦然

---

① 意为"谁知道呢"。

② 意为"早上好，我能帮你什么吗"。

觉得好像到了天涯海角。怎么回事呢？声音散不开，冰镇过头的白葡萄酒瓶浮起一层水珠，渔民们裹着黄色雨衣排成一列，解着色彩鲜艳的渔网的网结，黑毛狗以俨然葬礼勤杂工的姿势一阵小跑去了哪里。男服务生百无聊赖地一眼一眼扫着报纸。男服务生很瘦，蓄着魔术师一般莫名其妙的胡须。我一边吃着烤竹筴鱼，一边把隔着两张桌子前面那个身穿尼龙夹克的老伯形象素描在本子上。他极其无奈似的喝了半升葡萄酒，吃着鱿鱼，撕面包塞进嘴里。顺序有条不紊：喝葡萄酒、吃鱿鱼、把面包塞入口中。一只猫目不转睛地向上看着他。我用圆珠笔别无用意地把这位老伯素描下来。雨日的午后的确无事可干。

但感觉不坏。前面有港，后面有山，回宾馆房间有葡萄酒和奶油饼干。而且现在我几乎没有任何必须考虑的问题。马拉松跑过了，飞机票退掉了，小说写完了，下一部小说要等些时日才能动笔。

卡瓦拉驶发的客轮

在希腊，坐客轮常可见到军人。

至于他们坐客轮出于什么目的，我不清楚。也许前往驻扎地，或者利用休假回故乡也未可知。他们总是三至六人结伙行动。

不管怎样，乘船时的他们显得甚是放松，就好像几个要好的高中生出去住一晚上那样谈笑风生，甚至有点亢奋。

年轻的军人。较之年轻，说年少或许更合适。有的虽留有胡须，却因此更带孩子气。军人和警察看上去像孩子，换言之，即是说我上了年纪。总之，他们确实是一副少年的眼神。

他们身穿土黄色军装，做工甚为马虎，粗粗拉拉，质地如旧毛毯，给人的感觉就像因为不得不给他们穿点什么，所以军队做了这个发给他们。脚上穿的是似乎沉甸甸的长筒靴。便帽折起来夹在肩章里，背着和军装同一颜色的行囊。胸口衣袋里装着盒装香烟。可是，令人不忍的是，那军服全然不适合他们，不合身。

他们三个人靠着客轮甲板扶手，眼望卡瓦拉的港口。暮色正压向港口，渔船已亮起船尾的诱鱼灯。几分钟后轮船就要启航。

一个军人高得不得了，一个军人矮得不成样子，另一个不高不矮，胖墩墩的。如此三人并立一处，在很大程度上看不出是军人，参差不齐，松松垮垮。不高不矮的军人从胸袋里掏出一盒"万宝路"，一支叼在嘴上，又递给另外两个，分别点燃，于是三个橙黄色光点在暮色中各自画着圆形。他们一边吸烟一边乐不可支地说个不停，或"啊哈哈"放声大笑，或皱起眉头，或挥掌摆手，或显得害羞，或往谁肚子上轻轻来一拳。"万宝路"空了，矮个儿军人随即掏出一盒"骆驼"，又一起吸"骆驼"。无风，烟静静上升，轮廓缓缓消失。

不久，船舱广播响了，通知验票即将开始，要大家进自己的房间，他们这才撤离甲板。三人笑着或再次轻轻来上一拳消失在二等舱的房间中。此后我再未见到他们。

※

世上怎么有这么多军队呢？

前不久，希腊和土耳其边境发生了小规模冲突，希腊兵死了一个，土耳其兵死了两个。我从报纸上得知的。那是一次无谓的枪击事件。实际上根本用不着开什么枪，谁谁跨入国境线的此侧啦、说了什么挑衅话啦，无非这个程度。结果有人开枪，对方还击，自动步枪的弹丸飞来飞去，死了三个士兵。希腊方面说土耳其兵先开火的，土耳其方面咬定希腊兵先射击的，两方的国民都只相信自己国家说的。

报纸上大大登出死亡的希腊兵照片（土耳其报纸也会刊登土耳其士兵的照片，不用说），一个十八九岁的英俊小伙子。他身穿军装，面带微笑，那长相让我想起常在客轮上见到的年轻军人。他到底为什么死的呢？

死的总是年轻人，他们还没搞清怎么回事时就那样没命了。我已不年轻，去了很多国家的很多城市，见了很多人，有很多愉快的感受，也有很多不快的经历，并且这样想道：无论有怎样的理由，人和人互相残杀都是傻事。

※

邻桌一个中年希腊人叫我看电视："瞧呀，日本！"一等舱休息厅的电视新闻节目推出东京兜町证券交易所的光景：神情僵冷的人们有的叫喊什么，有的竖起手指，有的挽起袖口对着电话大吼大叫。但我看不明白发生了什么。"money、money①"，希腊人用只言片语的英语说，并做出点钱动作。看情形是股市

① 意为"钱、钱"。

暴跌了，但详情他的英语水平说明不了。（※后来明白，那就是那个“黑色星期一”。每当我想起当时的光景，我就思索司各特·菲茨杰拉德。司各特·菲茨杰拉德是在突尼斯旅行时知道1929年股市暴跌的。“简直就像远方的雷鸣”，他描写道。当然，“黑色星期一”作为规模无法同1929年的暴跌相比，但我仍记得当时某种不安稳的气氛。大概因为那时正思考着战争，从而使得股市暴跌和电视荧屏上人们痉挛的面孔在我眼里显得格外凶多吉少吧？）

新闻转为日本的首相如何如何。正值中曾根首相下台，政局正因继任人选问题照例变得兵荒马乱。少顷，竹下登的面孔出现在荧屏上。看样子竹下登当选首相了。我不甚知晓竹下登这个人，但竹下登从荧屏上给我的印象可用一个词来概括，这种时候英语真是再方便不过：unimpressive①。

新闻节目结束后，开始放录像带电影。约翰·米里厄斯（John Milius）的《赤色黎明》。

我用军用小刀削了个梨当晚饭吃，还嚼了奶油饼干，喝了几口水壶里的白兰地，随后翻开福克纳。船轻轻摇晃。电视里传来自动步枪的射击声。美国的少年们正以攻进家乡的古巴兵为对手展开游击战。我合上书，回房间躺下。

清晨醒来时，客轮已经进入莱斯博斯岛的米蒂利尼港。

---

① 意为“印象淡薄”。

莱斯博斯

莱斯博斯岛作为“lesbian”①一词的词源而为人知。传说中此岛的居民曾全部为女性，但老实说来，现在的莱斯博斯岛距此传说引起的想像已相去很远，没那么多情调了，不过是一个没什么特色可言的极其普通的海岛。从面积上说是希腊第三大岛，由于邻近土耳其，守卫国境水域的海军和海岸警备队的快艇触目皆是。警备艇带着“呼呼呼”的响声驶进安静的海港，甲板上的机枪闪着幽光。身穿白色水兵服的水兵聚在那一带的咖啡馆喝咖啡。海浪一闪一烁反射着秋日明媚的阳光。岛固然美丽，但没有特别有趣的东西。在淡季，尤其游客在这里极难消磨时间，真的没什么可做的。漂亮的海滩虽说到处都有，可是在这10月末，漂亮的海滩又有什么用处呢？老人们坐在港口露天咖啡馆里整天看海，问题是我们不是老人，没有那么大的耐性。

我们决定搭出租车去郊外美术馆。导游手册上介绍近郊一座村庄有个绝对不差的美术馆，虽然心想无非是没什么大不了的乡下美术馆，但毕竟此外无事可做，再说偶尔悠悠然看看

① 意为“女同性恋者”。莱斯博斯原文为“Lesbos”，以创作致女性的爱情诗而闻名的希腊女诗人萨福(Sapphō，公元前6、7世纪人)即诞生于此。

画也蛮好。况且天气好上天了,出一下远门也不坏。

出租车司机把我们放在一无所有的树林里。“喂喂,美术馆(姆希欧)哟,我们要去的是。”“这就是姆希欧。”司机说。那么说,树林往里一点是有个石砌小屋那样的东西。“就那儿!”他说。小屋前面一个老伯坐在椅子上晒太阳。

反正先去老伯那里再说。“这里是姆希欧吗?”我问。“正是。”他说。买门票,一个人五十日元。客人只有我们。他把英语小册子递给我们。美术馆里集中了一位叫塞奥菲洛斯(Theophilos)的画家的作品。小册子上写道,塞奥菲洛斯生于莱斯博斯岛,以其独特的笔触描绘了希腊风景。单纯的线条、明亮的色彩。不妨说是一种纯真艺术(innocent art),或者民间艺术(folk art)。

塞奥菲洛斯终身在希腊各地流浪,在流浪中作画。人似乎有点特别,最喜欢打扮成亚历山大大帝的模样旅行。对金钱和名誉概无兴趣,热爱流浪人生。人们嘲笑也好,小孩子扔石子也好,他都不放在心上。很长时间里没得到任何人承认。最后固然得到承认了,但过了不久就死了。便是这样一个人。

不过我看第一眼就中意他的画。光看都让人觉得心胸豁然开朗。小屋里一共展览了近百幅他的画,但由于屋子小,满墙满壁全是画,空白啦余白啦几乎没有,那才叫密密麻麻。但这种拥挤并不显得张扬,而同塞奥菲洛斯的画相得益彰。树林里万籁俱寂,只偶尔传来鸟鸣。鸣声滑润,犹如用软布擦拭上等玻璃器皿。从了无装饰的窗口泻入的午后阳光。我们在这样的环境中花时间慢慢一幅幅细看。看的人惟独我们夫妇。毕竟时间绰绰有余。管理员老伯时而进来觑一眼,并非放心不下，只是看一下情况，像是说“这两人看得来劲儿了”。我说“真是好画啊”，他高兴地点头，讲解起画来。因是希腊语，听不大懂。不懂他也热心讲解一阵子，之后又折回晒太阳。

有一幅过节的画，赏心悦目。画幅狭长，画中共有十一个人，最左端是市长夫妇，蓄着胡子、腰佩长剑的极有男子汉气质的市长和看上去总有些多疑的夫人。她把手搭在丈夫肩上，斜眼瞥着他。实际看画即可知晓，塞奥菲洛斯的画在技术上是稚拙的，然而人物的视线全都那么富有生机，赋予他的画以奇异的生命力。六个男女夹着摆满山珍海味的餐桌跳舞，三个少女，三个小伙子，不知何故脸上表情都不怎么开心，有点像拍摄纪念照似的略显紧张。这真是个谜。毕竟是欢庆日子，美味佳肴满满一桌，年轻男女又手拉手起舞，本该多少显得开心些才是。

其后面是两个乐师吹奏乐器，一个吹竖笛，一个吹大约是羊肠做的类似风笛的东西。两人俨然专家的架势，对音乐全神贯注。最后有一个少年在火上烤羊肉串。这男孩脸上好像漾出一种充实感（属于何种充实感呢？是擅长烤羊肉的还是庆幸得以参加节日庆贺活动的呢）。便是这样一幅画。画并不出类拔萃，但可以使人感觉出某种活生生的生活气息，注视之间，但觉这些人曾实际存在并且唱着、喝着、恋爱着、苦恼着、争战着以至最后死去，那种实感呼之欲出。

这也许是因为我是在米蒂利尼郊外一个小小的石砌美术馆看他的画，并且美术馆位于岑寂的林中。假如在东京的美术馆里看同样的东西，自己说不定对作品有另一番感受。塞奥菲洛斯的画实在是同这场所、这空气、这岑寂正相吻合的画。

一个令人心旷神怡的绝妙午后。塞奥菲洛斯美术馆旁边，有一座收藏毕加索、马蒂斯、莱热、布莱克小幅作品的同样不大的双层美术馆。我们在这里也愉快地度过了一些时间。这座美术馆里同样也除了我们别无参观者。是一座私人美术馆，创立者系莱斯博斯岛出生，20 世纪 20 年代去巴黎创办绘画艺术的出版社获得成功，在功成名就之后返回家乡莱斯博斯，展示自己收集的作品。他是在和当时的画家们交朋友当中收集的，藏品品位绝对不俗，名作虽然没有，但灿然生辉的精致小品不在少数。美术馆里一个看守人也没有，只有一个妇女在入口深处的房间里等着，叫一声“你好”，她出来微微一笑卖票给我们，而后又撤回里头的房间。

出门爬了一下山坡，走进最先看到的咖啡馆，要了冰镇啤酒，冰得甚是彻底，让人眼底都有些作痛。安静的午后，温暖的阳光。导游手册上说“莱斯博斯岛在希腊以晴天最多而知名”。巡逻艇进港了，蓝白两色希腊旗迎风飘扬。宛如人生最向阳的一天。

就没有人为我们画上一幅？远离故国的三十八岁作家和他的妻，餐台上的啤酒，差强人意的人生，以及碰巧赶上的午后阳光。

佩特拉(莱斯博斯岛)

1987年10月

从米蒂利尼去佩特拉住一晚上纯属心血来潮,并非有什么必然性。别无事情可干,就想换个什么地方,如此而已。米蒂利尼这地方可看之处没有多少。美术馆看过了,港口看腻了。岛上唯一的电影院正在上映丽塔·海华斯和格伦·福特令人怀念的《荡妇姬黛》①(*Gilda*),但去年在雅典一家电影院看了。所以,再在米蒂利尼住一晚上也无所事事,遂乘大巴去佩特拉。

无所事事其实是我们这种淡季游客如影随形的宿命。秋冬两季的希腊是绝好的去处,游客寥寥,宾馆空空,居民热情,物价偏低,哪里都安安静静,心情怡然悠然,但无所事事。而夏天则活动多极了:海滨游泳,看女孩子,日光浴,喝啤酒,吃着希腊式色拉说说笑笑——光这样就能转眼把一个月时间打发走。不是瞎说,真的没工夫考虑什么。夏天的希腊嘈杂、拥挤、游客未免多过头了,但什么都不用想,而在旅游淡季我们就必须绞尽脑汁,琢磨下一站去哪里,下一步做什么。

看地图和翻导游手册的时间里,觉得佩特拉怕是不坏。"去那里能有什么?""这——"问题是守在这里不也无济于事吗?

---

① 美国影片,1946年上映。

从米蒂利尼到佩特拉一天只两班大巴，单程两个钟头。路上没多大意思。

那么，若问佩特拉这座海滨小镇有什么，什么也没有。镇在海滨，当然有海，但前面也说过，10月份去海滨也百无聊赖。倒是有圣处女教堂建在俯视全镇的高耸的石山顶上，教堂也的确富有情调，但也不是非看不可的劳什子。啊，教堂建在山上，有趣有趣——如此而已。

此外概无东西可看。镇上几条小街，外围一片接一片庄稼地，往下就什么也没有了。

不，准确说来并非什么也没有。此镇以农业妇女会活动活跃而知名。下了大巴，眼前就是农业妇女会的事务所。几年前，她们以农业妇女经济自立为宗旨创办了此会，大家提供住房开办家庭旅舍，生产绿色食品，经营酒吧式餐馆，一步步打下基础。这在以男性为中心的保守的希腊社会是件稀罕事。莱斯博斯岛的女权主义运动不也蛮有意思吗?

从大巴下来后，先有一个书报亭老伯大步流星朝我们靠近。"Guten morgen"，他说。穿着整齐西装的很客气的老伯。此类人基本讲德语。"您在找住宿的房间吗?"他问。但我们一开始就已决定到农业妇女会那里找房间，所以客气地谢绝了老伯。是觉得过意不去，可我们有我们的安排。老伯遗憾地离去。我心里暗暗同情：农业妇女会肯定给老伯添了麻烦。

我们试着走去农业妇女会的事务所。两个二十四五岁的年轻农妇坐在桌旁，圆溜溜的眼睛，态度很热情。

"哈啰!"一个打招呼道。她们的英语还算过得去。

"正在找今晚住宿的房间。"我说。

她们好看地一笑:“那好,没问题,有好房间。请坐在那儿等一下,马上有人来接。”

我们在那里的椅子坐下,啪啪啦啦翻看《莱斯博斯岛的历史》图片集和《塞奥菲洛斯画集》。《莱斯博斯岛的历史》是一本十分令人伤心的图片集,开头是土耳其占领时期的图片,全部身穿土耳其样式的服装,土耳其军人耀武扬威。某年土耳其军队镇压起义,但人们还是要起义。手拿老式枪支、锄头、长矛的情绪激昂的人们。聚集在大炮周围的神情乐观的英雄们。胡须挺挺上翘,19 世纪式的民族主义伦理的光辉笼罩着他们。败退的土耳其军队。独立。万岁。庆祝。和平。民族的尊严。眼泪。暴力。

接下去又是战争。巴尔干战争。第一次世界大战。又是巴尔干战争。在泥沼中腐烂的无数死者。疲惫不堪的战旗。没有归宿的胜利。帝王和军人和政治家和革命。在泥沼中腐烂的平民们。擦拭枪支的年轻士兵。目送士兵的女人们。

第二次世界大战爆发。接连不断的战争。纳粹的血腥镇压。英勇的反抗。共产党游击战。不屈不挠的抗战。胜利。欢天喜地。庆祝活动(这样的图片极有感染力)。但是,继之而来是英国的干涉。希腊北部是共产党主导的抗战,他们因而反对丘吉尔。图片很有点像爱森斯坦执导的影片中的一个镜头。社会主义现实主义。人们把旗插在坦克上,身体一齐挺胸前倾,绝对积极绝对乐观。他们对什么坚信不疑。每一张照片都向前挺胸。不坏。“丘吉尔见鬼去吧!”他们高举这样的旗帜。

可我知道,他们最终在丘吉尔的铁腕面前低下头去。

正要进入没头没脑的内战时期,这时一个女孩骑着自行车接我们来了。也就十来岁的小女孩，长的虽不很漂亮，但胖乎乎的，看上去分外有主见，而且逗人喜爱，我觉得恐怕比我还有主见。

“你们好！欢迎光临佩特拉！让你们久等了，对不起。”她说。英语说得甚为地道，好一个未来的农业妇人。

“好地方啊，安安静静。”我说。

“是啊，安安静静，好地方，确实。”她说，“从哪里来的？”

“日本。”我说。

“哎哟哎哟，那可够远的！希腊怎么样？”

“非常中意。”我彬彬有礼地回答。

“那太好了。我们就是想请外国来宾过得愉快。”

“谢谢。旅行得非常愉快。”

感觉上不像同十来岁的女孩说话。

“那么，领二位去我们家。”说着，她跨上自行车，我们随后跟着。前面有羊走来。

“喏喏羊！”她说。

我们同羊擦身而过。

她的家要出镇一直走很远。走了十五六分钟。同很多很多绵羊、山羊、牛、驴、狗擦身而过。动物比人多得多的地方。她在我们前面“嘎吱嘎吱”蹬着自行车，时不时回头看我们一笑，仿佛说“让你们走这么远，不好意思，不过快了”。

同两个兵擦身而过，同骑驴的农夫擦身而过，同两个小女孩擦身而过。她们好奇地盯视我们，我们微微一笑，她们也微微一笑。

走着走着，终于走到了她的家。

什么也没有的地方,周围只有庄稼地无限铺展开去,只有牛羊的叫声。女孩微笑着钻进里面,旋即走出腰扎围裙的母亲。表情总好像有几分凄然,但分明是精明能干的希腊主妇。

“欢迎光临!”她也用英语寒暄。尽管不很流畅,但不坏。我们问清房价,要了明天的早饭。房钱一千八百日元,早饭两人五百日元。房间不差,作为希腊家庭旅舍算是上等的。绵软的床,正常出热水的淋浴喷头,诸多东西全是新的。

之后,我们又折回镇里,走进海边一家餐馆。因是星期天下午,餐馆给镇上的人挤得满满的。苍蝇也满满的,很难有多么卫生,但气氛温馨。虽然几乎全是本地客,但排他感全然没有。视线相遇,全都报以微笑。风吹来时,邻桌向我们招呼说“克里奥(冷啊)”,端菜的中年妇女也笑吟吟很热情。我们要了相当大的撒上香草的对开烤鲣鱼、色拉、豆角、炖肉、葡萄酒和面包,叮嘱烤鱼不要用橄榄油。这东西十分可口。一共一千三百日元。感觉幸福极了。

露天咖啡馆里有三四个德国游客,在相当砭人的冷风的吹拂下,脸朝迷濛的太阳做日光浴(假如能称之为日光浴的话)。德国人有各种各样的特殊能力,一种是无论什么都吃得津津有味的能力,另一种是任何季节都能做日光浴的能力。我们和他们作为淡季奇特的游客互致简单的问候。奇怪的是,他们看上去丝毫也不感到单调。德国人果然与众不同。

我们在街上东张西望地散步,窥看了乌糟酒厂,登上石山顶上的教堂观看弥撒,买了几枚风景明信片,在露天咖啡馆里喝着热咖啡眺望即将沉入海中的夕阳。就好像用擀面棒薄而又薄地擀饼所得,我们把种种动作和作业最大限度地拉长,好歹消磨时间。谢天谢地，天总算黑了，一天总算过去了。

随着日落天黑，人们领着动物们返回家去。星星像在天空历历打出的点一样开始熠熠生辉。牛在哪里懒洋洋地叫着。我们也回到自己房间。我边喝水壶里的白兰地边看福克纳的《喧哗与骚动》。我不知道它是否适合淡季看，但此外没有可看的书。

清晨给丁丁当当的羊铃声叫醒。我们要赶米蒂利尼方向的大巴，房东太太提前做了早饭。我们在阳台餐桌上吃早饭：面包、全油蛋糕(不知何故，希腊北部早上大多吃这东西)、煮蛋、咖啡。蛋是刚生下来的，鲜极了。两只猫前来讨食吃。

饭吃完时，房东太太来聊天。“我们一直在澳大利亚，”她说，“为了攒钱一直在澳大利亚做工。用那笔钱翻盖了这座房子，这回可以作家庭旅舍使用了。所以回到了希腊，和大家在一起。也想让孩子在希腊接受教育。不过大儿子昨天又去澳大利亚了，因为高中毕业了，要找工作。昨天去的。”

难怪昨天她脸上好像有几分凄楚。

“是日本人吧？在澳大利亚看见许多日本人，都很精明。”随后她黯然摇了下头，朝田野远处望去，似乎远处会出现澳大利亚。“请再来，”她说，“这么安静，好地方。下次多住几天。”

还来的，我们说。想在夏天来。

“没有孩子?”她忽然想起似的问。

没有，我们回答。

她看了看我们，随即微微一笑：“还年轻啊！”

我们归拢行李，付款。接钱时她显得甚是难为情，不知什么缘故。大概还不习惯这样的接待工作。我掏出从日本带来的零币,请她交给领我们来的女孩。她道声谢谢,定定地注视手心里的零币。“再见!”我们说,然后把她轻轻放在那静静的水珠般的凄婉之中。

这就是佩特拉发生的一切。

罗马的冬天

电视、意式疙瘩汤、普雷特

在罗马买了电视。

本来不想买这东西，不得不买。因为渐渐切实地明白过来，没电视现实生活不方便。第一，不知道天气；第二，消息全然进不来。

我们现在租的房子大体配有家具，但家具中不包括电视。住在东京的时候一不订报纸，二不看电视，倒也没有什么不便，但在罗马不能一如既往。在信息泛滥的日本，有意切断信息可谓恰到好处（即使切断，信息也会渗来），而在罗马如法炮制可就任何消息都进不来了。况且在这里我是彻头彻尾的外国人，信息进不来，感觉上好像自己被剥个精光。另外还有一点，意大利和日本的社会运转方式不同，在这里没办法适当预测。既然这个现在这样，那么往下大概这样——即使如此估计，很多时候也根本对不上号。因此，若不在某种程度上积极搜集信息，势必四处碰壁。

先说气候。今年秋天罗马气候糟得令人吃惊，倾盆大雨整整一个星期没停，每天还下好几次雹子。雨太多了，台伯河水几乎漫上岸来。院子里栽的做意大利面条用的罗勒（basilico）也和春天一样全军覆没。出门买东西都不可能。这种季节不看天气预报就非常不方便。在日本的时候，如果需要可以从电话中听到天气预报，所以没电视也完全应付得来，但这里不成。

再说新闻。这个也蛮要紧，因为必须充分把握罢工的消息。这个国家动不动就搞罢工，公共汽车、火车、飞机，以及收垃圾者，时不时全面瘫痪。不全面瘫痪时也拖拖拉拉，这个那个常出故障（近来甚至外交部都罢工了）。若像日本那样在公共汽车站贴一张纸写道“本日因罢工……”作为我也明白怎么回事，然而这个国家基本上不存在这样的温情，满不在乎而又毫不含糊地进行罢工。一次在罢工那天等了三十多分钟根本不会来的公共汽车，若非过路人告知今天罢工，我想还要等下去，因为不罢工时等三十分钟也是家常便饭。如此搞得我心有余悸，于是下决心非买电视不可。

话虽这么说，特意买高档电视未免发傻，便先去附近一家旧电器店看了看。若是日本的“量贩店”①，小电视出两万日元即可买下——以这样的打算跑去一看，原来比预想的高出不少，即使旧得不成样子的都要三万日元。图像都有点模糊不清了，在日本绝对是等待回收的废品。过去我曾在国分寺站附近的垃圾场捡回一个比这清晰得多的电视。无奈，便买了个最便宜的新的黑白电视。只要能知道新闻和天气预报就可以了，颜色那玩意儿有没有都一回事。

不知幸与不幸，买回电视后罢工立时活跃起来，电视上的新闻节目连日全是罢工报道。看来，买这电视可真没赔本。

---

① 大量买入、低价卖出的商店。

对了,意大利的电视节目最叫人愉快的,不管怎么说都是天气预报,单单这个就百看不厌。若去意大利,务请看电视上的天气预报。首先滑稽至极的是,主持天气预报的人动作着实煞有介事。我所喜欢的是 RAI·1 台的老伯,此人的动作相当有感染力。天气好的时候笑眯眯一副乐不可支的样子,而若下雨或降温,脸色阴暗得简直就像自己给大家添了麻烦似的,声音也往往低沉下来。这个秋天大雨连降一周的时候,他真个一蹶不振,让人担心他没准上吊。一只手悄悄朝天花板举起,闭目摇头说"诸位,这场阴雨……"——每天见他如此预报,我都不由觉得不就是天气预报么,何苦……总之他忽儿耸肩,忽儿用手一圈圈画圆,忽儿歪起脖子,忽儿啪一声拍手,忽儿双手紧握(这已近乎手语),整个荧屏都是此人的手舞足蹈。这样的天气预报看得我捧腹大笑,不料问意大利人,他们都说:"什么地方有趣?不是理所当然的么?"这也未免可怕。

另有一个把卷毛金发不可一世地朝两侧膨胀开来的(少女漫画中常出现的发型)天气预报美女,此人也够滑稽的。她几乎没有动作,只是面对摄像机坐着微笑。问题是由于发型的关系,气象云图整个被挡在后面,收视者甚为不便。好在人还算漂亮,本人也干得喜气洋洋,好坏也就由她去了。

新闻也看不够。例如哪里发生火灾,就用摄像机把现场拍摄下来。消防队员理应一起灭火,不料这里的消防队员却手拿水管对着摄像机一动不动,有几个甚至嬉皮笑脸。最初我以为肯定是一种差错。可后来发现,无论哪里的事故现场,也无论情况多么紧急,只要有摄像机出现,他们就差不多全对着摄像机,且有几个人几乎条件反射似的嘻嘻直笑。若在日本肯定惹出一场麻烦，消防队员灭火当中回头嬉笑若上了电视，无疑要受警告处分。

此外，新闻节目报道员衣着极其花哨：红衬衫、黄领带、蓝边眼镜（因是黑白电视，当然看不出颜色，但我偏偏知晓），尖脑袋上的头发剪得硬橛橛的，朝哪里一个老伯一把甩过麦克风："喂，你对意大利的罢工怎么看？说上一句，如何，老伯？"我也看了许多国家的电视，而意大利的最看不厌。

意大利电视还有一点叫我割舍不下的，就是"钟表图像"——时间剩余的时候单纯推出时针图像，仅此而已，无任何名堂。有时候长达五分钟，即秒针在钟表盘面旋转五圈、分针移动三十度。我也闲着无事，遂抱臂直勾勾地注视不动。秒针无声地走着刻度，的确无声无息。起初自觉不对头，后来意外地着了迷，每次这东西出现都奇异地感到放松，偶尔一段时间不出现，竟有些寂寞，盯视之间甚至产生"诸行无常"的感慨。日本的电视若如法炮制，想必惹出一场骚动。

意大利有 RAI·1 到 RAI·3 这三家国营电视台。虽说是国营，但广告照样播。何苦国营电视有三家之多呢？因为政党色彩各有不同。具体的不清楚，大致像是 RAI·1 属于保守党，RAI·2 是社会党系统，RAI·3 倾向于其他政党，所以各台的新闻内容有很大区别。不过与政治见解无关，在外国人眼里，RAI·1台的女子最为浓妆艳抹，看起来赏心悦目。时而垂一对奇大无比的耳环，闪闪发光，炫目耀眼，叫人无法受用，时而身穿豹皮连衣裙，时而从华伦天奴盒子里特意取出镶满珍珠的眼镜——光看这些细小地方都让人兴味盎然。至于她们是以何标准被录用的，我自是无从得知。她们长得算不上国色天香，年龄都已不轻，但在“花哨”这点上全都一以贯之，身上的香水简直从荧屏上扑鼻而来。以日本来说，就是港区任何一座公寓都必有一两个的“颇有名堂而又来历不明的贵妇人”。若问她们上电视干什么，实质上等于什么也没干，只是全身珠光宝气像真人模特似的对着摄像机，莞尔笑着来一句“下一个节目是……”勉强说来，也就是所谓“报幕员”吧。如此女子天天更换衣着首饰，交替登上荧屏，反常啊，不管怎么说。

※

想吃美味意大利疙瘩汤(Gnocchi)，遂乘火车远远赶去北部的博洛尼亚。我无端喜欢上了博洛尼亚这座城市，即使没什么事也一晃儿跑去，悠悠然住上三四天。这里几乎没有风景名胜，游客不怎么来，城市规模也恰到好处，用来漫步也蛮合适。不举办什么书展，宾馆也空。

我们大体在佛罗伦萨下车住一晚上，再乘火车去博洛尼亚。从佛罗伦萨到博洛尼亚要翻越相当险峻的山路。佛罗伦萨至博洛尼亚之间的高速公路弯路和隧道多得不得了，对于喜欢开车的人倒是个施展本事的路段。世上有不少佛罗伦萨迷，不过老实说我不认为佛罗伦萨那么有魅力。确是个历史悠久的美丽城市，可是宾馆房费高，美术馆总是挤满人，餐馆也不如人们说的那么好吃。并不是有过什么不快的事，反正没有美妙印象。餐馆诚然不坏，但没有哪一家让人想再去一次，至少佛罗伦萨市内没有。于是早早离开佛罗伦萨赶往博洛尼亚。

在博洛尼亚常买东西，因为买起来比罗马容易得多。店员的热情截然不同，商店也没那么多人。可以慢慢挑选，即使没中意的不买，也不会遭遇难看的脸色。而若在罗马这样做，店员脸色当即沉下。佛罗伦萨虽然不至于像罗马那样鄙俗，但接待上还是有油滑之处。米兰店铺固然多，却又因为过多，光转一圈都筋疲力尽。我只是想买点衣、鞋之类，不想筋疲力尽。人生应有更宝贵的东西。如此琢磨下来，博洛尼亚乃是意大利非常“地道”的城市。

东西也好吃，热情好吃的是无所谓的普通饭菜。博洛尼亚有好几家我偏爱的餐馆，哪一家都没上导游手册和“米其林”，都是随意闯进去偶然发现的。便宜，好吃，去多少次都不变味，因为和一流餐馆不同，不至于由于厨师被其他饭店挖走而味道一夜骤变。规模都小，感觉上就像老爷爷和老婆婆在里面一边吵嘴一边鼓捣饭菜。形式不讲究，但吃多少次都还想吃。小费都不收！我尤其常来这里吃意大利疙瘩汤。意式疙瘩汤并非博洛尼亚的特产，但寒冷季节在大雾笼罩的博洛尼亚“哈唏哈唏”吃起热气腾腾的疙瘩汤来，那种感触却是很难替代的。疙瘩汤这东西是一种奇妙的食物，我想再也没有这么容易做的食物了，然而味道的好坏判然有别。惟其是真正的平民风味，其中也就格外含带某种心情。即使拿食物来说都是可圈可点的城市。

在这博洛尼亚，傍晚一晃儿走进一所大学附近的电影院，看了西米诺（Michael Cimino）的《西西里人》。电影还算过得去，观众人数也算过得去。这且不说，走出电影院，在夜雾中的小巷里晃晃悠悠散步之间，发现一家尽管有点像穷困潦倒但气氛又似乎不坏的餐馆，门口写道“本日有李柯尼兹演奏”。心想这种地方怎么会有李柯尼兹（Lee Konitz）呢？进去一看，原来一楼是普普通通的大众餐馆，地下室大概是爵士乐夜总会。我没听过李柯尼兹的现场演奏，一心想听上一次，不料在门口问店员，得知今天票已售完。博洛尼亚学生多（气氛很有点像京都），爵士乐迷不在少数。遗憾。

※

12 月 6 日，星期天，在罗马听乔治·普雷特（Georges Pretre）指挥的圣西西里亚学院（Santa Cecilia）管弦乐团，演奏曲目是贝多芬第五和第六交响曲这种说是惊天动地也好什么也好反正是相当吵闹的东西。但也是因为年底的关系，集中听一下贝多芬恐怕不坏，于是在那前一天去梵蒂冈前面的圣西西里亚学院音乐厅买了门票。票价分为五千五百日元、三千九百日元、二千二百日元，遗憾的是只剩最贵的，而且是前排最边端的。我和老婆为此好一阵子犹豫，但毕竟年底了，贵就贵些吧（管它好还是不好），就买了下来。什么缘故不晓得，人在外国，不知不觉之间生活变得节俭起来，而在东京时，一万日元的票都手到擒来。

首先是第六《田园》，这个不那么有意思。星期天演奏比平时开始得早，时值傍晚 5 点半，圣西西里亚学院乐团成员们好像带有午饭的余韵（不是开玩笑，此事真可能有，这个国家），声音总好像不到位。普雷特那意图未能痛快传达给乐团的焦灼如尘埃一般弥散开来。

休息时间里团员们消化晚吃的午饭，驱赶葡萄酒醉意，我在座位上看保罗·鲍尔斯（Daul Bowles）的《遮蔽的天空》（The Sheltering Sky）。很想去一次摩洛哥。

接下去是第五，这个委实精彩，前后不可相提并论。我一向以为第五交响曲相当沉闷，但以普雷特的指挥听起来，竟有那般自由奔放生机勃勃超凡脱俗，不由沉浸其中。一言以蔽之，这已不是波诡云谲感情沉郁的贝多芬，而是温柔纯真、甚至漾出优质感伤氛围的焕然一新的贝多芬。

然而普雷特绝不想刻意颠覆迄今为止的“第五”图像（例如前些日子同样在罗马听的蒂尔森·托马斯〈Michael Tilson Thomas〉演奏的贝多芬），他仅仅是在自然而真诚地表达自己本身内在的音乐，由于这一点鼓涌而出，其结果便超出了“第五”这一藩篱或者规制，成为自由自在而富有人情味的音乐。普雷特的指挥妙趣横生，不时让身体动作戛然而止，定睛逼视乐团，只用脖颈以上部位指挥，或转目或扬眉或摇头，但仅仅这样便使其激情传达给观众，十分了得。一场久违了的令人信服和感动的音乐会。

罗马的岁末

圣诞节。

圣诞前的罗马街头同日本的岁末情景相当像。岂止像，简直像过头了，像得叫人惧怵。和日本不同的是，街上没放圣诞歌“铃儿响丁当”（音乐一概不放，谢天谢地）。此外兵荒马乱的光景大同小异，如人多啦、商店拥挤啦、车辆嘈杂啦、人们不无亢奋的表情啦、店铺张灯结彩啦、打扮成圣诞老人招徕顾客的店员啦、艳丽包装纸上的礼品结啦等等。

岁末礼物也同样不少——圣诞礼物一半兼作岁末礼物。和日本一样，不仅在亲朋好友和家人之间互相赠送，而且有向老主顾、上司以及关照过自己的人等等赠送的礼仪性礼物。进入商店，搭配装好的糕点等食品礼盒按不同价格齐刷刷排列开来，人们从中适当挑选出大约价值五千日元的。不是凭内容而是凭款额选购，这一点也同日本的岁末礼物毫无二致。在这种莫名其妙的地方，日本和意大利竟如此酷似。装进漂亮的篮子里，包上玻璃纸打上礼品结，甚是堂而皇之。价格下至五千上至三万日元不等。人们一起买好几个，满满塞进后车座带回家去。我也给我们住的小区的看门人送了葡萄酒作为圣诞礼物。四位看门人，一共需要四瓶。我因为是临时居住的外国人，没必要送特别贵的，略表心意即可。在附近食品店买四瓶葡萄酒时，问我要不要礼品式包装，我说要，遂一瓶瓶用包装纸包了，并打了礼品结递给我。虽是廉价葡萄酒也并不歧视。岁末的商店里有专门负责特殊包装的阿姐，把顾客买下的东西一个接一个一层层包好打上礼品结。

人多拥挤，加之阿姐们不像日本人那么手巧，包装相当花时间。但想到事情就是这个样子，只好耐心等待。在这个国家，着急就要吃亏，总之要排队静等包装。这样，给四位看门人每人一瓶葡萄酒。

若说送这个档次的礼物有没有效果，那还是明显有的。此后一星期左右全对我们那般和蔼可亲，这种立竿见影之处不妨说是意大利人可爱的地方。过了年倒是彻底回到了老样子……

我们今年的圣诞节只送了这么一点礼仪性礼物，自然没费多少时间，而若是普通人，上街为许多人买齐礼物想必累得半死。

和日本岁末光景不同的是乞丐、艺人、讨东西的满街都是。这些人说起来原本就比日本多，到了年底更是多得怵目惊心。每个街角必有人拿着盘子等在那里——这么说一点也不夸张。欧洲人来日本，似乎为街角的自动售货机之多感到诧异，罗马城则有比例大致相同的乞丐站在那里。

以种类说，最多的是母子乞讨者。这类人原则上坐在路边，盘子置于前面，手伸在行人膝盖那个位置，口中说道："这孩子连牛奶也没喝上，肚子饿了，帮帮忙吧！能不能活到明天都很难说。"看脸形，大体像是吉卜赛人，而且小孩子的确一副如饥似渴的样子，瘦，脸积了一层污垢似的约略发黑，眼窝深陷。说来不可思议，任何一对母子都长得极为相像。小孩子的年龄多少有所不同，此外任何一点都是某种典型的母子，就好像同样的母子复制了很多很多撒遍大街小巷似的。

这些吉普赛母子有很多谜。我认识的一个人咬定说他三年前看见的母子又在同一街角见到了，三年时间里小孩儿一点也没长大。这恐怕是他看错了，她领的应该是另一个孩子。不过很多时候似乎并非真正的母子，而是有组织地将"租来的孩子"带来带去。我只能说是"似乎"，真相不得而知。

没有小孩的（或小孩没有到手的）中年妇女偶尔也有，这类人把空空的哺乳瓶往行人鼻头那里猛地一伸，怒气冲冲地吼道:“没有牛奶钱!”犹如狄更斯《双城记》里革命时期的巴黎街景。

其次多的是身体有障碍的人。没腿的人、没了很多部位的人。这些人把没有的部位明确出示于众。不存在的存在感。久久观察之间,发现不存在部位多的人在比例上讨得的钱多一些。我不由感叹:人世的运转意外地公正。

但是,这些人中有的并非身体真有障碍,而是为讨钱装出来的,即一种表演。康多提大街(Via Condotti)附近有个四肢扭曲、脖子反转、总是淌口水的乞丐少年,每次看见我都觉得不忍。不料有一天看见他一边数钱一边在街头快步如飞,看得我目瞪口呆。穿的衣服一样,我想不至于看错。不过如果那是演技,我宁愿为那演技付钱。

另外有手风琴手走街串巷,不时有手风琴发出不堪入耳的声音。人行道上有人画宗教画要钱,一连花好几天时间用彩色粉笔把宗教画画在路面上,夜晚敷上塑料布以免有人踩上。有弹着吉他唱尼尔·扬《金子心》(*Heart of Gold*)的长发青年(这个太让人痛心了,给了一百日元),“咆咕咆咕”吹着风笛样的东西挨门讨钱的从山上下来的羊倌,牵猴人(只牵不耍),手提用意大利语写着“肚子饿了”的牌子坐在路旁的面容憔悴的外国小伙子,一声不响地伸手讨东西的别无所长的男子,如此形形色色的男女充斥街头。

不过说不可思议也是不可思议,何以惟独圣诞节乞丐数量突飞猛进?这些短工式乞丐平时到底靠什么维持生计?如此琢磨起来,谜团一个接着一个,脑袋成了一团乱麻。说真的,他们平时究竟何以为生呢?

这且不说,这么多乞丐都能讨到钱不成——这个疑问自然浮上脑海。但观察之下,确有相当不少的人停住脚从钱夹里拿出钱来放进盘子。我猜想欧洲人这样做怕是出于宗教原因,不过他们时常也做这种微小的施舍,尤其在圣诞节时,这种感情倾向似乎更强烈,看准这一点的乞丐自然有增无已。也可能情况相反,或者乞丐的增加为社会的慈善状况推波助澜亦未可知。不管怎样,需求和供给巧妙地保持着平衡。大致说来,穿戴得体的太太给一千里拉(一百日元),一般人给五百里拉(五十日元)。一次试着给一个小女孩乞丐十五日元,结果没能从她口中听到“谢谢”。观看之间(因闲着无事,看得比较仔细),发现他们等到盘里的钱大体凑齐了,便迅速藏进了哪里。盘里大致留五六百日元像是讨东西时的诀窍。若比这个数多,过路人难免心想“都讨不少了,用不着我给了”,而若少于这个数,人家则可能以为“大家都不给,我不给也无所谓”。世上的实用哲学的确五花八门,静静注视着街巷,自会学到某种东西。如果站在东京街头定定地注视什么,一定会遭遇怪异的神情,在罗马则不至于,人们经常止步细看什么。老婆垂涎三尺地盯视着 Max Mara 或 Polini 等百货商店的展示窗,这时间里我朝着大街凝目观察乞丐形态。人各有各的人生方向性。

总而言之,街上混乱不堪。交通堵塞非比一般,搭出租车也寸步难行。公共汽车挤得水泄不通。外出一次,回来心力交瘁。这些地方也和日本一模一样。

房东林恩太太对罗马的混乱头痛不已。她是中规中矩的英国人,无论如何也忍受不了这种混沌状态。“圣诞节快到时我绝不上街,"她说,"真的,村上先生,无论谁怎么说,那都是khaos① 漩涡的中心!"

她对日本人怀有好感,或者不如说对大凡非罗马性质的东西全都怀有好感。我们每次见面,她都会产生似乎同是北方国民的连带感,总是长叹一口气,就这 disorganized country② 大发牢骚。可她丈夫是那不勒斯人,她抱怨意大利怕是多少有点不应该。毕竟,同那不勒斯人结婚而哀叹世界的混乱,无异于同黑熊结婚而抱怨其身上的长毛。

说起来,这位林恩太太把世间所有阴暗面统统一言蔽之为"Stupid"③。房子设备什么的坏了找她请人维修,她每每现出伤心的样子,就意大利产品的 Stupidity 抱怨一通。对维修工的 Stupidity 也发脾气。照她说来,菲亚特是 Stupid Car,邮局是 Stupid office(这个我也深有同感),路上的狗是 Stupid dog。不过,英国人这种人的确有点怪,我想。

米尔维奥桥市场

今天是 12 月 22 日,差不多该去购物了。25 日和 26 日圣

---

① 希腊语"混沌"之意。

② 无组织性(混乱)的国家。

③ 此处意为愚蠢、笨、蠢货、傻瓜。下面的 Stupidity(名词)亦同。

诞节休息，所有店铺一律关门闭户，一如日本的正月。今天若不买好那期间吃的食品，往下势必坐以待毙。

平时我们在附近的超市购物，但在想多少集中买些生鲜食品的时候，一般要到米尔维奥桥（Ponte Milvian）的蓝天市场去。米尔维奥桥是皇帝下跪乞求教皇准许修建的，乃台伯河上有名的古桥，但因经常目睹，皇帝也罢教皇也罢都顾不上理会了。

从米尔维奥桥到留有墨索里尼时期面影的弗拉米尼奥桥，沿河走去，一家挨一家排列着宛如上野①“糖商小街”一带那样的食品店衣帽店等店铺。蔬菜新鲜，各种各样应有尽有。所以附近的主妇大军提着大购物袋聚集到这里，各个阶层各色皮肤比肩接踵，既有穿皮衣蹬高跟鞋的阔太太，又有俨然大件垃圾的老太婆，既有菲律宾中年妇女，又有美国外交官夫人模样的人，日本太太也看见了几个。每次去市场我都心生感慨：世界上委实存在着类型繁多的主妇。

此外，离这市场不远有一家价廉味美的小餐馆，也有递出一百五十日元（一千五百里拉）即可吃上一块相当大的热气腾腾的比萨饼的站食饼屋。叫一声“米莱·廷奎（一千五百里拉）”果然切下一块一千五百里拉的，用电烤炉热了端上。出二百日元就吃得肚皮鼓鼓的。旁边还有总是给工人和士兵挤得热火朝天的廉价餐馆，男服务生的眼神和态度极端恶劣，时常有汗臭味扑鼻而来。与此同时，意大利也有能够吃到甚是少见的正统里脊肉的高雅餐馆，那里幽静，服务生态度也好，壁炉

① 和下面的锦小路、筑地均为东京地名。

“哔哔剥剥”烧着。市场入口一家小店的站喝咖啡也浓郁可口。任何国家都一样,热闹的市场附近必有许多美味小食店,锦小路如此,筑地也如此。

我们乘公共汽车前往米尔维奥桥,先去鱼铺买大马哈鱼。大马哈鱼是进口货(地中海当然捕不上大马哈鱼),价钱决不便宜,但对我们极有利用价值。一条大马哈鱼,既可做寿司,又可盐烤,头还可以做汤。庆幸的是,买了鱼身,鱼头可以白拿,因为意大利人一般不用马哈鱼头,镰状鱼骨那么鲜美的地方也弃之不用。一公斤三千日元左右,随便买多少。去鳞、掏肠、切头,还切段分开卖。我们总买上半身。仔细看去,往往只上半身剩在那里,说不定意大利人专门买下半身。我们买了两千五百日元的大马哈鱼。

世界上任何地方的鱼铺都大同小异:一个穿长胶靴的似乎有些古怪的老伯和一个健康得不得了的老婆婆两人在鼓捣。剖了腹的鳗鱼仍然吱溜溜地跑了,老婆婆随后追去。“喂快来呀,小姐,好鲷鱼来了!”——这种欢快的声音此起彼伏。

在相邻的鱼铺买了七条沙丁鱼、五条鱿鱼。沙丁鱼非常便宜,鱿鱼略贵,一共一千四百日元。

接下去买青菜。萝卜三根加芜青。蘑菇两公斤。西红柿、黄瓜、马铃薯、比埃达(类似京水菜的菜)、菠菜、扁豆、罗勒等等。两人双手满满抱着东西,站着喝罢咖啡,又坐公共汽车回家。如此购物累是很累,但满载而归,又都新鲜,心里十分快意。较之在米科诺斯生活那两个月的食物种类之单调,意大利——尽管是隆冬时节——简直无所不有,堪称乐园、天堂!总之蔬菜全都生机盎然。此时的赫尔辛基,人们吃的是什么呢?

回到家，当即动手准备。

我揪下蘑菇脑袋煮。老婆用尖头菜刀（这是从日本带来的）剖开大马哈鱼，肥度适中的绝好部位出来了，马上蘸酱油和芥末站在厨房里吃了起来。大口小口吃这东西的时间里，不由得想吃米饭，正好有昨天剩的冷饭，便就着这生鱼片和梅干一扫而光。那么尝尝鱿鱼如何，于是鱿鱼也切片吃了。这鱿鱼滑润润的，十分可口。刚煮好的扁豆也当咸菜“咯嘣咯嘣”吞了下去，速食大酱汤也做了……如此这般，站在厨房里就简单解决了午饭。这么吃相当够味儿。

顺便交待一下，这天的午饭菜单是：大马哈鱼和沙丁鱼寿司、梅干寿司、青芜速腌泡菜、扁豆拌梅干、烧沙丁鱼。不过这天属于例外，平日大多吃通心粉。

总之罗马市场的食物全都神气活现，尤其西红柿、菠菜和扁豆，放进嘴里简直一声脆响，“这才叫鲜菜”的芳香飒然扩展开来。这三样回到东京后一段时间里难吃得无法下咽——东京的意大利菜虽说近来好吃多了，但青菜的生鲜程度还是一言难尽。

隆冬时节

从新年即将来临的 12 月 17 日开始写长篇小说《舞！舞！舞！》。写长篇小说时模式大体相同——“想写啊”那样朦朦胧胧的心情在自己体内一点点高涨，某一天猛一咬牙："好，今天开写！"就我来说，较之具体结构和情节，更注重把握这个临界点。

和《挪威的森林》不同，《舞！舞！舞！》动笔之前就已确定书名。这个书名有人推测取自"沙滩男孩"的歌曲，其实(虽然怎么都无所谓)来自一支叫德尔兹(The Dells)的黑人乐队的老歌。从日本动身前，归拢家里的老唱片自制老歌磁带，其中正巧有这首歌曲。很像是老风格的"节奏布鲁斯"(rhythm-and-blues)，悠然、粗犷，有一种不可思议的黑人味儿。在罗马每天半听不听地听它的时间里，倏然来了灵感，就以它为书名写了起来。我当然知道"沙滩男孩"也有同一名称的曲目(上高中时常听)，但直接起因是这首德尔兹的歌曲。

这部小说从头到尾我都觉得写得十分顺畅。《挪威的森林》是作为我也从未写过的那一类型的作品，边写边想别人将怎样看待这部小说呢？这个那个想个没完。而关于《舞！舞！舞！》根本没想那么多，想写什么就写什么，随心所欲，怡然自得。从根到梢是自家风格，出场人物也和《且听风吟》、《寻羊冒险记》一脉相承，就好像回到久违的自家院落，非常开心，或者莫如说写这一行为本身就无比快乐，这在我也是极少有的事。

不过，这期间罗马的冬天迅速加深。这年的罗马冬天，冷的日子好像多些，屋子里也冷飕飕的。已有的暖气设备不够暖，买了个煤油炉回来，但暖的只是炉的正面，整个房间始终冷气逼人，而且是潮乎乎的令人讨厌的冷。洗的衣物两天都一点没干。这还不算，为了买波利尼(Maurizio Pollini)音乐会的门票，整整在寒风中排了四个小时队，结果两人身体都彻底垮了，一直冷彻骨髓。罗马的音乐会售票方式实在复杂离奇且蛮不讲理。波利尼或伯恩斯坦(Bernstein)等超一流演奏家的音乐会发行购票序号券,甚至发行购序号券的序号券,而这必须一一排队才能到手。一来二去,连主办方都晕头转向起来。序号券发行到257号,然而门票只有101张,此种事屡见不鲜。既无连贯性,又无温情可言,何况总有人插队,企图蒙混过关,有门路的早从后门把票搞走了。

而且遗憾的是,这天波利尼的演奏很难说精彩得使我们的殊死努力没有白费。前半场好像焦点还没对上就完了。心想这就是波利尼?好在最后的李斯特奏鸣曲到底云消雾散一般别开生面,不同凡响。不过,就波利尼的实力来说,本应提供更为石破天惊的音乐。听起来就一再觉得"不到位、还不到位",却又无法把这种感觉聚敛成形,因而有种无可言喻的意犹未尽的不满留在心底。哪一年的事我忘了,总之过去在东京听过一次里赫特(Sviatoslav Richter)的演奏,当时我累得几乎迈不动步了,听的时间里万分感动,音乐会结束时劳累早已不翼而飞,身体如刚出炉一样精神百倍。在这里追求那个就算是苛求,但毕竟挨冷受冻排长队买来的票,想不到竟是这个样子,虽说不是波利尼先生叫我排的队……

由于太冷了,我穿上大衣,对着桌子"啪嗒啪嗒"连续敲击电子打字机的键盘,和在西西里写《挪威的森林》时正相反。那时暖和得不能再暖和,坐在桌前昏头昏脑,这次则冷得差点儿把键盘敲坏。

不用说,冷比暖更适合脑力劳动,问题是这房子里的罗马冬天未免冷过头了。夜里为温暖身体而一小口一小口啜白兰地，白天为冲淡寒冷而每天都跟老婆大谈温泉和夏威夷。老婆宣布：回日本要好好去温泉，每天从早到晚泡在里面，然后去夏威夷一个月。妙！一想都胸口直跳。不过话又说回来，我首先要写完小说才行。一旦开写，横竖要彻底写完才能回日本。一旦回日本，必定又要手忙脚乱。无论如何要守在这里把工作处理妥当。

《舞！舞！舞！》中出现夏威夷场面也是因为这个。我边写小说边想去夏威夷想得不行，所以拼命想像夏威夷写了下来。大概是这样子、大约是这个感觉——一边回想一边写。如此写夏威夷场面的时间里，似乎多少暖和起来，心情就像歪在热带太阳底下喝凤梨园①似的。文章也有这种具体效用！尽管转瞬即逝。

据日记记载，这一时期美元跌至一美元兑换一百二十三日元，而我们的现金差不多全是美元，说实话，打击不小。

接下去发生了大韩航空飞机爆炸事件。2月间两人同时得了重感冒，咳嗽和鼻水一连几个星期都止不住，脑袋昏昏沉沉，低烧迟迟不退。但奇怪的是，惟独写作进展顺利。对我们来说，那的确是个严寒的冷季，从头冷到尾，即使在我们长达三年的旅欧生活当中也是最难熬的时期。这年冬天发生的唯一好事，就是小说完成了。因此，每当我想起《舞！舞！舞！》这部小说，就想起罗马马洛内先生那座寒冷的房子。是的是的，我是穿着大衣在那座房子里写小说的。并想起叫琴的猫、叫玛多的狗、米尔维奥桥的市场和波利尼音乐会。

---

① Pina Colada，一种西班牙风味的鸡尾酒。

伦敦

关于去伦敦，没有多少值得写的，因为在那期间一直独自写小说。现在回想起来，可谓不可思议的一个月。在那一个月时间里，我差不多绝对没和任何人说话。

※

去伦敦可以说是势之所趋。老婆有点事情要经伦敦回国，我去送她。从3月初在此住了大约一个月，这期间我几乎跟谁也没说话，一直闷在房间里写作。写长篇小说时大体都是这样，产生不了想和谁说话的心情，所以对我来说，伦敦始终是个孤独而沉默的城市，这一印象渗透到了骨子里。

最初几天住旅馆，后来搬进短期租用的公寓。实际上来伦敦是第一次。首先最让我吃惊的是英语根本讲不通。我这人彻底习惯了美国英语，英国英语开始几天怎么也跟不上，很多时候都惊叹莫非这也是英语？发音听不大清楚，老是重复"Pardon my（对不起）"（其实英国人这种时候都说"Sorry"）。例如在附近超市卖肉的地方我要烤牛肉，那里的女孩子就此说了句什么——她问我什么，可我完全听不懂。不仅有很重的地方口音，而且速度快，心里不由叫苦。我说了句"pardon my?"对方重复一遍。但因为速度仍那么快，还是听不懂，于是我说听不懂。结果她再也不重复了，只是以“得得”那样的神情摇摇头，并包了一块差不多大小的肉给我。如此几次过后，我再不在此买烤牛肉了。不单这家超市，其他地方也有几次同样的遭遇。这点和美国很不一样，美国人若对方听不懂自己说的，一般情况下都反复改变语速和用词，直到对方完全听懂。

如此这般，语言上意外吃了苦头。

房子是找中介商介绍的，看到第三处时定了下来。最先一处是位于名字叫“World End”（世界尽头）的——好厉害的名字——地段的公寓（顺便补充一句，我以前翻译的保罗·泰罗《世界尽头》这本书的背景即在这个地段。小说蛮有意思，务请一读），宽敞倒是宽敞，但房间装修有点叫人透不过气，就谢绝了。其次一处在帕丁顿（Padding ton）站附近。房间本身固然不差，可惜地下室气氛阴郁，又凉浸浸的，免了。第三处位于圣约翰森林路，是美术工作室样式的房间，狭窄，折叠床，可以收进墙内，但位置不错，光线好，离地铁站和摄政公园（Regent's Park）也近。反正一个人生活窄点儿也没关系，遂定了下来。窗外就是那条阿比大街（Abbey Road）①。

我在这个房间里写完了《舞！舞！舞！》这部长篇小说。一边用收发机听音乐、眼望外面的阿比大街，一边日复一日“啪嗒啪嗒”敲击电子打字机键盘。这是暖气极足的公寓，尽管外面大家都穿着大衣，但里面只穿T恤和短裤都渗出汗来，须不时开窗把脑袋伸到大街上空凉快凉快。写累了，就看在附近书店买来的

---

① “披头士”有一首歌曲与此同名。

杰克·伦敦的《马丁·伊登》。一个近乎残酷的力透纸背的书,无可遏止的绝望,积极向上的自毁。天气总是不大好,三天有两天阴天,动不动就“啪啦啪啦”下小雨,一种仿佛预告恶劣世界到来的令人万念俱灰的冷冷的雨。不知何时下起,不知何时停住,甚至走到外面也弄不清此刻是否真的在下雨。这便是伦敦的雨。

趁不下雨的时候,每天在摄政公园跑一个来小时。这个程度的运动若再不做,脑袋势必掉弦。若不想让脑袋掉弦,就要让身体跑。只要不下雨,摄政公园还是极妙的公园。沿中间一条池边路跑过,再绕公园跑一圈。跑到动物园附近时,动物栏里飘出一股呛人的臊臭味儿,但这个也极妙,可以切切实实感觉出围栏里有许许多多动物。活物的活生生的气味。狮子们高角羚们骆驼们远离故土在这里生活,什么动物叫唤的声音也传来耳畔。

傍晚写作完毕,去附近买东西,做简单的饭菜吃。我在伦敦生活期间基本没在外面吃饭。老实说,吃什么都吃不出多大味来。当然美味的餐馆我想一定是有的,但从意大利赶来,很难有心情在伦敦花钱进餐馆。抱歉固然抱歉,可还是自己做来更可口。面包蛮够味儿,称为“料理”怕不合适,但我每天都在超市买来烤牛肉和面包,做牛肉三明治吃,咖喱饭或西红柿汤也有时做。

到了晚间,听音乐会换一下心情。现在看来,旅居伦敦期间能想得起来的,也就是音乐会和电影,因为此外光写小说和跑步。电影的确看了很多。布鲁斯·罗宾逊①这个年轻导演拍摄

---

① 英国电影演员、导演(Bruce Robinson,1946—)。

的英国片《我与长指甲》清晰留在了记忆里，在日本是否公映我不知道。是一部喜剧片，维斯涅尔这个虽然厚脸皮却叫人恨不起来的穷困潦倒的艺术青年、不无懦弱的主人公“我”以及维斯涅尔的同性恋老伯，三人难解难分，相当有趣。另外由加西亚·马尔克斯写剧本的美洲西部片《死亡的时间》这部哥伦比亚片也看了，甚为爽净的影片。《去听美人鱼歌唱》这部富有小品意味的加拿大片也看了。这部大概日本也公映了，讲一个长得并不算漂亮的立志当照相师的普通女孩如何对单位的上司——漂亮的女同性阿姐崇拜得神魂颠倒，但最后还是失望了，跟这位阿姐去日本餐馆时，一个活章鱼一摇一摆爬了出来，女孩叫得半死——这地方不够正常，那东西纵然日本人也不吃的。

不管怎么说，在伦敦看的电影中我最喜欢的是法国片《天使的灰烬》(POUSSIÈRE D'ANGE)。节奏如风行水上，演员表现不俗，使我有一种久违的酣畅淋漓的愉悦感。看罢乘兴走了三站地铁的路。另外看了狄更斯的《小杜丽》(Little Dorrit)，有亚利克·基尼斯(Alec Guinness)出场，影片极有狄更斯风格。长得不得了，这个星期天放第一部，下个星期天放第二部。亚利克·基尼斯那仿佛每个汗毛孔都深深沁有狄更斯的从容不迫的演技十分了得。观众里有好多父子，想必英国人是作为必要的成长仪式让小孩看这部狄更斯作品的，下一步大概要让孩子好好阅读原著。不难看出，英国人和狄更斯文学之间显然存在着这种强韧的长期关系，不由让人思索日本是否有与此相应的超党派的国民作品，但没有想出像狄更斯世界这样具有多方面广度和深度的东西。不管怎样，狄更斯确实有意思，虽然带小孩去，但父母其实也足可沉浸其中。

音乐会也听了不少。

阿什肯纳吉(Vladimir Ashkenazy)指挥的皇家爱乐管弦乐团的音乐会也去听了。他与其儿子沃夫卡·阿什肯纳吉同台演奏。我在雅典听过一次沃夫卡君的演奏,老实说,当时没怎么认可,不过也可能多少有所进步。曲目首先是父亲指挥的科里奥兰序曲,接下去是沃夫卡出场演奏的莫扎特的回旋曲,以及父子共同演奏的弗兰克的《交响变奏曲》,最后又是父亲指挥的马勒的第四交响曲。沃夫卡的钢琴依然不够到位。较之好坏,更属于感染力匮乏的问题,没有诉诸心灵的东西。倒也不是受到儿子传染,但为人父者的阿什肯纳吉的指挥也不怎么样。马勒的交响曲合奏得也粗疏,漫不经心,比之不久前在罗马听的殷巴尔(Eliahu Inbal)指挥的《大地之歌》那天风海涛般的演奏,简直有霄壤之别。他的马勒松松垮垮而又黏黏糊糊。翌日时报的乐评栏载文写道:"如果我是弗拉基米尔·阿什肯纳吉的儿子,那么我会做什么呢?或许当理发师,也可能投标枪,但有一点可以断言:绝对不当钢琴手!"

残酷,但有趣。第二代也十分不易。

还在女王伊丽莎白音乐厅听了科瓦塞维奇(Stephen Bishop Kovacevich)的钢琴音乐会。内容皆是贝多芬和舒伯特,舒伯特的降 B 调奏鸣曲绝对精彩,朦胧温馨,让人身上的疲劳悄然脱落一尽,就是如今难得听到的舒伯特。但贝多芬方面多少有些枯燥。此外还去了我喜爱的马里纳(Neville Marriner)和 ASMF①

① Academy of St Martin-in-the-Fields 之略,圣马丁室内乐团。

的音乐会。巴赫的《圣母颂》尤其优雅动听，仿佛每一个角落都清扫得干干净净，指甲剪了，耳孔掏了，头发洗了——便是这样一种感觉。这么说也许是出于我个人偏爱，反正是出色的演奏。如此充实的音乐会可以天天花不多的钱听到，伦敦市民真让人羡慕。

歌剧看了柴可夫斯基的《叶普盖尼·奥涅金》（弗雷妮唱主题曲）和布里顿（Benjamin Britten）的《比利·巴德》（Billy Budd），都很精彩。这个已经在别的地方写了，在此割爱。

伦敦逗留期间还去听了一次爵士乐，因为是令人怀念的布洛森·迪儿莉（Blosson Dearie）来爵士乐夜总会演奏。夜总会名字很奇特，叫"比萨饼游乐场"。名字听上去不怎么高雅，实际上却高雅得多。所有座位都采取预约制，打电话告知信用卡号码，即给留出座位。票价是八英磅半。客人全部是前来品享夜总会的衣着得体的中年夫妇，单客仅我一个。因此之故，女侍应生时常挂记着来我座位问我"开心么"，我笑着回答"嗯开心着咧"。不一会儿再次来问"如何，开心么"。一身牛仔服的日本男人独自来听布洛森·迪儿莉——人家或许为此感到蹊跷。

布洛森·迪儿莉的台风极具魅力。年纪该不小了，本来担心很难发出往日那惹人怜爱的声音了，结果纯属杞忧。当然，同过去相比声音的圆润度多少有所流失，但艺风愈发纯净无瑕，让人得以全副身心沉浸其中，从第一曲直到最后一曲。曲目全是原创（原创更叫人感动），所谓 Standardnumber（标准曲目）几乎没有。边弹钢琴边唱，钢琴也弹得好，轻而又轻，仿佛即将腾空而去。如此味道的声音并非想弹就能弹得出来的。

若说这不是爵士乐,或许真不是爵士乐,但布洛森·迪儿莉的音乐本来就不是吊起眼稍听的音乐,那是一种高品位夜总会音乐,是让人细细品味酸甜苦辣的成年人音乐(如今这种成年人倒是少了)。

比萨饼和葡萄酒也很可口。我吃过西西里风味比萨饼,而这个同意大利比萨饼相比也并不逊色。餐费十英镑。

※

在伦敦期间只做过一次短途旅行。小说好歹完成了,高兴得外出旅行去了。从帕定顿站坐两小时火车来到一座名叫巴斯(BATH)的温泉镇。一如镇名所示,这是罗马人进驻英国时期发现的温泉古镇。罗马人是异常喜欢温泉的民族,满世界建造华丽壮观的温泉设施。我在那里的自行车出租店租了一辆自行车,准备骑去一个名叫库姆堡(Castle Combe)的小村庄。有人告诉我去英国最好到库姆堡,那里漂亮得很。从巴斯到库姆堡,路段果然漂亮(很早很早以前罗马人修的笔直的路),但要翻过好几座山岭,相当费力,况且我借的自行车有个要命的问题——每隔一小时车链就"哗啦"掉下来一次。如此这般,没能"悠悠然骑着自行车在英国乡间游逛"。这还不算,傍晚时分大汗淋漓地骑到库姆堡一看,旅馆早已满员,必须骑到下一个村庄去。

尽管如此,这次旅行还是叫人欢欣鼓舞。一来毕竟有一种小说终于写完的解脱感,二来天气也出奇的好,而且正值春天。由于拼命登车浑身是汗,肚子也瘪了。在库姆堡下一个村庄住的旅馆名叫“WHITE HEART①”，态度虽然冷淡，但住起来蛮舒坦。只剩大房间了，我说只我一人，便减了房费。傍晚在旅馆的酒吧喝啤酒，在餐厅吃鳟鱼。鳟鱼是切成薄片同杏仁一起蒸的，这东西简直香得无与伦比。谈不上多么好看，但味道实在地道。由于是棕树主日前一天，星期六，旅馆餐厅里坐满身穿外出服装的面目和善的一家老小，以致我险些吃不上晚饭。村里只此一家餐厅。

回来路上就差一点点回到巴斯的时候，自行车彻底分崩离析，不折不扣地变得七零八落，即使请来国王及其家臣也不可能修复，害得我扛着自行车走了最后五公里，得得！

不过对我来说，仍是一次幸福的旅行。

※

去邮局把打好的小说原稿寄去东京之后（避免通过意大利臭名昭著的邮局寄稿也是我特意来伦敦的一个原因），3 月末独自返回罗马。

---

① 意为“白色的心”，1982 年成立的基督教音乐乐队名。

1988年,空白年

1988年，空白年

一开始我就写了，为凑这本书（即所谓“游记”），我一点点写了类似速写的片断性文章，但在1988年这类速写一页也没写，没心情写。一来年初为写《舞！舞！舞！》忙得焦头烂额，二来写完后好长一段时间陷入虚脱状态。回日本后，虚脱感不久又过渡到一言难尽的乏力感。结果，直到临近年底都什么也没写成，可以说是空白年。

但是，这本书是随同我这个人的行动按部就班展开的，所以最好还是把1988年4月至10月间发生的事简明扼要地提一下。4月我回到日本，校对印刷厂送来的《舞！舞！舞！》清样，然后把关于菲茨杰拉德的文章和译文收集在一起，以《司各特·菲茨杰拉德读本》作为书名交给TBS不列颠①出版了。又拿了驾驶执照。过去没有什么驾驶执照也没感到不方便，但秋天计划开车周游土耳其，为此发奋一搏。再说在欧洲没车去哪里都相当不便。每天坐山手线电车去驾驶技术培训所，一个月好歹过关。这些事处理完毕，如释重负地去了夏威夷，在那里发呆一个月，放松身体，百分之百是一次“暖身”旅行——罗马冬季的寒冷便是那般沁入骨髓。那期间我一直租本田雅阁练

① 日本的出版社。

习开车，后退时撞在停车场柱子上，把右侧尾灯撞得粉碎。

可是，无论怎样给身体加温，某种冷气还是挥之不去。

※

回头看去，这一年对我们夫妇似乎算不上多美妙。回到日本，《挪威的森林》成了超级畅销书。也是因为一直身在国外不大了解情况，过了许久回国一看，原来自己已成为名人，为之瞠目结舌。看报纸上的畅销书排行榜，《挪威的森林》的销量在任何书店都名列第一。讲谈社的办公大楼堂而皇之地垂下红绿两色幕布①。我有事必须不时沿江户川桥至护国寺的大街通过，看了实在不好意思，总是佯装不见。秋天出版的《舞！舞！舞！》也顺利地成了畅销书。

可是——这么说自知冒昧和傲慢——我无论如何未能从某种苦闷中解脱出来。苦闷什么说不清楚，反正就是苦闷得不行，觉得去哪里都找不到自己的位置，觉得自己一下子失去了许许多多。书卖到五十万册时，自己当然是高兴的。自己写的东西被大范围接受，对于作家来说没理由不高兴，不过坦率地说，较之高兴，我感到的更是吃惊。我想像不好五十万这个数字是怎么回事。作为读者想像不出，作为单纯的“人数”也想像不出。十万人我好歹可以想像，而五十万已无能为力。后来更加不得了，一百万、一百五十万、二百万，这些对我来说无非是不具实体的“庞大数字”罢了。对于传媒界人士，处理这个程度

---

① 《挪威的森林》日文原著分上下两册，封面分别为红绿两色，除书名外无任何图案。由作者亲自设计。

的数字或许是家常便饭，而我则受不了。越想脑袋越乱，所以也曾尝试不去多想——十年来我基本上是作为小说家混饭吃的，数字与我没什么关系，畅销不畅销不外乎时运，问题是那里边出现了类似无法置之不理的空气那样的东西。

说起来甚是匪夷所思，小说卖出十万册时，我感到自己似乎为许多人喜爱、喜欢和支持；而当《挪威的森林》卖到一百几十万册时，我因此觉得自己变得异常孤独，并且为许多人憎恨和讨厌。什么原因呢？表面上看好像一切都顺顺利利，但实际上对于我是精神上最艰难的阶段。发生了几桩讨厌的事、无聊的事，使得自己的心像掉进了冰窖。现在回头看才明白过来——说到底，自己怕是不适合处于那样的立场的。不是那样的性格，恐怕也不是那块料。

那一时期我心力交瘁，老婆病了一场。我没心思写文章。从夏威夷回来，整个夏天一直在搞翻译。自己的文章写不出，但翻译还是可以做的。一字一句翻译别人的小说，对于自己不妨说一种治疗行为，这也是我搞翻译的一个缘由。

※

8月，我把老婆留在日本，重返罗马。从罗马去巴尔干半岛、小亚细亚，目的是为新潮社采访阿索斯山和土耳其。这次旅行一共花了一个半月。我和摄影师松村君、编辑O君冒雨在阿索斯半岛的崇山峻岭中爬来爬去，接下去同松村君两人驾驶三菱帕杰罗去土耳其腹地转了一个月。有各种各样的遭遇，肉体也大受考验，但心情反倒由于体力的极度消耗而变得十分畅快。多余的脂肪去掉了，脸也变得漆黑。完了返回罗马，第二天去机场接老婆。10 月间的事。

这样,在罗马的生活重新开始了。

不过恢复——作为一个写小说的人真正得以恢复——恐怕是在翻译完蒂姆·奥布莱恩(Tim O'Brien)的《原子时代》(The Nuclear Age)之后。上面说了,翻译对于我是一种治疗行为。进一步说,这本《原子时代》的翻译对于我纯属精神再生(rehabilitation)。翻译过程中我一再为之感动受到鼓舞。这部小说中蕴藏的热能从最底层温暖了我的身体,骨髓里的冷气也因之排放出来。假如不译这部作品,说不定自己已随波逐流漂去另一个方向。

译罢这部作品,我有了再写一本小说的心情。我想,人的存在证明大概是在长久存活并持续写作这一行为之中。纵使那意味着持续失去什么、持续为世界所憎恶,我也只能那样活下去。那便是我这个人,那便是我的场所。

※

以上就是 1988 年 4 月到 10 月之间发生的事情的概括。1988 年 10 月,再有三个月即是我四十岁生日。我必须重振旗鼓。

这样,我又一点点写起了随笔。

1989 年，复原年

康纳利先生的公寓

康纳利先生的公寓位于罗马的波尔卡里大街(Via S. Porcari)。从梵蒂冈走过去马上就到,面对文艺复兴广场去圣天使城的大道。距地铁站也近,过两条街走到里埃恩兹奥街(Via Cola di Rienzo),一般东西都可买到。果蔬市场就在旁边,到了梵蒂冈,还有梵蒂冈邮局(梵蒂冈邮局不属意大利,乃梵蒂冈城国的邮局,邮票也不同,比意大利邮局不知正规多少倍)。沿里埃恩兹奥街径直走十五分钟,走到头就到人民广场。过了圣天使桥,马上就是那沃那广场(Piazza Navana)。

我们早已受够了以前居住的郊外住宅小区交通的不便,决定这回哪怕房租多少贵一点也要住罗马市中心。倒也是,若论便利,这座公寓可谓便利得无可挑剔,哪里都可以走着去,从哪里都能走着回来。

找到此处公寓纯属偶然。沿波尔卡里大街边走边谈论"就在这一带住吧"之间,碰巧看见一座带家具的短期出租公寓,是一座古宫殿风格的极有情调的建筑,带大门和院子,幽静,日照也似乎不错。打电话一问,正好有空房间。

只是,这空房间是地下室,再怎么往好里说,也不能说是好房间。实质上是半地下室,老实说很难称之为正常市民的居住空间。墙最上端有窗,仿佛安杰依·瓦依达(Andrzej Wajda)黑白电影的光线从那里隐约泻下。抬头看去,可以一闪一闪看见路上来往行人的脚,恰似桑尼·克拉克(Sonny Clark)那张名叫《昂首阔步》(Cool Struttin)唱片封套上的摄影画。小姐们穿着高跟鞋,那富有诱惑力的裸足不时能够见到,长筒丝袜在罗马快活轻佻的阳光下闪闪烁烁。如此脚踝带着"咯噔咯噔"不无惬意的声响从离我们脑顶很近的上方走过,作为风景诚然不坏,但天天看未免有点累。总的说来,这段地下生活没有什么美妙的事,或者不如明确承认倒霉的事更多。白天都有些阴暗,加之房间小,厨房设备也糟。电气炉的火力不够,煮通心粉都难有保证,水煮不沸。无奈,我们便用野营用的液化气炉煮通心粉、煮饭。蹲在厨房地板上做饭很有点像难民,心里空落落的,常想我们到底在这种地方干什么呢!

一下雨,面对院子的窗便渗水进来,房间里潮得厉害。由于电容量小,刚熨衣服,保险闸就"啪"一声掀下来,房间里一团漆黑。更糟糕的是,这保险闸活活要命,一旦掀下来就很难复位。我们隔壁房间也一样(地下有两个房间),住在那里的一对美国夫妇动不动就在漆黑中点蜡烛,保险闸比我们的还无可救药。是从波士顿来的举止高雅的中年夫妇,丈夫好像是外贸人士,想必是因为工作才滞留在罗马。理所当然,两人对罗马这座城市深恶痛绝,其心情我也能够理解——这样的房间在美国百分之百是贫民窑。

我们之所以耐住性子住在这里,外景(location)好这个关系固然也是有的,但主要是中意房东康纳利先生的人品。康纳利先生为人非常和蔼可亲,年纪估计七十五六,瘦高瘦高,举止多少有些迟缓,但精神还蛮精神的,每天开着心爱的韦斯帕车来到公寓楼附近的事务所，身穿款式土气的绿色外衣，戴一顶棒球帽样式的帽子。康纳利先生的职业是摄影师，他说过去曾为日本的出版社做过事，“一家名叫小学馆的出版社委托我拍摄意大利的建筑”，并给我看了照片集。看样子是相当早以前拍摄的，多少有些褪色，但技术毫不含糊，让人感觉很舒服。看他拍摄的人的衣着打扮，估计是20世纪60年代拍摄的。“眼睛不好了，已经从拍摄现场退下来了。”康纳利先生说。他有两个儿子，一个在文艺复兴广场附近的银行工作，另一个儿子帮忙管理这座公寓楼。康纳利先生只会意大利语和法语，因此是他的儿子把具体情况讲给我们听的。

康纳利先生实在是个好人。意大利人里口惠而实不至的类型较多，但康纳利先生诚心诚意、无微不至地对待我们，有什么出问题的地方赶紧修好，缺什么买来什么。当然处理不顺利的时候也是有的，但至少此人有关爱之情，即使在我遇到的意大利人之中也属于相当出色的一类。一位深有旧时教养的老伯。

我们一眼就看好了康纳利先生，心想这糟糕透顶的地下室也未尝不可，遂耐住性子住了下来。人世间就是这么回事，即使出现状况，如果明白另一端有人，大多事情都可以忍受，反过来，即使置身于不太差的状况，看不见人影也会心焦意躁、提心吊胆。

除了这个房间，这座公寓楼另外有一个房间。那个在地上，设施也比地下的完备。我猜想这间地下室原本不是给人住的，可能是仓库什么的，后来因多种原因改成了房间，所以种种设施都敷衍了事，故障也多，同地上的房间大不一样。康纳利先生保证说,如果地上的房间空了,就让我们优先搬过去。"现在住在那里的是一个单身赴任的汽车公司大人物,罗马的事情一完就回都灵自己家去,不出两三个月就会腾出来。"康纳利先生说。

这么着,我们就一边在黑乎乎的地下室里熬日子,一边等待菲亚特的大人物回都灵。不料,这小子说是下个月就回都灵,却老赖在那个房间不动。据他说,他也不愿意待在罗马,也恨不得马上就回都灵自己的家,问题是公司总是拖拖拉拉不给办手续。问一个意大利人,得知这在意大利似乎是常有的事,并非像日本的公司那样明确下达指令于某某日转去某某分公司工作。"喂,你做好准备,下个月去都灵!"——听上司这么说而为此打点好行装之后,事情却迟迟不得进展。找上司打听结果,上司不是说"噢那么说来是那么说过"就是说"唔那事已经没影了",往往就这样不了了之。所以意大利人的话是靠不住的,连续说上三回之后再慢悠悠准备也绝不为晚。

如此这般,我们便日复一日在地下室生活。

不久,冬天来了,一天比一天冷。隔壁那对美国夫妇留下一句"感谢上帝总算可以逃离这座花园城市了"返回波士顿。由于太冷了,我们开车去意大利北部旅行。周游土耳其时从米兰的三菱代理公司租借的那辆大型三菱帕杰罗一直拖延未还,就开它出行。意大利人的马虎大意也自有其可取之处——在意大利提起帕杰罗,那几乎等于雅皮车。

我们一路住着小镇旅馆,沿高速公路缓缓北上。在威尼斯住了几夜,然后经克雷莫纳、热那亚去了里维埃拉。本来指望里维埃拉会暖和些,不料到了一看,冬日的里维埃拉总好像空落落的，暖和诚然暖和，却没有什么东西可让人提起精神。和在西西里时一样，身上不由得一阵阵发痒，有什么不对头的感觉一直挥之不去。

我们就带这种不释然的心情转了帕尔马、曼托瓦、费拉拉和阿西西，转完又返回罗马。

返回罗马后仍过同样的地下室生活，只好再次出游。这次去米兰。这样一来，让人觉得在帕杰罗中生活的时间可能会比房间里的长一些。好在有事临时回了日本。前不久天皇没了。我终于年届四十。但不用说，到了四十也并不意味有什么东西陡然发生变化，既不至于以这一天为界一下子老态龙钟，又不会马上聪明过人，无非产生一点点“奇怪呀”这样的感觉而已。

回日本一看，日本的媒体铺天盖地全是天皇报道。有所谓“大丧之礼”，日本全国的警察集中到东京，不断掀开下水道顶盖，贴上封条，想必是为了防止过激分子的恐怖行径，但从意大利回来当即目睹如此情景，神经好像整个出了毛病。我们回日本期间一直住在涩谷区的公寓里，但因为对东京这种疯疯颠颠的名堂烦不胜烦，加之不时有警察登门，令人快活不起来，于是决定乘新干线去九州尽情泡一泡由布院温泉，泡到这场骚动过去为止。这么说或许不尽合适：九州的普通人似乎不怎么把“大丧之礼”放在心上。而在东京，仿佛全世界都染成了同一颜色，不管见谁都谈这个，全都就此发表这样那样的意见。五花八门的意见和感想如细微的尘埃漫天飞舞，微微震颤。所幸九州不同，感觉上天皇的葬礼也是和日常生活没多大关系的“遥远的故事”。

如此兵荒马乱之间，康纳利先生来电话了，告知都灵那小子终于回了都灵，房间空出来了，问我什么打算。于是我们又一路奔向罗马，心中感慨这样子岂不成了无根的浮萍，那里一趟，那里腻了这里一趟，这里腻了又去那里。那里一趟这里一趟倒没什么不可以的，可这样下去，真想购买意大利航空公司的数次往返优惠票。

※

康纳利先生留给我们的新房间位于一楼。说是一楼，其实是在一楼半左右的高度，因为地下室是半地下，一楼部分自然高出半层。较地下室当然明亮得多，房间也宽敞干净，厨房和浴室的功能远为充实，连洗衣机都有。以前住的地下室没有洗衣机，半年时间里我们始终"喀哧喀哧"手洗，弄得满手起泡，所以对康纳利先生的新房间我们心满意足。进得房间，餐桌上放着一个豪华的小果篮和一束鲜花，并附有一枚纸卡，上面写有"献给名闻遐迩的村上多特雷（博士）"（意大利人习惯这样胡乱形容别人的头衔，我真闹不明白自己何以成了博士）。

我在起居室一角放了一张写字台，把电子打字机摆在上面，接上小型 CD 唱机。这样，工作间差不多就出来了。回日本自己的家，固然有大口径 JBL，但现在想也没用。在地下室住久了，搬到地上房间最先感觉到的，是完整看见外面风景是何等的妙不可言！无论再发生什么，都绝对不住回地下室去。从写字台横头的窗口可以看见一路之隔的七层古典式公寓楼，窗前带有仿佛墨索里尼即将发表演说的煞有介事的阳台。旁边有一家 Profumeria（化妆品商店）。罗马 Profumeria 多得要死。在 Profumeria 上班的小姐们太太们当然都浓妆艳抹，每当无聊起来，她们就走到门口同左邻右舍的人站着闲聊，居然有那么多可聊的，不由你不佩服。

不过从这窗口看见的最佳景观不管怎么说都是路面停车，百看不厌。在这一带找停车位比登天还难，所以一旦我们得以把车停在家门附近，就不想把车开出那里。总之停车之难就难到这个地步。我们住的公寓楼前也总是停得满满的，一天二十四小时都有车为找停车位而在附近转来转去。因此，若偶尔有人把停的车开出去，发现空位的幸运开车人一副乐不可支的样子马上随后开进去，这情景定定地看起来真是饶有兴味。

或许你不相信，意大利的车有表情，一如车上的开车人，车本身也有丰富的表情。所以每当有车位腾出，它忙不迭地同开车人一起——活像人马一体——现出可爱的笑容。而若因动作之差被其他车抢了先，整个车就一下子消沉下来，垂头丧气，满脸懊悔。这一个一个表情甚是生动，光看都觉得其乐无穷。这方面和日本的小汽车不同，日本的车居然没有表情，高兴也罢难过也罢，都以上市企业那样大同小异的表情东奔西跑。若让我说，无论丰田 MARK Ⅱ 还是日产 GLORIA 抑或马自达 CAPELLA，都全然猜不出其所思所想。如果你说汽车那玩意儿有表情也好没表情也好还不一回事，那倒真是那么回事，不过即使细看日本路面停车的情景，也看不出多大意思，何况若过于无谓地久久盯视不动，没准给 S 级奔驰下来的人痛打一顿，还是小心为好。

在这点上意大利就表现不俗。那种有表情或者很有可能在路边抬起一条腿拉臭臭那样的车，并非任何人都制造得来的。我喜欢意大利车这样的地方，性能另当别论。

有了窗,就能怔怔打量如此光景以消磨时间。写作写累了,就靠在窗边一边听威尔第的木管协奏曲一边乐此不疲地观看种种街头景致,心想到底是地上好。尤其罗马春天那晃晃耀眼的光照也和别的地方不一样,透明、亮丽、一泻而下。到了4月,外出就要戴太阳镜了。露天也可以吃饭了,新花开放,新鸟飞来,猫们也懒洋洋伸直身子,性急的小妞们甚至穿上了无袖衬衫。这个季节的罗马,怎么能在什么地下室住下去呢?

此外,这座公寓楼里有 Cameriere(女勤杂工一类),一个是名叫丽娜的胖老太婆,另一个是高个子黑人小伙子(名字不详)。两人大致早上 9 点赶来,下午 2 点离去。丽娜负责更换床单和细小地方的清洁,小伙子做体力活儿。两人给我的感觉都很好,十分勤快,丽娜尤其是意大利那种极为开朗的老婆婆,为人热情,对方一旦合她的心意,她就彻底以诚相待,所以我们每次外出旅行都给这两人买一点礼物回来。于是丽娜每次都高兴地抱住我的老婆"啾啾"吻上两口,叫人觉得未免感情过剩,但人家高兴比什么都好。和日本一样,在这个国家,所谓诚意总之就是送礼。

从经验角度来说,意大利的公寓,设施自然是一方面,同时 Cameriere 的素质也会让居住者心情为之一变。假如 Cameriere 不友好或做事消极,纵使再好的公寓,整座建筑的气氛也会不可收拾。如果他们不肯收留邮局送来的邮件,势必一一跑去邮局领取,而这点——下面详谈——简直是地狱。任何国家都是这样:最后总是取决于人才的有无和人际关系。我们住的波尔卡里大街的公寓管理十分到位,在这个意义上生活起来相当容易,什么东西坏了马上给换,不在家时的邮件也给好好留存着,这在罗马实在近乎奇迹,是我们在罗马找到的最后也是唯一地道的住所。

罗马停车种种

顺便再详细介绍一下罗马的停车情况。在罗马市内找到停车位置不是件容易事。若进一步准确地下个表述性定义,那便是大体介于"相当困难"和"困难至极"之间的一项作业。我想这在东京也是同样,停车难似乎一年比一年严重。在我来罗马后三年时间里,情况眼看着每况愈下,就是说"程度表"的指针已经从"相当困难"大跨度朝"困难至极"倾斜。

一般说来,市中心几乎不存在停车场那个东西。若问为什么不存在,首先因为城市本身狭小。不但狭小,还对建筑物严加限制,使得现代化的可以停车的楼无从谈起。满城的建筑物差不多清一色是历史建筑,自不待言,历史建筑本身就不带什么车库。一次我在罗马找房子,对方说是新的,跑去一看才知是20世纪30年代建的,吃惊不小。这都算是新建筑,其余可想而知。古建筑有情调,看着是很漂亮,遗憾的是很难说功能齐全。

还有一点,即使想深挖地下建停车场也远非易事,因为稍挖开地面一点点就有什么遗迹出土。结果,罗马城"路面停车"泛滥成灾,开车去哪里也找不到停车场。交通堵塞未必有东京厉害，但停车场绝对一塌糊涂。一旦在住处附近找到停车位，一段时间里就再也不愿意把车开出，这么说一点也不夸张——为等停车位而绕着住处来回兜三十多分钟的时候都有过。

这么说，在罗马没车不就行了么？可问题是在罗马没车，生活起来又是一场麻烦。首先第一点，这里并不像东京那样公共交通工具四通八达。不，别说东京，跟世界任何城市相比都不发达。地铁复线只有两条短的，公共汽车又不知什么时候来。而且无论公共汽车还是地铁，全都挤满吵吵嚷嚷的 ragazzi（年轻人），这些家伙举止粗俗，动辄胡来。还有——日本人难以想像——这里的公共汽车时常走错路，糊里糊涂忘记拐弯。因为罗马山路都是单向通行，简直人间地狱，错一回路，要费好多周折才能回到原来路线。乘客这个那个起哄，司机喋喋不休辩解（不道歉，只辩解），结果花的时间更多，实在忍无可忍。到站不停已成家常便饭。明明按了停车钮，却不知司机在想什么，视而不见，扬长而去，以致必须大吼"停车、停车"。这种差错午饭后最多，想必司机也喝了葡萄酒，身心双双松懈下来。这个时间段里还有各种各样的问题，一次我等的公共汽车连人带车整个下落不明，倏然消失得无影无踪。此时交通局的老伯们也总算铁青着脸到处找那大巴了，我猜想大概司机开车到哪里游花逛景去了。

地铁倒是大体按时开来，也不到站不停，遗憾的是仅有两条线，车厢里小偷也多。可另一方面，出租汽车又很难找到。总之不便到了极点。

另外，夜里晚回来一些，公共汽车和地铁都几乎没有了。而罗马的音乐会一般是晚间 9 点开始，结束无论如何都得过 11

点，歌剧之类差不多要到12点。这样一来，只能走路回家，或预定附近的宾馆。因此，若长期生活，车就成了必备之物。我在东京生活了近二十年，几乎没有想到必须有车，因而也没有开过车，但来罗马之后，没有车就往往难办。罗马市民也对这种糟糕情况忍无可忍，报纸上也呼吁想想办法，但无法可想是眼下的现实。

※

这且另当别论，我在想，车这东西充分反映出各个国家的文化和国情。就是说，意大利的车其实是意大利式的。意大利的小型车一般说来做得很容易停在狭小的街角，第一车身小，第二方向盘特容易打转，狭窄地方也可以顺利进入。近来罗马市内也常见到大型奔驰和沃尔沃等等，但我想这到底不适合罗马的停车状况。美国车更是无从谈起（实际也一辆都没有）。就市内停车状况而言，菲亚特500（CINQUECENTO）或126（CENTOVENTISEI）啦UNO啦奥托比安基啦再合适不过，它们可以见缝插针地迅速找到位置。CINQUECENTO全长才三米过一点点，比四米的高尔夫还短一米，比奔驰560竟短两点一米之多，正是给罗马做的车，而且一副对撞车满不在乎的样子，仿佛在说想撞就撞好了其奈我何——简直天下无敌。

说到底，CINQUECENTO的优点是可以停在人行道上，可以在汽车道水泄不通的时候爬上人行道，暗自庆幸地蹲在那里不动，至于是否合法我不晓得。应该不会合法，但我没见其受过处罚，想必因其小又不过于碍事而网开一面。这东西从旁边看来都像方便得很，若上高速公路未免悬乎，但在罗马市内跑动则非此莫属。驾驶奔驰560和沃尔沃760(全长485厘米)的都是所谓罗马雅皮。这些人在酒店前急不可耐地物色车位,而CINQUECENTO的车主们一下子停在人行道上岿然不动——这光景看起来非常开心惬意。不过,这在人行道较宽的罗马才可做到,在日本根本行不通。

还有,这类人的纵队停车本事十分高超。老婆购物的时间里,我始终站在路前观看这纵队停车表演,这也是百看不厌的罗马娱乐之一。如果哪位来罗马,我就推荐他看这纵队停车光景,而不是去看什么斗兽场和梵蒂冈美术馆。即使对意大利人来说,这项停车表演似乎也足够赏心悦目——我驻足观看之间,也有几个人停下来在我身边看得出神。

在空间小得仅可容下一辆车甚至可能容不下的情况下,这项表演简直精彩至极。不久车来了,开车人放慢速度,目测能否容下,旋即开始尝试。在前面一点点的地方停下,打开警示灯,缓缓后退。旁边有看热闹的人出来,多是闲着无事的老伯,也有我这样在妻购物的时间里无所事事打发时光的人。日本常有有闲老伯抱着双臂怔怔地观看建筑工地什么的,气氛大体相似。开车人是驾驶奥托比安基Y10来商业街购物的普通太太,同样出手不凡,以训练有素的手势轻盈地把车屁股插进去,随后左一下右一下迅速旋转方向盘,岌岌可危而又恰到好处地把车塞了进去,堪称"Bravi(勇敢)"。若做得更为出色,还会有人"呱唧呱唧"鼓掌。大家或点头或招呼说"Perfect(太棒了)",和意大利歌剧的咏叹调一个样,那位太太也笑眯眯地对这番赞赏坦然作出回应。奇妙的国度!

反过来,若是表现差劲,那就要明明白白地受到奚落。但不用说,差劲的人也比比皆是。差劲的人就彻头彻尾差劲了(对差劲的中年主妇,人们起哄道"太太,快回家煮通心粉去"),一次我看见一个人在不怎么窄的地方停车时,往前面的奔驰防撞杆和后头的雪铁龙防撞杆上分别"咚咚"使劲撞了三次。在日本干这种事很难释然离去,即使在意大利,我想恐怕也很难白撞了事,不料那人似乎性格十分豪放,竟哼着歌儿若无其事地径自去了哪里。意大利人一般认为防撞杆就是让人撞的东西,对防撞杆之被撞远比日本来得宽容,但这毕竟不是值得欣赏的行为,而且撞一两次也罢了,前后三次就太过分了。一次在西西里,见一个人把对方的防撞杆"咔嚓"一声撞落在地,周围目击者只我和老婆两人,他也好像觉得有点不妙,转向我们说了句什么,大约是"没办法啊这防撞杆也太不禁撞了哈哈哈",旋即大步离去。

此外,并排停车也是一大景观。

罗马路面挤满了汽车,当然有人并排停车,偶尔甚至一停三排。从原则上说,并排停车的一般都是稍停一下赶紧去办事的,或在前面餐馆吃饭、别人一有表示马上出来的人,因此只要把事情控制在这个限度内,车被挡住的人不会怎么抱怨,再说他本人也这么做过。问题在于对方是意大利人,所以事情就不那么好办了(不可能好办)。有不少家伙并排停车后再也不知去向,等到日落天黑都不返回,这样一来,车被挡住的人就无法把车开出,焦头烂额,束手无策,只能一个劲儿按喇叭,吵得要死。吃饭时旁边喇叭响个不停,真是不快至极。如此时间里,并排停车的开车人忽然折回,有人道一声"啊对不起",也有人压根儿不道歉(一般不道歉,道歉不是罗马的倾向性)。若有人就此发牢骚，甚至可能争吵一阵子。若是日本，势必抓起脖领子来，但这里的争吵只是虚张声势打嘴仗，没什么龌龊之处。偶尔或许有，但就我目睹的来说，看上去相当有趣。“干嘛把车停在这种地方，就没想到会给别人添麻烦?”受害者这么一说，加害者应道:“反正已经回来了，这不就行了么?”一副大模大样的态度。这样子架也吵不起来，下次受害者与加害者的立场整个颠倒过来也毫不奇怪。所以争吵不至于不可开交，双方说完想说的，就开车去了哪里。

一次在里埃恩兹奥街看见一个因并排停车而开不出车，苦等了二十分钟的女孩朝吹着口哨忽然折回的男子大发脾气，不料那男子满不在乎地这样说道:“跟你说，或许是我不好，这我承认，可你那说话方式也同样差劲!”有趣的国度，住不厌的。

还一次眼见四个男子把并排停靠着的 CINQUECENTO 一举抬起来移开，若是沃尔沃的话恐怕不易做到。

蓝旗亚

这回无论如何得在意大利买一辆车。不是很了不得的车也没关系，能开着自由自在地在欧洲旅游即可，最好是不很大的意大利车。

我觉得老型号的奥托比安基 112 蛮可爱的，老婆则是 CINQUECENTO 的热烈追捧者。问题是作为市区用车倒也罢了,跑外地长途旅行则未免力不胜任,况且二者都不再有新车出厂。再三考虑之下,决定按我的个人爱好买了蓝旗亚Delta1600Gtie。车身不大,引擎相当有力而外观又不显眼,正合我意。Giugiaro① 的设计也够洗炼,无可挑剔,在 Delta 系列里算是中档车。价格以日元计算不到二百万。我因是外国人可以不上税,因此在意大利付的款大约一百五十万日元。

只是,买到手费了很多事。需要多种多样的文件,而且要直接找到位于菲亚特总部的蓝旗亚经销店,英语又讲不通,只好请乌比先生帮忙。

首先向经销店的老伯提出想买蓝旗亚 1600GT。这是一位秃脑袋的气色很好的老伯,一副仿佛标榜极喜欢通心粉的意大利人长相。他说现在手头没有 1600GT,要向都灵总部订货,按顺序大概要等两个月时间。意大利眼下经济看好,车卖得飞快,大多供不应求,况且 1600GT 基本算是赛车型,现货没那么多,订货无论如何都要这么长时间。事情或许如他所说,问题是我们等不了两个月,于是我明确表示:用现金当场支付,请务必马上找来。或者现在买,或者不买,这点毫不含糊。在这个国家,若不这样自我强调,要的东西永远等不到手。

"那么,我给熟悉的经销店打电话问有没有现货。颜色可有偏爱?"他说。我说没什么偏爱,除了白色什么都行。

打了好多个电话之后,终于找到一台 1600GT。颜色是金属深灰(metallic dark gray)。

---

① 意大利的汽车设计公司。

太好了！十全十美。事在人为。

这位老伯名叫文图瑞，对日本车怀有相当深的敌意，说意大利车在日本卖不出去是因为保护主义的关系。我也不否认日本市场有那种倾向，但德国车却卖得飞快，所以根本不是保护主义作怪。即便价格高一点，如果质量好服务到位，产品也同样卖得出去——我本想这么说，但一来不会意大利语，二来这事说来话长，便哼哈着听听罢了。“不管怎样，这次我们用蓝旗亚出的 DEDRA 新车打倒了日本车！”他说。后来我在展示室看见了这辆名叫 DEDRA 的车，相当丑陋。也罢，人各有所好。

老伯说车到手要一个星期左右，但这个那个啰啰嗦嗦，车运到罗马花了两个星期不止。不过，这是罗马，这个程度的拖延称不上拖延。这种档次的车，车上的东西在日本都是按标准配齐的，可在意大利行不通。首先没有动力方向盘，接下去是没有车内音响，没有广播，空调当然没有。还没有右侧窗镜，没有车内垫，什么都没有。好歹驾驶席前面的车窗是电动的（在窄得难以置信的不易操作的地方几乎像故意找别扭似的有个小开关）。另外，锁是中央控制式的，试了试却不灵。请技术人员看，说“啊忘了装保险丝”。我不由得担心起来：这样子能行？

加钱装了右侧窗镜和防盗警报器，两个加起来二万四千日元。在日本倒也罢了，在意大利警报器绝对少不得，即使不可能有人偷的破烂货菲亚特 CINQUECENTO 都带警报器。没有这个，在意大利就不能称为汽车。

说一下车内音响，这东西风险太大，决定不装了。因为把车停在街上离开，那时间里车内音响基本上被盗无疑。意大利开车人下车时把音响整个拔下来随身带走，我不愿意找这麻烦,遂不要车内音响。懒得提着车内音响逛街。

再说警报器的使用。

这当然是为了防止车辆被盗。先关掉引擎,下车前打开警报器开关,打开后三十秒内下车锁门,这样警报器就不会响。上车更难,必须在开门六秒内解除警报。问题是警报器开关安在极难找到的地方。当然啰,安在好找的地方小偷会马上解除,这又是一场麻烦。尽管如此,那也实在太难找了,感觉上就像把手伸进电冰箱背后的狭窄空隙拔电源插头一样,而这必须在开门后六秒钟以内完成,很有些像“间谍大战”,汗都冒出来了。况且一旦失手,就要“啪啪啪”震天价响个不停,山鸣谷应。在意大利开车绝非轻而易举之事。

再看车内设计。意外的寒伧。不妨说,在这方面日产阳光和丰田花冠这个档次的日本车要漂亮许多。蓝旗亚塑料接缝明显凹凸不平,高档感全然没有。说起来,玛莎拉蒂之类里面看上去诚然漂亮得很,但意大利车作为普及型多少存在问题,这东西如果做得恰到好处,保护主义根本拿它没办法。除却情趣相当特别的人,大多数日本消费者我想不至于出大价钱买这种车,毕竟日本车便宜得无法相比。

就车内设计嘟嘟囔囔发完牢骚,再看燃油表,燃油彻底为零,表针直挺挺地靠在左端不动。“燃油几乎没有,请赶快去那边加油,不然一开就没油了。”工厂来的人轻声叮嘱。简直开玩笑!时间已过一点,是加油站的打烊时间。自助式加油站倒是有,总之得马上去找。太不像话,丝毫谈不上是好意关照。

总算在油尽之前找到一家自助式加油站,先加了一万里拉(一千日元)汽油。OK!沿曼佐尼街(Viale Manzoni)开进墙边地下通道，从人民之门旁边穿过台伯河，顺着里埃恩兹奥街去文艺复兴广场，然后开回家。正是交通繁忙的午休时间，下了一上午的大雨继续笼罩着罗马城，以致刚买的车浑身泥水。

车况本身非常好，一副刚出炉新车的派头。一踩油门，引擎立即“突突突”发出十分快意的声响，方向盘也转动自如，刹车也立竿见影。弹簧板稍有点硬，但“咯吱咯吱”感觉很妙。

蓝旗亚 DELTA1600Gtie，不管怎样是我买的值得纪念的第一辆车。好了，看下一步能否顺利……

罗得岛

5 月末，接受希腊政府旅游局的邀请去了希腊罗得岛，即所谓“有请阁下”包行包吃的那种形式，条件是拍摄希腊风光参加秋季在东京举行的摄影展。在希腊国内随便去哪里随便拍摄什么，拍不好只拍纪念照也未尝不可。除了我另有十人左右受此委托。我不大喜欢啰啰嗦嗦的麻烦事，尤其不愿意照相，但既然说老婆照也可以，那么我想这样问题不大，就答应下来（只是，尽管角度、光线、图像等种种说明不厌其详，我家老婆却未能换上胶卷）。对参加者发给机票和一星期的经费，但我们已在欧洲，就安排了罗得岛半个月带厨房的宾馆给我们。作为我们自然喜出望外，打算去罗得好好享受爱琴海的初夏。

我们来罗得这次是第二次（我是第三次）。上一次来是 12

月，由于时值旅游淡季，宾馆也好饭店也好商铺也好都有九成关门，游客几乎见不到。天气也不大好，每天淅淅沥沥雨下个不停。罗得冬天的雨的确淅淅沥沥没完没了。那之前刚刚在此开过欧共体首脑会议，科尔、撒切尔夫人和密特朗都住在这里，以致岛上到处是警察。希腊全国的警察全部集中在这里警备。但他们也已结束工作离岛，几乎和我们擦肩而过。罗得一片节日过后的气氛。我们入住的宾馆也许接待要人接待累了，员工都相当疲惫。

虽说是冬天，罗得也没刮很大的风，比米科诺斯温暖舒服得多。绝对算不上暖和，但没有砭人的寒意。绿色多，风景也自有情调。总的说来，是一座富有女人味的、安谧的海岛。凡此种种，让我们相当中意。无奈季节未免过于凄寂，所以计划要在夏天旧地重游。

※

在罗得机场 Budget① 出租汽车柜台租了一辆菲亚特 UNO。UNO 这种车开起来简单而又能上来感觉，我相当中意，可惜我借的劳什子是有问题的：小灯不亮，点火栓衰颓不堪，引擎极难发动，手刹车几乎不灵。停在坡路上解手回来一看，停车的地方没车，疑惑之间，发现车一头扎进了坡下的铁丝网里。居然把这种车租给顾客！由于太不像话了，前去抱怨，倒是很爽快地道歉，换了另一辆 UNO。给换了自然好，可是这新换的同前

① 意为“收费公道的”。

一辆情况大同小异。点火栓彼此彼此,各种警示灯随着颠簸忽亮忽灭,手刹车的确好使了,而脚刹车每次踩下又发出杀鸡般的悲鸣。理所当然叫人放心不下,恐惧感如影随形——刹车板什么的在哪个拐角前“啪”一声脱落怎么办?瞧这个样子,手刹车不灵的那辆说不定更好。

也罢,就开这辆破菲亚特在罗得岛上转吧。一次被一个驾驶日产奇瑞的老伯叫住,以为有什么事,只听他建议道:“你是日本人怎么开菲亚特这样不入流的车?我一直开日产,世上再没有这么好的车了,跑得快,故障少,省油。”

不过罗得岛大小正适合跑车。环岛公路都靠海边,景致十分优美,路面空空荡荡。有合适的海滩就在那里游泳,有看上去蛮不错的餐馆,就在那里吃炸鱿鱼和色拉,喝啤酒开车也绝对没人说三道四。

反正有时间,岛上边边角角都转了不少。我很中意一家叫 Epta Piges(七道瀑)的餐馆,位于去林多斯(Lindos)路上右拐的山中。这的确是一家奇妙的餐馆,餐桌沿漂亮的山溪排开,男服务生在岩石之间轻快地跳着上菜。拿手菜是烧烤,烧鱼烤肉的烟从厨房烟囱里很起劲地升向天空,味道也极好。另外这里有很多很多孔雀。至于这种地方何以存在孔雀我不太清楚,反正有一打之多的孔雀确确实实栖居在树林里。雷蒙德·卡佛① 有个短篇小说名叫《羽毛》,里面提到半野生化的孔雀,来这里后我才得以充分理解那个故事的气氛。孔雀们蹲在树枝上,一

---

① 美国小说家(Ramond Carver,1938—1988)。村上春树翻译过他的大量作品。

边俯视餐桌食客,一边如同小说中那样“美噢美噢”叫着。那么说来,卡佛也曾来过罗得岛。他好像十分喜欢这里,以罗得岛为题材的诗也写了几首。我不由得心想,说不定他也来到 Epta Piges 看见孔雀后才想出那个故事的。如此思来想去,菜肴味如何竟忘个精光。那倒也没什么。

我们冬天来时也顺路到过这 Epta Piges,但当时餐馆关门,惟独孔雀俨然自卫队一般大摇大摆在那里徘徊。我们刚一凑近,孔雀便扑楞着翅膀“美噢美噢”吓唬我们。那时就觉得奇怪,而夏天同样令人费解。如果诸位去罗得岛,务请到 Epta Piges 看一下,地方非常有趣。也可以以这里为起点沿漂亮的山溪在山里散步。罗得岛有丰沛的泉水,水多绿色多,在希腊海岛中不妨说是个例外。

※

旧城(Old Town)里兼作酒吧的小餐馆鳞次栉比。到底靠近港口,很多餐馆都可吃到鲜鱼鲜贝。既有堂而皇之的饭店,又有价格便宜的平民餐馆。我不大中意堂而皇之的饭店,就在便宜餐馆之间转来转去找味道好的。这样的努力在旧城总能得到回报。名字我忘了,记得在城中心一条小巷里找到一家味道极好的烤鱼店,以日本说来,感觉上就像后街深处挂着半截布门帘的烤鸡店或杂煮馆。进了门,迎面一个大大的炭火炉,炉里总有烧得红通通的木炭。前面守着一位身穿背心的中年烤鱼师傅,一面小口啜着葡萄酒,一面查看火势,翻动鱼串。旁边有装着活鱼的展示柜,顾客指点柜里的鱼挑出请师傅烧烤。店由三个人经营:不懂英语的管烧烤的中年师傅,懂英语的跑堂老伯，以及在里面做色拉的太太。冬天去时没有懂英语的跑堂老伯，到了旅游旺季多了一位。三人是怎样一种关系我不知道，反正这里的炭火烤鱼味道好得不得了。不管怎么说，鱼还是用炭火猛烤出来的再好吃不过。价格也便宜，烤一条刚捕上来的章鱼和三条小鱿鱼，吃一盘色拉和一盘炸薯条，喝一瓶雷切纳葡萄酒，再带个面包，肚子吃得饱饱的，算账才一千五百来日元。不仅如此，去过几次之后，还优惠水蜜桃甜食。若带便携式酱油去就更妙了，往刚刚烤完的鱼和鱿鱼上足足挤上柠檬汁，再迅速淋上偷偷带去的酱油（堂堂正正淋上去也无所谓），味道简直美上天了。

附近的人也把自己的鱼带来请店里烧烤，付不付烧烤钱我不晓得，但据我观察，没人付什么钱，想必免费招待。边聊天边让店里烤，香喷喷烤好后（的确烤得香喷喷的），道一声再见出门离去。估计回到家全家一齐受用。这么说来，日本过去也有人得到别人送的鱼就拿到附近鱼铺，鱼铺里的人免费刮鳞剖腹。拿去说一声“抱歉”，对方说道“无所谓”，三下两下刮剖完毕。二者同一回事。在希腊，附近的人需要的时候，面包铺老板还把烤锅借出去。依我的想法，做菜的味若沾到面包上岂非不妙，但这里人对这种小事似乎不太介意，这就叫大度。我这人很难说有多么大度，但非常欣赏这种大度表现。

※

我们住的宾馆的经理在宾馆餐厅招待我和老婆吃晚饭，想必政府旅游局那边说有日本作家前去请他关照。经理名叫斯巴努迪斯，三十三四岁。宾馆规模相当大，这个年纪便当上经理,恐怕可以说是破例提拔。他因为父亲的工作关系在埃及出生,在巴黎的大学上学,是个能流利讲四种语言的国际型知识分子,称之为希腊式雅皮也未尝不可,为我们准备的菜肴有地道的希腊风味,也有特别做的日本风味炸虾,十分考究而排场。

但是,斯巴努迪斯先生用餐时间里始终一副郁郁寡欢的样子,看来宾馆的经营状况不很理想。他说:“罗得岛的常客首先是英国人,其次是北欧人,再次是德国人。不管怎么说,有钱的老年英国夫妇是留宿客人的主流。岂料英国税制变了,开始对养老金课税,英国人外出的脚步骤然慢了下来。罗得人以为自己不吭声也有游客涌来,因而在企业经营方面多少有所懈怠,致使常客数量一点点减少。遗憾的是,很难让来过一次的人产生再来一次的心情。开发半途而废,质朴的古风消失,却又没变得精致洗炼,进退两难。因此,认为罗得岛去过一次就可以的人有增无减。这还不算,其他国家也已意识到旅游产业只要真正投入资本就会得到回报,还有外币现金进来,开始在旅游方面下大功夫,例如土耳其啦突尼斯啦西班牙啦南斯拉夫啦,毕竟这些国家物价便宜。以前希腊也因为物价便宜而引来了外国游客,但近来情况变了,在便宜这点上我们无论如何也比不上旅游后进国家。尤其德国人有流向那边的倾向,觉得不去希腊也没关系,反正南斯拉夫也有漂亮的海滩。所以,来罗得岛的游客的总数已经到顶,或者可以说正在一点点下降,然而仍在一窝蜂大建宾馆,床位自然过剩,开房率只有六成,精确计算的话是要赔本的,这可是必须认真考虑的问题。

“旅游业是很不容易做的活计,一方面竞争激烈起来,另一方面只要受一点打击就会土崩瓦解。例如有针对美国人的恐怖活动,结果美国人一个也不来了。传染病流行、地震、政局不稳,人家也不来。海污染了,谁也不再来游泳。连切尔诺贝利①都有影响。我们时刻背负着危险生存。难啊!实在难!胃都痛起来了。

"你们会说希腊旅游资源得天独厚,以旅游业立国即可,但那样建设国家是十分危险的。刚才也说了,一点点突发性风向变化都可能动摇国家财政。相比之下,我们还是想建设以生产为中心的国家,所以我认为这回参加统一的欧洲市场是好事。初期会有各种各样难以承受的问题,一来同德国法国英国相比,我们的经济脆弱得不堪一击,二来短时间里可能正面迎击狂风巨浪,通货膨胀都可能发生,也有人在这个意义上反对统一市场。可我不那么认为。长远看,这是合适的选择,我们必须作为欧共体的一员生存下去,尽管道路决不平坦。"

※

我们一边"呃呃"点头一边听斯巴努迪斯先生说话、吃炸虾。岛上的生活看上去悠哉游哉,却也有种种头疼事,我们只能祝愿诸多问题迎刃而解,早日迎来斯巴努迪斯先生眉开眼笑报告好消息那一天。

"头疼什么呢?用人最头疼。"斯巴努迪斯先生说,"如何确保认真做事的人——宾馆经理的成败取决于此。可是非常不

① 指1986年4月发生的苏联切尔诺贝利核电站核泄漏事故。

容易,这个。不认真做事的太多了,伤脑筋。”

斯巴努迪斯先生对我们照料得十分周到,不时为我们取水果、葡萄酒和罐头等等。我常常想,希腊人的确是认真的种族,特别是知识分子总是在认真思考什么,甚至有一种因思考过头渐而陷入阴暗世界的倾向。一方面对身为筑就光荣历史的希腊人这点怀有自豪,一方面对国家面临的现实问题的思考每每使他们变得郁郁寡欢近乎精神分裂。他们无法像意大利人那么想得开——别这个那个冥思苦索,只取对自己合适的,快乐风趣地活着就是。这种地方叫人有些不忍。如此说来,左巴也是一样,表现上活得开心,实际上相当哲学。

春树岛

决定去春树岛。假如爱琴海有一座小岛和你的名字相同,你能不想去那里一次吗?

准确说来,春树岛不叫 HARUKI,英文拼写为 KHALKI。KHA 大致介于カ和ハ①之间(成吉思汗的 KHA②),ル③不是 R 而是 L。但听希腊人的发音,非常接近一般人口中的日语“ハ

---

① 日文字母(假名),カ发音为 KA,ハ发音为 HA。

② 成吉思汗的“汗”读音为 KHAN(汗、可汗)。

③ 日文字母(假名),发音为 LU,日文罗马字母拼写为 RU。

ルキ”，我用日语说成“はるき”①也丝毫没有问题。所以，称之为和我同名之岛我想也不碍事。

春树岛是爱琴海土耳其沿岸佐泽卡尼斯群岛十三岛中的一座。佐泽卡尼斯在希腊语中意为“十二岛”，而群岛中住人的岛共有十三座。英语讨厌十三这个数字，把第十三个称为“面包铺多给的(baker's dozen)”，这佐泽卡尼斯恰恰是这个。第十三座叫卡斯泰洛里宗岛，此岛是其他十二岛结盟打响反抗土耳其的独立战争之后不久入盟的，结果只这一个成了面包铺多给的。

这春树岛在佐泽卡尼斯群岛中也离罗得岛最近，自然从罗得岛去最快。岛上没有机场(别说机场，连公共汽车站都没有)，只能坐船去。去法有两种。一种是坐从罗得镇港口开往克里特岛的大船，此船中途停靠春树岛，在那里下即可。只是，一星期仅开两班，多少有些不便。另一种是从罗得镇沿西侧海岸南下四十五公里左右，从一个叫斯卡拉·卡米罗斯的小港坐小船过去。去斯卡拉·卡米罗斯虽然相当辛苦，但这边每天都有船开出。

我们决定去斯卡拉·卡米罗斯坐船。从地图上看，斯卡拉·卡米罗斯像是座小镇，实际到那里一看，根本不是什么镇，只是个孤零零的小码头。除了码头另有一个荒草地模样的停车场(把车放在这里上船)和三家可以吃到鱼的小餐馆，至于人家任凭怎么看都没有。等船的客人坐在小餐馆里喝着葡萄酒

① ハルキ和はるき均为“春树”的日文字母写法(发音)。

或啤酒晒太阳。这里只能晒晒太阳。游客模样的人几乎看不到,看到的不外乎大约是来罗得岛采购的春树岛民,以麻木不仁的神情等船回自己的家。

除了星期天,开往春树岛的船下午 3 时开出这斯卡拉·卡米罗斯港,第二天早上 7 时返回。船有两条,一条叫"春树"号,另一条叫"阿芙罗狄蒂"号。两条船的经营者完全不同,却不知何故,从同一场所在完全相同的时刻出发,都是下午 3 时起航,早上 7 时返回。如果时间错开,那么客人又方便,又可避免无益的拉客竞争,然而两条船偏偏以分秒不差的同一时刻表运行。原因我不得而知。

"春树"号比"阿芙罗狄蒂"号多少漂亮一点,大体付出了旅游性质的努力,客舱干净,遮阳甲板也宽敞。单程六百五十德拉克马。"阿芙罗狄蒂"号除了乘客还装蔬菜等日常杂货,汽车也装。这边为五百德拉克马。但我们决定坐"春树"号。名字让人倾心这个原因固然有,但主要因为船长是个长相同菅原相像的人物。提起菅原,读者当然不知道,他是以前我在千叶住时为我们砌院墙的工匠。老伯干活非常精心,人也和蔼,后来我们和他相当要好。他说院里适合栽丁香,特意找来丁香树栽上,我们不在时还前来浇水。

这位希腊菅原同样和蔼可亲,我们提前到那里,他就招呼我们上船,在船上的厨房里做了咖啡让我们喝,还说如果岛上没住的地方,睡在船舱长椅上也没关系的。看来岛上十分纯朴。

乘客一共十人,船员三人。我不由得担心能否挣到油钱,但反正 3 点准时开船。"阿芙罗狄蒂"号也即刻尾随离港,二者的速度和航线也像商量好似的一模一样。

船在无人小岛间穿针走线一般行进。菅原在驾驶室以一本正经的神情掌舵。时值6月初,风仍带有凉意,但太阳暖和,令人心旷神怡。葡萄色的海浪拍打着粉末一般的白色岩石,无声无息,雪花四溅,什么时候看都赏心悦目的光景。我歪在遮阳甲板上,一边听着引擎声,一边就时光流逝这一现象思来想去(这种事想也没用,可就是要想)。想着想着,迷迷糊糊睡了过去。醒来一看,春树岛已在眼前。

春树岛相当小,能称为镇的地方只有一个,其余不是山岭就是荒地,路都没有像样的。没有路,汽车也就几乎没有。船和驴是岛的主要交通工具。渔船"呼呼呼呼"的发动机声是岛上唯一的噪音。

镇围着港口展开。港口被山丘围在中间,舒缓的盆地斜坡上肩靠肩地聚集着一些人家,景观十分美丽。每一家的房子都雪白雪白,方方正正,深红色的屋顶呈徐缓的三角形。白墙上工工整整地排列着竖长的窗口。差不多所有的建筑都是同一风格,不像日本的民房那样风格随心所欲色调各所不一。白墙,红顶,方形房身,竖向长窗,仅窗框和门的颜色各自有所不同,分别涂成钴绿、鲜绿、蓝色、番茄红、鲑肉色,远远看去,好像西式糕点盒整齐地摆在那里。还有造型优美的教堂,有非常漂亮的石砌钟塔(时间慢了十五分钟)。房子上方舒展着蔚蓝蔚蓝的天空,湛蓝色的平静海面静静映出人家的房影。

这就是春树岛,我一眼就相中了这座岛。

春树岛有若干家庭旅店和一家宾馆。家庭旅店就在码头前面，宾馆在从这里沿港口步行十来分钟的地方。下了船，有几个小女孩走来害羞地问"Room（住宿吗）"，我一说"Yes"，便莞尔一笑领往自己家中。价钱大体两人一千日元。不能说不干净，但又不想以干净称之，极其普通的希腊家庭旅店。

港口前一排三家餐馆，另有一个书报亭，一个驼背青年坐在椅子上卖报。还一个卖各种杂货的小店、一个像面包铺的小铺（估计是，无法断定），此外便没有任何可以冠以店铺名称的了。信步游逛之间，菅原走来提议喝点什么去，于是我和老婆跟菅原走进一家餐馆喝啤酒。菅原是春树岛居民，家在岛上，家里有太太和孩子，船是个人财产（此人一有工夫就擦船，这点我也猜出来了）。

告诉我这里人口是三百人的也是菅原。"过去有两万人住在这里，"他说，"全是采 spongo 的。"

"spongo？"

"嗯，spongo。"

细问之下，原来 spongo 就是海绵，即英语的 sponge。他说这一带海岛居民大多是采海绵的专家，以前非常值钱，但由于人工海绵的出现，加之海绵不如往日好采了，生活就苦了起来（狭长的小岛到处是岩石，不大适于农耕），全都移民去了美国。留在岛上的大部分从事渔业。"去美国的那些人几乎都在佛罗里达州采海绵。"菅原说。佛罗里达有个镇叫 Tarpon Springs，春树岛出身的人聚集在那里，组成类似共同体（communiti）的社区。这座岛上的人全是以采海绵为自豪的行家里手。

啤酒是菅原招待我们的。

我们要付自己那份款，服务生摇头道："算了，就让他请好了，这个船长脑袋有点问题。”说罢嘻嘻一笑。难得的一次请客。

接着，我们翻小山走去一处海滨。爬小山的坡路时，两侧排列着石砌房屋，差不多全是废弃的。有的门扇关得严严的。想必房子主人定期从佛罗里达回来，不在时一直关门闭户。有的倒塌了一半，院子里杂草丛生，没有人的动静，想必已被彻底弃置。镇郊便有这种死掉的（或暂时死掉的）房屋成排成列。

从海滨回来路上，在钟塔附近的坡路那里和一位老婆婆相遇，道声“您好”，她喜不自胜地一笑，从围裙口袋里掏出无花果，给我和老婆一人两个。稠稠的多汁无花果。春树岛民风非常祥和，有外人来到，都好客地给这个送那个，这种气氛如今只有真正的希腊乡下才有。

另外春树岛留在记忆里的，是快天亮时把人吵醒的汹涌的鸡叫。这么厉害的鸡叫还是第一次听到。全岛的鸡从天还没亮时（看表才 4 点 45 分，但希腊实行夏令时间，实际上还不到 4 点，仍一片漆黑）就一齐扯着嗓门“咕咕——”、“咕咕咕——”大叫特叫，想必是肺活量特大的鸡，简直如巴黎公社起义一般惊天动地。

我们坐早班船返回罗得岛。菅原开船，我们仍在遮阳甲板上东倒西歪。乘客一共十人，就是说我们只在春树岛住了一晚。岛给人的感觉极好，真想住得久些，同时又觉得就这样回去也未尝不可。春树岛非常安静和客气，那里住着热情的船长菅原，没有汽车，驴活蹦乱跳，采海绵的人留下的成排的空房子，路上相遇的老婆婆微笑给的无花果。不坏。我对和自己同名的小岛是这样的地方心满意足，也放下心来。

这样，我们第二天早上返回了罗得岛。

卡尔帕索斯岛

逗留罗得岛期间可以说从未看报。早上起来就到海滨做日光浴,去旧城区散步,或者坐在阳台上从早到晚看书。《情感教育》啦、《玫瑰的名字》啦,带来的书抓起什么看什么。这样的生活上不来想看报的心绪,世界随它怎么运转好了!

总算买一张报纸看是在6月6日。我们心血来潮,要去卡尔帕索斯岛旅行一下换换心情,赶到罗得机场,等飞机的时间里在书报亭买了一份《先驱者论坛报》看。

不料,这6月6日的报纸近乎宿命地满版都是令人心情沉重的报道。在伊朗,几天前霍梅尼死了,悼念他的群众挤满德黑兰街头,好几个人被踩死了。在苏联,天燃气输送管道发生爆炸,附近行驶的列车被火焰包围,乘客死了五百多人。尸体熔化得黏黏糊糊,确认名字都无从做到。世界一片血腥,死者遍地,并且出声地运转,在我每天躺在罗得岛海滩吃着樱桃做日光浴的时间里。

但我不在那里,我在罗得岛,种种安排和机遇把我带到这个场所。我歪在沙滩椅上,吃樱桃,做日光浴,看福楼拜的小说——我存在于此,作为某种既成事实。

※

还是谈希腊的海岛吧。

卡尔帕索斯岛无论怎么偏心去看都很难说有多么惹人怜爱。如果说罗得岛是拥有绿色和漂亮海岸的开朗明快的阳刚之岛,那么卡尔帕索斯岛就是给人以粗糙感触的暴戾之岛。这里不存在所谓温情。山势险峻,上方总是笼罩着感觉上仿佛客用坐垫的厚墩墩的灰云。风急浪高。地面尽是岩石,几乎见不到可以称为绿色的东西。扑在岩石上的一副可怜相的树木由于风的关系全都朝一个方向倾斜。平地几乎找不见,哪里都坑坑洼洼的。从飞机上往下看时就暗暗叫苦。老实说,真想直接往右拐回罗得岛,但不能那样。

“卡尔帕索斯岛人口有七千,”出租车司机告诉我,“不过么,夏天有一万五千人从美国返回这里。”

返回?

“全都去美国打工了,这里没有工作。但到了夏天,就请假返回故乡。七八月回来,带很多很多钱,所以岛上的人相当阔绰。有汇款过来,不在旅游业上下功夫也无所谓。夏天光接回乡的人都够忙的,不大希望游客前来。忙不过来,感觉上。”

的确,卡尔帕索斯岛很难说对旅游业有多么热心,宾馆不很多,旅游设施也不充实,一副得过且过的样子。同罗得岛相比,待人接物也差劲,总的说来半冷不热的人多。“欢迎光临”那样的气氛接近零,几乎见不到笑容,路也超乎想像地一塌糊涂。相反,高档车却不少,宝马啦奔驰啦奥迪啦屡见不鲜,而且都是光闪闪的新车。岛上不知有钱还是没钱。

不过，到底移民多，英语大为通行，而且常可听到顶呱呱的美式英语。听得那边修路的老伯对同伴说“Hay fuck you, man”，我倏然心想“这里到底是哪里”。一座匪夷所思的岛。

不单英语，意大利语也通行。因为这里和罗得岛一样，被墨索里尼时期的意大利差不多统治了三十年。意土战争期间，意大利为切断连接的黎波里和土耳其的补给线而占领了佐泽卡尼斯群岛，战争结束后也占着不走。所以——举例说——汽车出租站的加特里斯是意大利和希腊的混血儿。这家伙也是个一笑不笑的讨人嫌的汉子，我看他在意大利一个镇上照的相片时（相片贴在汽车出租站办公室的墙上），他以含糊不清的给人不快之感的语声讲起了自己的身世。

加特里斯的父亲曾是意大利军队的士兵，驻扎在卡尔帕索斯岛，原是米兰一个糕点师傅。意大利人不可能在这偏僻的岛上清心寡欲地生活下去，不知不觉之间同当地姑娘闹起了恋爱。不料二战中意大利向盟军投降，意大利军队要撤回国内，但加特里斯的父亲同那姑娘难分难舍，擅自离开了部队。意大利军队满岛搜索，但加特里斯的父亲在姑娘的掩护下，悄悄藏在哪里一动不动。一来二去，大家也就放弃他回国了。于是加特里斯的父亲和母亲喜结良缘。不久，堪称两人波澜万丈的爱之结晶的加特里斯出生了。加特里斯一天天长大，成了身穿一股汗臭味的背心、留着浓胡须的不讨人喜欢的汉子，向游客出租破烂小汽车。历史这东西到底算什么呢？具有怎样的意义呢？

我闹不明白。

卡尔帕索斯不存在安飞士(AVIS)和赫兹(HERTZ)[①]那类大型租车公司,只有两三家加特里斯这样的地区性租车站半死不活地维持经营,车的数量少而又少,质量也不好,因为路实在太糟了。连接机场和几座小镇的路还铺得像模像样,但此外的路(即岛上差不多所有的路)简直糟糕透顶,连驴都愁眉苦脸。开着锃亮锃亮的新车绕岛一周就足以让车变得缺胳膊少腿,所以车都破烂不堪。别无他法,我们出一万德拉克马租了一辆老型号的欧宝可赛(比其他岛贵出不少)。庆幸的是,这欧宝尽管外观惨不忍睹,跑起来还相当可以,大概加特里斯天天仔细维修的关系吧。我们坐着它翻越怪石嶙峋的山岭,跑到名叫凯拉·帕那贾(KYRA PANAGIA)的海滩。

路虽然一塌糊涂,这凯拉·帕那贾却是一处十分迷人的海滩。因交通不便,来的人也少。海滩通船,但一星期只两班,所以只能自己租车或开摩托沿坑坑洼洼的路赶来。海滩很宽,游泳的人稀稀落落,顶多十来个。女的都穿露胸泳衣,有几个一丝不挂。太阳反正就是热,海蓝莹莹清冷透明。我尽情游了三十多分钟,然后躺在沙滩上打盹,心里畅快至极,觉得自己一个人被抛在了天涯海角。不,或许我已经从天涯海角滚落下去。

游客在卡尔帕索斯没有多少事可干。若风和日丽,在美丽的海滩慢悠悠打发时间诚然不坏,遗憾的是岛上的天气变幻莫测。这样一来,往下就只能坐船去一个叫奥林帕斯的村子。奥

① 均为全球性的大型汽车出租公司。

林帕斯是个靠近南北狭长的岛的北端的一座孤立村子。由于太孤立了,几个世纪前的习惯、语言和生活方式仍原封不动保留着——导游手册上这样写道。女子似乎至今仍穿着民族服装,用风车碾麦子,男子仍聚在露天咖啡馆里弹奏民族乐器。去那里要先坐船到岛北端一座叫迪阿法尼的镇,再从那里转乘大巴,这是最适合的路线。但我们没赶上开船时间,打算开租来的汽车去。但租车时加特里斯瞪起眼珠子叮嘱道:"跟你说,不得用这车去奥林帕斯!"他拿来卡尔帕索斯地图,用粗硕的手指触一下大致中间的地方:"只能到这里。到这里的路还凑合,再往前糟得不得了,不能去!"

我肚子里哼了一声:管你那么多,偏要开这车去奥林帕斯!以为他不过是由于爱车心切而危言耸听吓唬我。然而最终我们不得不中途放弃去奥林帕斯的计划。即使开到加特里斯指点的那里都已筋疲力尽,沿海岸伸展的路很窄,到处是石块和凹坑,险象丛生,错一步都会从悬崖跌落下去。大石头横躺竖卧,一块躲不好,车身一撞,就要熄火好几次。由于硬邦邦干巴巴的路面上撒满细小的沙砾,车尾剧烈颠簸不止。离开海岸路驶入山中,又整个被浓雾包拢起来,三米开外一无所见。既说这段路"还凑合",那么前面"糟得不得了"是怎么个德性大体想像得出。这么着,我们未能赶到奥林帕斯村。

后来遇见一个搭出租车去奥林帕斯村的希腊人,他说:"捱到奥林帕斯之前我几乎不敢睁眼睛,一直祈求神明保佑,从没见过那么可怕的场景。"想必路况相当恶劣。

这样,在卡尔帕索斯就无事可干了。餐馆试了几家,味道都称不上有多好。于是我们歪在宾馆附近一家名叫“SEVEN ELEVEL①”的咖啡馆(或许你不信,还真叫这个名字)晒太阳、喝着啤酒看书。这里名字虽离谱,但菜的味道不坏。色拉鲜美,炸薯条十分了得,还能提供地地道道的汉堡包。在希腊要汉堡包,一般都有名无实,是一看让人怵目惊心胸口堵胀的劳什子,而这里的汉堡包则是百分之百美国化的汉堡包,肉爽脆可口,元葱和西红柿也放得毫不马虎。面包也是汉堡包专用的圆面包,芥末也恰到好处。这或许是美国移民的功绩。价格也算便宜。三瓶啤酒、色拉、汉堡包、炸薯条,才一千日元多一点点。我们一天去两次这家咖啡馆。

如此这般,我就卡尔帕索斯记得的不外乎不讨人喜欢的意大利希腊混血儿租车站老板加特里斯和“SEVEN ELEVEN”爽脆可口的汉堡包。此外就是芬兰游客多得一塌糊涂。不知此岛何以让芬兰人着迷,波音727包机满载乘客从赫尔辛基一架接一架飞来。进饭店也好进宾馆也好,必有芬兰文说明书。为何芬兰人对此岛情有独钟呢?我也莫名其妙。

这就是卡尔帕索斯。若问我是否还想去一次,我想我只能回答眼下还不大有那个心情,倒是对不住卡尔帕索斯岛上的各位居民。

---

① 意为“七、十一”。

选举

在希腊,选举投票既是国民的权利,又是其义务,宪法上分明有此规定。因此,无正当理由不去投票,将作为违法行为受到法律惩罚。我想这大概是日本的选举同希腊的选举最大的不同之处。

至于这种强制投票制度作为选举方式是否正当,我一下子难以判断,不过细细考虑起来,选举的事希腊远比日本拥有悠久的历史,自己恐怕不处于可以就此说三道四的立场。总而言之,有选举权的国民必须去投票站投票才行。

此外——这个自然烦琐——投票必须在自己的出生地进行。这意味着,在塞萨洛尼基出生而住在雅典的人,必须回到自己出生的村庄或市镇,在那里的投票站投票。

我又对这项法律的宗旨、目的糊涂起来了。难道不是么?在雅典投票也好在塞萨洛尼基投票也好,一票不都是一票吗?何苦非回到家乡投票不可呢?也可能是为了防止因城市人口集中而使得"一票"的价值发生偏差。但若是那样,制定别的制度来纠正"一票"的价值偏差岂不更妙?我就此问过几个希腊人,但都没得到令人释然的回答。

那么,回家乡投票这个制度首先出现的问题是什么呢?不用说,是交通拥挤。毕竟全国男女一齐回老家,这个时间里无论汽车电车还是飞机轮船抑或道路全都人满为患，水泄不通。对号座位票一个月前即一抢而光。独自出行的游客如果稀里糊涂撞上这个时间段，那只能说是一场悲剧。哪里也动弹不了，只能原地不动。

1989 年 6 月 18 日是希腊大选日。前面写到上次（1987 年）也赶上了选举，但那时是统一地方选举，这次则是选举全体国会议员，远为热火朝天。无奈，这期间我们决定去乡下。留在城里的话，选举前后店铺不开门，全然无事可干。我们避免和公共交通工具发生关系，在雅典机场的服务台租了一辆车。这样，选举期间一直在伯罗奔尼撒半岛悠然游逛。不然不然，较之悠然游逛，准确说来，更是只能悠然慢逛。这二者之间是有很大区别的。

伯罗奔尼撒山高路险，加之在罗得岛吃了大苦头，所以这回打算租一辆可以放心的日本车，就租了辆日产 CHERRY（大概即日本所说的 PULSAR），不料这家伙又一塌糊涂。外表倒是相当堂皇，其实无异于残次设备的代名词。高速公路上刚一开出时速一百公里，车身就颤抖不止，必须扑在方向盘上才行。而到了崎岖的山路，情况就更悲惨了——爬坡时换低挡把油门踩到底也只是气喘吁吁干叫，全然出不来马力。眼看着速度一个劲儿下滑，竟被大巴和大卡车超了过去。便是开着这样一辆不争气的 CHERRY，在给选举战烧得发烫的伯罗奔尼撒半岛上心神不定转了一个星期。

这次大选有可能导致希腊政治体制彻底改弦易辙，是一次重要选举。首先，堪称希腊的利库洛德事件①的重大渎职事件把希腊社会主义运动(PASOK)帕潘德里欧政府逼到了悬崖边缘，加之同一件以希腊人的伦理看来是不可饶恕的性丑闻——即将八十的帕潘德里欧首相抛弃多年朝夕相伴的夫人而同空姐出身的年轻情妇同居——扯在一起，希腊彻底分成两派。有传闻说，如果PASOK失去政权，帕潘德里欧可能被捕，政体也好经济政策也好外交政策也好都将为之一变。根据舆论调查，在野党新民主主义党(ND)有希望获胜，但PASOK也在背水一战以挽回颓势，事态如何发展还是未知数，总之人人摩拳擦掌。

不过，不管希腊政权怎么折腾，眼下都和游客没有直接关系，我们只管自由自在继续旅行。

说是回家乡投票，当然不可能全体国民统统赶回老家。在很远很远的地方工作脱不开身的人也不在少数，例如警察啦宾馆从业人员啦，若这些人离开岗位回老家，社会功能势必完全瘫痪。但他们必须去政府部门提交报告书，说明因为什么什么原因无法赶回家乡。于是发给不能参加选举的证明书。只是，为了拿这证明书，本人必须证明现在是在距生身故乡二百公里以外的地方工作。事情够啰嗦的。说起来都是选举，但国与国之间差异有如此之大。我们作为极其理所当然的概念使用的“议会制民主主义”一词，现在觉得恐怕很难简单归结为一个模式。

日本大概无法做这等麻烦事。倘若大家一齐返回老家，那

① 日本利库洛德(RECRUIT)公司通过向政界等各界要人“献金”和转让未上市股票而谋取好处的渎职事件，1988年被披露，导致竹下登内阁总辞职。

就像把盂兰盆节和正月合到一起，交通首先彻底报销。再说还会有不愿意回去的人。也不限于日本，希腊也肯定有这类人，和父母闹翻再没心绪相见的人、让隔壁姑娘怀孕后马上出逃而一旦回村难免被对方亲戚打个半死的人也未必没有，也可能有人仅仅诗意地认为“故乡远在天涯”——这些人每次选举都必须返回家乡，没准甚是黯然神伤，我不由为之担忧起来，尽管事不关己。

还有，这么多亲戚什么的返回老家，作为父母光安排住宿恐怕都要费一番折腾。被褥必须准备，饭菜必须端上，这些事每一件我都想了解清楚，遗憾的是没时间一一打听。

不过希腊人一般热心于选举——不妨称之为政治狂，估计不会把这种程度的不便放在心上。反正是一选举就要死上几个人的国度。那股狂热，我们从旁看来都为之倾倒或为之震惊。但反过来说，希腊人乃是经历过剧烈政治动乱的国民，以致不得不那样。在土耳其统治下挣扎了好几个世纪，好歹独立了，又因巴尔干势力重组而被拖入动乱的泥沼。这个告一段落后，又受到法西斯国家侵略，开展抵抗运动，战争结束后马上开始自相残杀的血腥内战，继之而来的是黑暗的军政府时期，卷入塞浦路斯纠纷，总算尝到和平滋味不过是近二十来年的事。因此，希腊的选举和我们日本人从选举一词中想像出来的东西相当不同，远为剧烈和富于攻击性。

举例说，伯罗奔尼撒半岛有很多人从雅典自己开车回来投票，这些人的车上大半贴着一张张所支持政党的宣传画，并且从车窗里伸出各政党的小旗“呼呼啦啦”挥来舞去，正可谓旗帜鲜明。因此，站在路旁数一数支持各政党的小汽车数量，哪个政党有多少支持率一目了然。中间票似乎比日本少得多。我数了十五分钟左右,当即明白在野党 ND 要获胜。PASOK 大体以四比六的比例败给了 ND。选举结果也大致如此。这比舆论调查还准,委实是一场令人目瞪口呆的选举。

不仅汽车,从家家户户(当然不是全部)张贴的宣传画上也可知道哪家支持 ND 哪家支持 PASOK。咖啡馆也旗帜鲜明,这家咖啡馆支持 ND,另一家支持 PASOK。日本若这个样子可相当麻烦,不看清旗帜不能随便进咖啡馆,大大不便。

另外还有政党大巴。这东西和日本盂兰盆节或年底的回乡大巴相似,不同的是免费乘坐。为什么免费呢? 是因为大巴是政党包下来送各自的支持者回乡(即投票站)的,所以原则上 PASOK 大巴坐满 PASOK 支持者,ND 大巴上坐满 ND 支持者。不用说,上面还有乌糟酒招待,都斟得满满的,热闹异常。全都从车窗里探出脸"哇哇"大嚷大叫,喇叭一路长鸣。沿路也有人站成一排,每当自己支持的政党大巴或小汽车通过就一片欢呼。不过听希腊人说,乘坐 PASOK 大巴回来的人里边也常有投 ND 票的(反之亦然)。"不可能查到那个地步。"他说。那倒也是。

6 月 17 日的报纸报道,PASOK 执行总部的科斯塔斯·拉里奥蒂斯先生回应了名叫一家 Eleftheros Typos 的雅典保守派日报发起的选举赌注。报纸第一版向 PASOK 发出挑战书:"本次选举 ND 必定取得过半数席位(即一百五十一席)。若不服气,就赌上两千万德拉克马好了!"拉里奥蒂斯先生奋然应战:"Eleftheros Typos 报多年来一直是 PASOK 不共戴天的宿敌,对如此不可一世的挑战不能坐视不理!"至于这种事是否为法律所允许我不知道,但既然报纸上堂堂正正刊出,那么想必是不被禁止的。不过以我们的感觉看，报纸和政党就选举结果明目张胆赌大钱（两千万德拉克马相当于一千七百五十万日元），实在滑天下之大稽。若说有意思倒也有意思。

就结果来说，PASOK 方面赌赢了。选举固然 DD 获胜了，但未能取得过半数的一百五十一议席。那以后我马上离开了希腊，至于选举结束后有没有两千万德拉克马交到拉里奥蒂斯先生手上，遗憾的是我无由得知。

总之，人世间有如此这般热闹非凡的选举战。

星期天是选举投票日，我们住在纳夫普利翁的山顶宾馆。这座城市我是第三次来，一座有情调的宁静的城市，在希腊我也最喜欢这里。中午去附近一个叫特罗的热闹的海水浴场，游了差不多两个小时，之后顺着岸边小路走到岬角最尖端的寂寥的小教堂。教堂是保佑往来岬角的渔船的，灯光彻夜长明，一位壮壮实实的老伯独自照料这座无人教堂。我们同老伯聊了一会，其实也就是用只言片语的意大利语和希腊语并夹带手势勉勉强强沟通。“我年轻那阵子一直打仗，”老伯说，“在阿尔巴尼亚和保加利亚同意大利军队打仗，那时腿吃了两发子弹。接下去德军来了，胸口吃了一发，就这儿。战争中德军杀了两万八千之多的希腊人，那些家伙比意大利军队狠得多，所以我们打游击战。后来美国人来了，内战开始了。一直打仗，盖拉、盖拉（打仗）。说到底是美国人不好，那些家伙不干正经事，看广岛好了，看长崎好了！”提及战争，老伯简直滔滔不绝，说得就好像战争一直持续到现在似的。我们给了一百德拉克马香钱，离开教堂。

日暮时分，我们走到阳台，打开昨天买好的葡萄酒，眼望暮色中的大海喝着(前面已经写了，因为选举当天无论饭店还是咖啡馆都不上含酒精的东西)。直到选举前一天还又是汽车笛声又辩论又争吵又是高音喇叭吵吵嚷嚷的大街小巷，到了投票日这天顿时变得鸦雀无声，比平时还寂静。投票也已结束，往下只等开票结果了。再没什么可吵嚷的了，惟独广场上传来小孩子们学踢足球的欢声笑语。不久，天空开始闪出一个又一个星星，海上开始有船灯眨眼。时针转过 9 点、凉风吹来的时候，人们终于走到港口一带漫步。

在希腊住久了，不时为这个在历史重力下左摇右摆的美丽小国感到不忍。当然，同情未必是正确的，但我还是不由感到凄婉。

时近子夜，ND 获胜成为定局，响起枪战一般的爆竹声。剩下来的只有撒遍希腊全境的多达几千万张的选举宣传画。此后一段时间无论去哪座城镇，都有旗和宣传画的碎片在路上随风飞舞。

意大利的几副面孔

托斯卡纳

实际住起来才明白,意大利并非多么大的国家。罗马位于这座长靴形半岛的大致正中间,从这里无论到北端到奥地利国境还是到南端的雷焦卡拉布里亚,都不过七百公里多一点点。从高速公路驱车疾驰,当天就跑到尽头。

所以,意大利国内基本游遍了。当然不至于每个角落都不放过,没到的主要城市也不是没有(如那不勒斯、都灵),但一般地方都涉足了。其中最中意的还是托斯卡纳区,若进一步缩小范围,就是基安蒂这个地方。在这里买房子住下去也可以,但只想未买,因为不愿意相隔许久去了一看家具踪影皆无,真的。

反过来说,不太想住的是西西里。若铁了心要把骨头埋在那里倒也罢了,坦率地说,那不是个肯乖乖接受外来人的地方。出于同样理由,卡拉布里亚区(长靴趾尖一带)也懒得去。相反,北部美丽的上等城市倒是蛮多,可惜作为城市未免过于逼仄,住久了恐怕有些地方很难适合日本人的感觉,气候上冬天也够难受的。气候好的是罗马,问题却不少。

这样,基安蒂就浮出了水面。首先,不管怎么说这里风光秀丽。舒缓的苍翠山岭一座连着一座,山坡上铺展着葡萄园,交通量不大的弯曲有致的道路绵绵伸向远方。从罗马沿 A1

高速公路来到这里，心情顿时大为放松。风景舒展，空气香甜，人也好像容易亲近。即使留恋城市的人，也可多走几步来到佛罗伦萨和锡耶纳，无论葡萄酒还是菜肴都美味可口，无可挑剔。

能集中买葡萄酒也是我常去托斯卡纳的一个原因。四处转转葡萄园，买几箱当地直销的葡萄酒回来。从罗马外出采购葡萄酒，南边的弗拉斯卡蒂距离最近，可是一度被基安蒂葡萄酒的醇厚逮住之后，弗拉斯卡蒂一带的葡萄酒无论如何都一股土气。特意外出一次，还是多走几步去基安蒂为好。

话虽这么说，我对葡萄酒并不知道多少，或者不如说一无所知。哪个地方哪片山坡哪年摘的葡萄如何如何，很有点叫我不胜其烦。但到了托斯卡纳，走进这里那里的葡萄酒厂品尝的时间里，至少渐渐明白了这个世界有多么深奥。酒厂的老伯叫我分别品尝这块田那块田酿出的葡萄酒，即使地块相邻，味道也还是截然不同。若问是不是每种都好喝——说起来难为情——哪种都觉得好喝。

我所喜好的基本上是多少够劲的、有紧张感的红葡萄酒，含在口里觉得多少有些发涩，旋即一股芳醇汩汩涌出——有韧度、有喝头。很难诉诸语言，实际喝起来就很简单："唔，就这个味！"一口敲定。若只就这个来说，根本不用看什么产品介绍。巡游基安蒂葡萄酒库的妙谛恰恰就在这里，实物才是一切（不过在饭店同样搞起来未免做作，也花钱）。

交代晚了，基安蒂是佛罗伦萨以南、锡耶纳以北延展的一大片地区。不是边框模糊的地区的总称，而是从这里到那里有一条明确的线:这就是基安蒂。过去,基安蒂是拉达(Radda)、盖奥勒(Caiole)、卡斯泰利纳(Castellina)结成的军事同盟的名称,如今则以生产特定葡萄酒的地区而闻名。这里生产的葡萄酒一般称为 Chianti Classico,但并非这里生产的所有葡萄酒都是 Chianti Classico。其成分和酿制方法在法律上有严格规定,稍微游离一点都不得冠以这一名称(在饮食方面,意大利人着实讲究而且真挚)。面积约四百三十平方英里。

这里好旅馆很多。大宾馆虽然没有,但日本所说的"讲究情趣的地方旅馆"不在少数,价钱也不太高。意大利的宾馆一般价高质次,令人扫兴,但这个地区一次也没有那类情况。氛围好,设备齐全。

此地旅馆的特色表现在多是酒厂(意大利说法为 Fattoria)改建的或农舍改建的,也有的原来是酒厂让来买葡萄酒的商人住宿的房屋。那样的地方自然附带餐厅,提供适合 Fattoria 葡萄酒的菜肴。不用说,菜肴十分可口,味道含蓄优雅,无意强调什么,却又能使葡萄酒味得以充分发挥。我想这点哪个国家都一样(会喝酒的人应该能够理解),为了让酒味发挥得淋漓尽致,要控制菜的调味,要保持材料的原味而不破坏它。托斯卡纳便保留了原汁原味。同此地菜肴相比,罗马餐馆的味道对于我有点浓烈。

这本书不是导游手册,名字就不一一列举了,但仅就我住过的来说,就有几家留在印象里的不错的旅馆。多是没几个房间的小旅馆,几乎都未列入"米其林"旅游指南。

另外,如果问旅馆老板这一带哪里有可以买到美味葡萄酒的地方,就能时不时碰到绝妙的"冷门"。一次住在连名字都没听说过的一座小镇郊外的旅馆时(这里的菜也是绝品。三种葡萄酒、两种通心粉、两种主菜和两种甜食,一股脑儿吞进肚去),打听哪里有卖好葡萄酒的 Fattoria,对方问我想买多少,我回答一打左右,老板说那怕不碍事,说了一家小葡萄酒屋的名字。

"那里其实不搞零售,但那个程度的数量,我想会卖给你的。名字叫英诺森提,就说是从弗兰克那里听得的。说实话,我父母家和他家是邻居。他白天一直在葡萄园转来转去,傍晚才回来。到 7 点钟去看看。"

说着,他画了去英诺森提家的路线。

"人非常好,葡萄酒已做了好几代,认真得很。每天在葡萄园里转,脑袋里只想葡萄,几乎不在家。在几个地方有葡萄园,忙得不得了。"

7 时去英诺森提家,果然刚从葡萄园回来。房子普普通通,不打听根本看不出里边在酿葡萄酒。英诺森提看上去是个温和厚道的人,头发已开始变稀,俨然地方私立大学的老师。我一说是弗兰克介绍自己来买葡萄酒的,他就显出悲伤的神情。刚开始以为他不愿意卖,一听,原来他拿手的"会心名作"葡萄酒不巧卖完了,无法提供。

"是最好的葡萄园最好年份的葡萄酒。"英诺森提说,"可是已经没了。"

他就像一个月前失去心爱的妻子似的说道。于是我们解释说那确实非常遗憾,但第二好的也可以,务请出让给我们。英诺森提点点头,把我们领去地下酒库。外表是普通房子,地下室却很大。回到家他似乎多少做了点事,歌剧磁带已响了起来。英诺森提大概每天每日一边听威尔第的咏叹调一边为酿葡萄酒倾注心血。地下室有潮气,还略带霉味,有各种各样莫名其妙的器具,酒桶齐刷刷排开。

“那么,请先品尝一下吧!”他说。他让我们大致看了一下地下室,领我们走进后院。从后院可以放眼暮色中的托斯卡纳平原,景色真是漂亮。青山隐隐,湖光点点,云雾绵绵,远方的山顶现出中世纪古堡,庄稼地和葡萄园无边无际横陈开去。“那是我的葡萄园,”英诺森提说,“那也是我的葡萄园。”手指自己葡萄园时的他满脸无比幸福的神情,一看就是个极其执著的酿酒人。说是品尝,但并非一小口一小口含在口中玩味,而是一整瓶一整瓶拿上来,满满地倒在大玻璃杯里。好喝,加之人家特意拿给的东西,剩下可惜,结果三瓶全部喝个精光。

据他介绍,他酿造的葡萄酒不在意大利国内销售,大多出口到加利福尼亚州和奥地利,同外国公司签了生产合同。又要接受等级审查,又要纳税,又要确保销售途径,对于英诺森提这样的个体酿酒者未免麻烦,所以基本上以合同制销往国外,其余极为个人化地卖给私人性质的熟人。

毕竟是酿造者本人极力推荐的,所喝葡萄酒相当沉实醇厚。说明确些,那一带差不多所有的基安蒂葡萄酒都根本无法与之相比。酒味绵长,余香满口,最后留在舌尖上的味道自然而然地轻轻离去。第二好的尚且如此,第一好的又会是怎样的呢?

接着我又喝了另一种红色的。这个比刚才的还富有果香,温情脉脉。以莫扎特音乐打比方——比方或许有点勉强——

感觉上前者若是布达佩斯弦乐四重奏乐团演奏的四重奏,后者便是拉佩尔和斯特恩(Rampal&Stern)演奏的长笛四重奏。这种区分纯粹出于爱好和兴之所至,实际感受是难分高下。不过倘只允许我选一种,我还是选前种,因为这种葡萄酒攻势凌厉,绝不半途而废。

还有一点不能忘说的是英诺森提的 Vin Santo①。一般 Vin Santo 作为饭后甜酒喝,香醇的 Vin Santo 仅这样喝就够受用的。英诺森提先生酿造的到底不同一般。分 sec(偏辣)和 dolce(偏甜)两种,我觉得前一种好喝(但依英诺森提先生的说法,后一种正统)。我一说这 Vin Santo 味道好极了,英诺森提先生又现出悲伤的表情。以为舍不得卖,却听他说"说实话这个有点贵"。胆战心惊问有多贵,"一瓶差不多一千日元,"他说。

如此这个那个斜举着酒杯讨论了两个小时,最终一共买了十八瓶。价钱将近一万日元,就算再免税也便宜到家了。主人当场从桶里装进瓶里,塞软木塞,贴标签,放入箱中。这时间里他始终面带微笑。自己酿的葡萄酒能让外邦人欢喜这点似乎使他相当欣慰。我想,能时不时碰上这种"一条道跑到黑"的工匠气质的人,是意大利这个国家的一个长处。这个国家马虎大意的家伙虽多(的确多),但有一部分人的确在一丝不苟做正经事!他们独自一声不响地做好东西,而且有生活滋味从所做的东西中沁出。不管怎么说,这是意大利这个国家的魅力和潜

---

① 风干葡萄酿造的葡萄酒。

力，有一种与列队看齐式的日本社会不同的禀性。特意远道来托斯卡那买葡萄酒，值。

雉鸠亭

在托斯卡纳地区随走随住的旅馆中，留在心里的无论如何都应是“雉鸠亭”（假名）。不是我舍不得写出真名，而是这家旅馆本来没有名字。没有名字写起来不方便，姑且以“雉鸠亭”称之。

“雉鸠亭”实在太小了，一共才三四个房间。所以入住的人数至多七八人。理所当然，在旅游旺季不提前很多时间预订一般很难住上，而除了旅游旺季又不开。旅馆是所谓“业余旅馆”，太太一个人照料房客。雇附近的人做勤杂工干力气活，家里细活全由她一个人做。干净，收拾得无微不至，哪怕再爱干净的人，我想都无话可说。室内家具也同农家相吻合，古色古香。床也大，盖着羽绒被。还带有绝对丰盛的早餐。住宿费两个人才一万日元挂个零头。我不由沉思，如此做买卖能收回本钱吗——便是这样一家忠厚的旅馆。

“雉鸠亭”位于基安蒂腹地葡萄园的正中间，不仅位置难找，而且连个招牌也没有。打电话预约时请太太讲了路线，但毕竟在田地正中，没有标识，找到那里实非易事。又没有合适的交通工具，只能开车去。离开柏油主道后，驶入狭窄的土路。

路坑坑洼洼，尘土飞扬，车身变得白花花的。这样大约跑了两公里，接着开进更窄的农用路，跑了一阵子终于来到葡萄园正中。正中就是农舍改成的这家“雉鸠亭”，一座石砌的农舍立在小山上，周围是一望无际的葡萄园。深呼吸，空气中一股夏日葡萄叶的清香。四下异常安静，树林那边不时响起鸟鸣，远处的葡萄园里隐约传来卡车的引擎声。

刹住车，两条狗“汪汪”叫着跑到外面。一条是神经质的长毛大狗巴伯尔，另一条是十分与人亲近的小狗萨米。接着，旅馆老板娘出来了。四十五六或年近五十，给人的感觉很好，一眼就可看出不是意大利人。后来得知，她是瑞士人。随后，住在这里的从美国来的一个日本年轻女子和她的美国青年丈夫走出门来。她的美国丈夫也讲一口流利日语，我们住在这里的时间里一直用日语和两人交谈。迎门的梁上有燕子筑的巢，老燕子不时叼食进来。

本来这位瑞士太太全然没有在此经营旅馆的念头。她丈夫是瑞士律师，有个十六七岁的女儿，生活无忧无虑。她一眼看中这座房子买下来当别墅，完全不知道以前作旅馆使用过，卖方对此也只字未提。不料，这里曾作为“托斯卡那富有情调的小旅馆”被美国一本导游手册介绍过（我也是看了那本书才晓得的），于是麻烦来了。来此休假，刚一进门就有电话打来预订房间。太太说她吃了一惊。那想必要吃惊的，我想。请假来托斯卡纳别墅，正睡得舒服，深更半夜突然有国际电话从纽约打来提出 8 月 7 日订个双人房间，任谁都会吃惊不小。

但这位太太的了不起之处在于她能对打来电话的人这样应道：“情况还不大明白，不过，如果您想来请来就是。”说亲切也好说豁达也好，总之不是一般人能做得到的。如此这般，她的“业余旅馆”一步步顺水推舟地办了起来。所以，这“雉鸠亭”连个招牌也没挂，甚至名字都没有，至于广告之类更是无从谈起，原则上一直是私人别墅，让客人入住是太太出于好意。这样的旅馆几乎没有。

只是——往下是那对美国夫妇说的——因为她完全是孤军奋战，所以尽管现在还勉强应付得来，但能维持多久则谁也说不准。况且瑞士人和意大利人不一样，无论干什么都拼死拼活，外人看起来都于心不忍。清扫甚至每个角落都不放过，总是为客人着想，神经放松不下来——尽管不那么悉心照料也未尝不可。人太细心，自然格外累。意大利人以百分之六十的力气干的活，此人投入百分之八十的力气。不过，那种气氛的确给人以“外行太太的生意”之感，让人分外放心。

一同住在这里的美国夫妇本来计划在意大利多转一些地方，但由于满意这家旅馆，就一天天地在基安蒂住了下来，“哪也不去了，就在这里”。我们也对这里大为满意，也想多轻松几天，可惜当时已另有安排（第二天必须赶到北部一座叫乌迪内的城市，只好住一夜就出发）。问一星期后能否再住一次，答说早已排满了。又问是什么人来住呢，回答大部分是瑞士人。也许她本身是瑞士人的关系，来投宿的多是瑞士人。我们住的时候就有两辆挂着瑞士车牌的奔驰停在旅馆门前。说起来，托斯卡纳这地方原本就是瑞士人和英国人喜好的地方，纵使夏天休假时节也极少在这里见到意大利游客。看来往小汽车窗玻璃贴的国籍卡片，也差不多都是 CH（瑞士）、D（德国）、GB（英国）或 A（澳大利亚）。

这家旅馆没有餐厅,那无论如何也忙不过来,但她给介绍附近味道好的餐馆。开车十分钟就到了最近的一个村子,村里有几家味美价廉的餐馆。中午在树林里一家名叫拉·彼斯康德拉的露天餐馆吃三种合在一起的通心粉、香菇和牛肉,晚间在一家名叫拉·萨洛特·迪·坎蒂的小食店喝 1986 年的 Vecchie Terre di Montefili①,吃番茄、夏令蔬菜通心粉和茄子(顺便说一句,我的伴侣吃的是夏令奶油蔬菜、杂烩饭和奶油巧克力)。两家味道都没说的,价格也够便宜。材料新鲜无比,烹饪一丝不苟,服务态度也很友好,不斤斤计较这点尤其让人惬意。后者不愧是两个年轻人刚刚开办的,菜式上似有不少创意。

黄昏时分在旅馆附近散步,小狗萨米一直乐颠颠地跟在后面。沿窄窄的农用路前行不远,走进蓊郁的森林。林中万籁俱寂,惟有脚踩落叶的沙沙声。柔和的阳光映着夏天的翠绿,脚下光影斑驳。迎面走来一位背篓采蘑菇的老伯,大声寒暄:“您好!”据旅馆的太太说,森林有很多很多山兔和野猪,夜里跑出来吃葡萄和杏。森林便是如此之深。以为狗一直向前跑去,却又飞奔回来看我们是不是还在那里,接着又向前跑去。平和之至,安静之至,没有任何扰乱人心情的东西,让我深深觉得住在这样的地方该有多好,写作都能开心惬意顺顺利利。

清晨,太太睡眼惺忪地开车上街采购早餐食品,为我们做新鲜得不能再新鲜的足量的早餐。面包铺刚刚出炉的羊角面包和卷形面包,大盘子里摆着好几种奶酪和火腿,用刚生下来

---

① 托斯卡纳出产的一种葡萄酒。

的鸡蛋做的牛奶黄油炒蛋，满满装在壶里的果汁，咖啡，果汁鸡尾酒，园子里摘来的水果拼盘，苹果酥。总的说来，我这人睁开眼睛就饥肠辘辘，早餐吃得很多，尽管如此，这份早餐也未能吃完。但由于太好吃了，请旅馆的太太把洋梨和苹果酥包起来当盒饭带走。

走出旅馆，我说实在太谢谢了住得非常愉快，旅馆的太太显得十分欣喜。不过我想下次来时她恐怕很难继续经营，因为单单准备早餐都是非同寻常的重体力劳动。过去我们也做过七八年招待客人的买卖，深知其中劳苦。能让客人高兴自然感到十分欣慰，但招待一方为此付出的劳动远比旁观者看到的繁重。

碰上这么好的旅馆，觉得旅行真是件好事。说实话，那种叫人失望顿生旅途疲劳的糟糕旅馆世间倒是多的是。

意大利的邮政

如果叫我用不到四十个字概括意大利这个国家的特征，我可以这样概括："总理年年换，吃饭大声喊，邮政落后到极点。"同时具备这三项条件的国家，至少在北半球应该只有意大利。

反正意大利邮政制度有问题。不，并非有问题这么轻描淡写的程度，不客气地说，简直不像话。至于怎么不像话，一般日本人恐怕是想像不出的。我一而再再而三——嘴都说酸了——忠告从日本往这边寄信的人：意大利邮政机构近乎无可救药，若有急事（或者不如说即使有急事）也不要写信，因为写也没用。一来时间长得惊人，二来大有可能寄不到。所以，即便写了信，也不要指望信会寄到。要寄的信仅限于寄到寄不到也无所谓并且是因为有时间才写的那类信。另外，纵然接不到回信，也请不要以为我是个失礼之人——或者你的信没寄到我这边，或者我的信没有送往你那边。

听我这么一说，对方当时感慨道："噢，是那样的吗？就那么不像话？"但转身就忘得一干二净。在某种意义上，邮政制度如同水和空气。生活在邮件能够在短时间内准确寄到住处的国家的人，很难对另一种情况感同身受，所以很快忘记，并且某一日打电话来："前些日子写信求你办点事，还没接到回音。"我报告根本没接到，对方甚为意外地说"都寄出三个星期了"，于是我说上次不是说过意大利邮政很慢吗，但对方很难理解，反问说："真的那样？"实在叫人沮丧。

回想起来，这还算好的。因为对方打电话明确抱怨，从而得知尚未寄达，可是世上生闷气的人想必也是有的。一想到这些人，我就不由黯然神伤，尽管不是自家责任。

看手头上的美国一本导游手册，上面有则趣闻，说第二次世界大战期间一个美国大兵从罗马写给故国的信到了20世纪60年代才寄到。事情固然过于荒唐，但绝非无中生有之事。至少意大利人听了不会怎么惊讶，因为这在现实当中不是不可能发生的事。"寄到就够幸运的了"——此乃他们一致的冷静感想。

邮政不像话，电话也不像话。有时声大有时声小，有时打得通有时打不通，有时通了也忽儿声大忽儿声小，还有时正说着突然中断。一个在某公司的意大利分公司工作的人用电话同东京总公司交谈之间，线路“嚓”一声断了（他们称之为掉了，这在意大利不是什么稀罕事），于是慌忙重打过去，但对方大发雷霆置之不理。无论怎么道歉，日本人都全然不理解此乃日常性事实，以致听了对方好些难听的话：“你这家伙，气魄够可以的嘛！”实在叫人觉得可怜。

电话不像话，包裹也不像话。有好心人以为这边日本食品不充足而特意寄来，遗憾的是迟迟寄不到。一次看纪录片，看到给孤立无援的日本部队补给食品的运输船队在开往瓜达尔卡纳尔途中接二连三被美国潜水艇击沉。这里虽说没有那么悲惨和严重，但状况也够不像话的了。那东西究竟是在怎样的过程中消失在怎样的地方了呢？委实令人费解，可就是消失不见了。

从经验上说，我认为不是意大利邮递员有意偷盗邮件造成的。“这是日本寄来的？噢噢这不是冷面么，那好极了，就蘸着番茄酱吃掉好了！”——不能认为事情会是这个样子。也很难认为意大利邮递员对日本文学怀有兴趣，每当有文学刊物从东京寄来就据为己有，忘情地看中上健次①的连载小说（尽管不可能说完全没有）。当然，其中或许有专门侵吞邮件者，但相比之下，恐怕还是认为意大利邮政制度这一机构中存在着致命的自我堕落式的黑洞那样的东西，致使许多东西自然而然地一个

---

① 日本小说家（1946—1992）。

接一个地被吞噬进去,这样更为接近现实。

总之,这个国家的衙门手续烦琐得要命、效率低得要命、态度差得要命、架子大得要命。又有诸多细小规则,而且每隔半年就心血来潮地把那规则整个变更一次,以致谁也不记得什么规则之类,到处产生制度性黑洞(举个例子,意大利行车限速就几乎年年变,没人记得确切。今年每星期几限速还不一样,那东西就连交警都记不来,因此马上作废。一塌糊涂)。

例如投递员把包裹或挂号信送来,若接收人不在,则和日本一样留下通知单。问题是这终究是原则性的东西,不少时候不照此办理。有的家伙懒得一一按门铃爬楼梯把邮件面交本人,只把通知单一把塞进信箱就扬长而去。更糟糕是连通知单都不塞进去,这种情况下邮件只有默默消失。另外,重东西和大件东西的投递方式恶劣也是事实。《文艺春秋》因为厚,塞不进信箱,几乎不送。这类终端服务往往取决于每个投递员的个人素质,所以必须时不时给点小费讨其欢心。

拿通知单去邮局取东西,每次去窗口都不一样。责任人不同所需文件也不同,弄得你这里那里团团转,而意大利的邮局又那般拥挤不堪,半天时间就这样报销了。搞到最后,竟被冷冷地告知东西不在这里。开哪家子玩笑!明明送来通知单,上面明明写着来这家邮局取,岂有不在这里之理!于是我坚持说绝对在这里某个地方。对方道说没有就没有嘛,通知单肯定弄错了,但还是老大不情愿地起身去找,结果马上找到了:“啊,有了,这个吧?”说着递了过来,没有抱歉没有对不起,什么也没有,只有“啊有了这个吧”,就此完事。

可是若为这个气恼,那就别想在意大利活下去,这种事天天层出不穷。反正邮件便是被这官僚主义黑洞连连吞噬进去，再也不会浮出水面，一如《夺宝奇兵Ⅰ：法柜奇兵》（Raiders of the Lost Ark）的最后一幕，仓库里没有投递地址的邮件堆积如山，就那样腐烂下去（啊，我的冷面！）。

那么意大利周边国家如何呢？哪个国家的邮政制度都无懈可击。从德国、奥地利寄出的邮件大约四天后准确到达日本。即使希腊也可以说两个星期后——虽说不是四天——必定寄到，就算是法国，若无罢工也并不差。就经验说英国也够一丝不苟，基本上第三天寄达日本。单单意大利提不起来。

我真是佩服意大利人：他们丝毫无意改善这种糟糕透顶的状况，甚至付出努力的表示也没有。所以无意改善，首先是因为他们认识到改善也无济于事，其次是因为考虑其他方法来代替变革志向更符合他们的性格。这方面的思维取向同英国德国美国以及日本等国家截然不同。在某种意义上，意大利人是想法极为现实的国民。

就是说，意大利人对公共服务这劳什子可以说全然不抱幻想，觉得与其指望这个，还不如另想办法。看重个人关系和家庭，极尽逃税之能事。不妨说，逃税与足球对意大利人来说是最要紧最投入的两件事。

意大利年度财政赤字约一千亿美元，差不多等于意大利国民生产总值的百分之十一。据政府推算，倘意大利国民不再逃税而老老实实申报收入，那么赤字的百分之七十五可以得到弥补（《先驱论坛报》），逃税便是逃得这么厉害。因为逃税，他们手头有大量现金买昂贵的进口货，以致进口额外增加，国家财政赤字有增无已。经济越景气赤字增加越多。

另一方面，意大利人几乎不具有逃税有罪的意识。对他们来说，逃税乃是出于正当防卫的经济行为，循规蹈矩纳税之人纯属傻瓜蛋。一位意大利经济评论家甚至大胆断言逃税才是健全的经济活动的基本。就是说，个人因逃税而有钱后，便想用那笔钱代建不完备的公共服务设施。公立学校质量不好就送小孩去私立，邮政制度不完备（岂止不完备）就利用速递公司、买传真机，铁路不准点运行（肯定不准点）就买小汽车。而这样做比把钱交给低效、无能、腐败的政府衙门浪费岂不好得多！如此说来我也觉得未尝没有道理，反正也是一种世界观。

这就不说了，总之是吃尽了这个国家糟糕邮政的苦头。例如一个半月前在日本寄出的邮件和一星期前寄出的邮件同时送来，根本搞不清事情为什么这样。莫非觉得一一投递麻烦，要等积攒到差不多的时候才集中送来？另外还兴之所至地有时收有时不收通关税。

那么，不邮寄而改用传真机就行了么？没那等好事。一次去罗马的中央邮局传真窗口往日本发传真，不料对方说日本和意大利传真机基准不同，发不去日本。开玩笑！从没听说国家不同传真机基准也不同。从别的国家也往日本发过好几次传真，什么问题也没有，不可能发不过去。无非嫌麻烦罢了。可是在窗口无论怎么讲都讲不出理来。在这个国家，窗口负责人说不行，那就绝对不行。若无论如何都不死心，就只能等窗口换人时再来。

还有，邮局员工的算数能力之差也值得大书一笔。例如往日本寄三张明信片和三封信函、再给美国一个熟人寄一张明信片，窗口里的女孩用卡西欧计算机“啪嗒啪嗒”计算。数字出来了。觉得邮费过高,抱怨了一句。对方大为不悦地重算一次。这回出来的数字便宜不少。出于慎重,她又算一次,这回出来的数字更便宜。随即她为之困惑,并开始气恼。又算一次。结果——莫名其妙——出来的数字又不一样,于是她气急败坏起来,心想日本人何苦特意来罗马往东洋尽头寄什么信件!

她把四种数字扔到我眼前,随我选哪个款额,我当然选最便宜的付了。这是我亲身经历的事。我如实讲起,我想日本人都会认为我言过其实。不是说笑话,百分之百属实,刚刚诞生的一丝不挂的事实。

这话还没到此为止。回到家,我自己重新算了一下那笔邮费。结果,她的四种数字全是错的,实际上比最便宜的款额还要便宜。这还不算,即便同一张明信片也是一个窗口负责人一个价。纵然同一张明信片递给同一人,也此一时彼一时,从二十日元到六十日元。得得!

依我观察,意大利邮局员工的积极性(我是假如有这玩意儿的话)相当之低。几乎所有的员工都显得无比厌烦,几乎所有的精力都耗在吃零食以及和同事闲聊上。那个做出仿佛牙痛月经痛胃炎同时袭来时的严峻表情的女孩(我说"您好"/"……"/我说"请给我六百里拉的邮票三张、一千二百里拉的邮票一张"/"……"),同到了吃点心时间大叫"我要炸薯条比萨饼"时相比,简直高兴得可爱得判若两人。无可救药!

不过,若为意大利邮局的名誉补充一点,那就是并非邮局所有员工统统如此。一个邮局里一两个认真而麻利地工作的人也还是存在的。若一个也没有,那么意大利就是再不在乎,作为国家也还是无法存续的。那样的人坐在窗口里,几乎令人绝望的长队也眼看着迅速消失。然而遗憾的是，这样的人的数量少而又少，而且未必受到同事的尊敬。很多时候看上去似乎遭人白眼：那家伙既然愿意干，就让他干去好了！

另外，一到夏季连休临近的时候，意大利的邮局系统就陷入严重的麻痹状态，及至圣诞节前夕、复活节前夕和暑假临近时，更是变本加厉，脑袋里想的全是放假去哪里、做什么。自不待言，连休期间整个系统功能全部停止，一切彻底死去（例如我们从8月5日至25日之间一次邮件也没收到）。连休结束后一段时间也不行，名为“连休后遗症”的淡粉色云絮整个儿笼罩在工作场所的上空。即使商店和政府部门，人们也只管津津乐道各自度过的休假，相互炫耀晒黑的肤色，或者在工作场所悠然自得地看报纸来消除休假的劳顿。总之，意大利的邮局大体像那么回事运转的时间，一年之中十分有限。

算了，这种事写得再多怕也没什么人相信。

意大利的小偷

谈意大利时必不可少的三大话题：邮政不便、火车晚点，此外就是小偷泛滥。关于意大利的小偷人们已说了许多，或许有人觉得何必还说，但不管你怎么觉得，这点要说的也还有很多很多。

※

美国出版的意大利导游手册中的“SECURITY”(安全)一项这样写道:

“意大利人是优秀的主人。他们好客,富于社交性,开朗热情。大多数意大利人确乎如此,但也不是没有行为不端的人。十分不幸,这一小部分人给游客留下了意大利小偷泛滥成灾的印象。抢包和扒车毛贼确实听说过,不过那种事如今在世界哪里都半斤八两。我没有意大利满街是小偷的印象,也不曾在意大利被人偷过,但不管怎么说,小心再好不过。当心手提包,别炫耀似的把钱夹塞进屁股袋里,贵重物品存在宾馆保险柜中,旅行支票带在身上,别把贵重物品裸露着放在小汽车内。也就是说,要让常识发挥作用。只要注意这类简单事项,你就不至于在难得的旅行当中遭遇不愉快的事情。”

那么,这段文章说得可对?

不对!

我可以负责任地断言:不对。在地方城市和小镇,或许某种程度上被此人说中。例如去锡耶纳、摩德纳、帕尔马和的里雅斯特那样的城镇,只要按照此人说的让常识发挥作用,一般不会遇到不快,事实上我本身也不曾在那些地方有过不快。

可是罗马不同。罗马即使在意大利也是相当特殊的城市。在这里,无论怎么注意、无论怎么让常识发挥作用,超越此限的灾难都要找到你头上。

我以罗马为中心差不多住了三年,在这里的确目睹了五花八门的作案行为,自己也曾受害。那可不是“只要让常识发挥作用”即可避免的那种温吞水似的东西。倘若有人久居罗马而一次也没成为作案（当然多数是偷盗，暴力犯罪极少，和美国不一样）的受害者，或者有惊无险的情况都不曾碰上，那么，他不是异常幸运就是近乎神经质地严加防范的结果，我想。

举例说，我的一个熟人一天在名叫里埃恩兹奥的主要大街停车进商店买东西，五六分钟买完出来，但见车窗玻璃坏了，车内音箱被窃。他（倒是意大利人）完全是有常识的人，下车时总是习惯性地把音响装置从车里拿出带在身上以防被盗。当时虽说是买东西，也不过五六分钟，且车是停在行人往来不绝的热闹的通衢大道，何况是收费停车位，又有人照看，所以估计问题不大，放松了警惕，结果恰恰被盗。周围人应该眼见罪犯在光天化日之下用锤子或其他什么砸烂玻璃，开门卸下音响拿走，然而谁也不出声，不多管闲事。不错，意大利人或许热情、开朗、亲切，但倾向于不管与己无关之事这点也是不容否认的。在这个意义上，他们是十分讲究现实的人。他们当然认为（想必认为）犯罪不好，但认为有人被盗即意味那个人是傻瓜蛋，是马虎的人不好。所以基本上没有为素不相识的人（当然家人除外）特意做什么的想法。

老婆挎包被抢时也是那样。那时我们在纳沃纳广场（Piazza Navona）漫步。平时我们尽量不去那种游客多的地方，但那次是回东京的前一天，心想这纳沃纳广场还是应该转一转。我一个人在稍离开些的地方看商店橱窗——倒是不该看的——一点也没觉察到她被抢。一个开摩托车的年轻男子从后面赶来，一把抓住她的挎包带。她本能地握紧不放，大约持续了三十秒。尽管周围有几十人之多，但都往别处看，佯装未见,不愿意介入,作出浑然不觉的样子。互相抢夺了一会,最后挎包带断了,男子拿包离去(此后不久,一个可怜的日本女性因挎包带没断而被拖在路上拖死了。事件发生在罗马的托拉斯特拉)。众人这才如梦初醒地来到她身边,七嘴八舌安慰道“真不得了啊”、“啊请在这儿坐一下”、“我给警察打电话去”、“那不是意大利人,是南斯拉夫人”。这种时候的意大利人又可谓亲切之至——嘴皮子上的亲切,倒也容易。

说实话,这对我们是个不大不小的震动,也很失望。为什么呢?因为若在东京看见被人抢包的女性,尤其是外国女性,我肯定伸手相助。尽管我这人没有多么强烈的正义感,但这点事还是会做的。

更倒霉的是——前面也说了——因为第二天要临时回国,所以她挎包里已为明天预备好了罗马和东京间的机票,而且是两个人的。还有护照、两张信用卡和旅行支票(这个倒没多少钱)。

我们马上去报警。警察署就在附近,有受理外国人失窃事件的专门窗口。到那里一看,虽然上午时间还早,却已黑压压一大堆人。清一色是被人偷了东西的外国游客,不用说,全都神情沮丧或气呼呼的。基本上是欧洲人或美国人,日本人仅我们夫妇。拼命分开拥挤的人群,领来失窃申诉用纸,填写事件发生的场所和被抢走的物品等等。写失窃现金的数额时,一个板着面孔的女警察不屑地说:“你说你,用不着写金额的,那东西不可能出来!”她那么一说,我也来气了,恨不得吼道:这么多人来你们国家旅行被抢被偷已经够窝囊了,还要给你这么说!可是吼也吼不出结果,在意大利衙门若每次来气都吼,长再多的声带都不够用。我默默填写完毕,让对方盖印承认。没这个印,再买机票再领护照都不成,保险都下不来。光干这个就差不多花了两个小时。

之后立刻去领事馆。明天就动身,不赶紧来不及。到了领事馆,叫马上去照证件照。罗马的日本领事馆对这类失窃早已习惯了(说每天必有几起),办事十分麻利。附近甚至有专门照证件照的地方,到那里很快就洗出了护照用的相片。

往下是机票。这个麻烦。罗马和巴黎间的航线属意大利航空公司,遂去意大利航空公司事务所说明情况,希望取消失窃机票,另给新机票。公司职员都很热情,安慰说真够倒霉的了,甚至开无聊玩笑:“干嘛没要一通功夫呢?”还说:“不过抢东西的家伙不是意大利人,是南斯拉夫人(一有小偷,意大利人就顺口说是南斯拉夫人)!”但票不给再开。我们买的是正常价格机票,电脑里有名字输入,又有警察署的失窃证明,何况几天前刚买的,以常识考虑不可能开不出。然而偏偏不开,也不解释何以不开,只一口咬定不行不能开抱歉。为什么不能呢?事后追究责任问题,麻烦。怎么争论都无济于事,只好新买了去巴黎的机票。不给再开,只能重买。对方坚持说:“反正先买了再说,事后来领退款!”事后去意大利航空公司总部说情况发牢骚,对方说:“明白了,退款好了。”然而拿到退款花了两年半时间,费了相当大的辛苦,走了很有力的门路。也罢,能在20世纪以内退回来,或许该庆贺才是。

接着,提交信用卡失窃报告(唔,早已心力交瘁)。我用的是美国运通卡和另一家大公司的信用卡。非我宣传,美国运通卡这种时候的应对非常之快,给位于西班牙广场的AMEX(运通卡公司)打电话,叫我三小时后过去领新卡。我本来没抱什么希望,心想在罗马这座城市事情不可能那么顺利,不料三小时后去了一看,新卡好端端摆在那里！AMEX 了不起！相比之下,另一家信用卡公司则一塌糊涂,磨磨蹭蹭差不多一个月后才给新卡。“噢,被人抢走了？这罗马呀,罗马真是伤脑筋!”如此拖泥带水,全然不得要领。开什么玩笑,伤脑筋的是我！来外国丢了信用卡,拿到新的要等一个月,叫人徒呼奈何。领到新的旅行支票也是 AMEX 快,另一家根本提不起来。

另外还有一种情况:加入旅行失窃保险而不适用于发生在意大利的失窃。尤其欧洲保险公司往往单把意大利从失窃保险对象地区中划掉。因为案件实在太多,保不过来。意大利警察署的失窃报告受理证明也常被置之不理,因为开具得太随便了(的确随便,我一递出,看也不好好看就呯一声盖章——否则,堆积如山的失窃报告根本受理不完)。

如此情况怎么可以像导游手册上那样以“世界哪里都半斤八两”这一说法加以概括呢？怎么可以用“只要让常识发挥作用即可”这样的忠告来了结呢？我坚决认为那纯属开玩笑。

对于日本游客,首先要提醒注意吉普赛人。但吉普赛人只要习惯了一点也不可怕,至少吉普赛人凭外表可以看出。若死皮赖脸凑上来(以为对方可疑),转身走开即可。只要走开,断不至于随后追来。可怕的是外表看不出的专业或准专业作案者,这样的作案者罗马满街都是。

在地铁也看见过好几次扒手,我本身也屡屡惊觉包被拉开一半,所以坐地铁时总是包口朝里,要紧的东西塞入上衣内袋,牢牢系上扣子。进餐馆时必须时刻把包放在膝头。

天天这样生活。若身后有摩托靠近,就要提高警惕赶紧回头(我们的格言是:摩托就是贼)。在地铁里紧紧抓包不放。车厢里有看报纸的老伯,先怀疑他有可能是小偷。下地铁时有人横冲直闯挤上车来,这也最好当心。在餐馆吃饭时眼睛要一闪一闪注意带的东西。从小汽车下来时,绝对不把东西放在从外面可以看见的地方。每五分钟摸一下钱包位置。每次外出——哪怕出去一会——都关好滑窗。走路时有举止怪异之人出现在前面,就移去路的另一侧。凡此种种,在罗马住久了,自然习以为常。当然,这样的生活到底相当累人。

在希腊生活将近一年,一次也没考虑过什么小偷。很多东西随手放在那里不管,从未有人动,也没有过那样的担心。在米科诺斯租房子住时连门都没正经锁过。留下皮包去哪里,回来时肯定还在那里。忘了东西保准有人送来。但在罗马,小费都不能放在咖啡馆的桌子上——有人走过时一把收走。自从目睹那种偷小费的人以后,渐渐对在这个城市生活厌倦起来。

我和老婆同从巴黎来的西山君傍晚去住处附近的露天比萨饼店吃东西时,包也险些被人拿走。身后桌子的两个人用特殊工具(似乎是可以伸缩的晾衣竿那样的东西)想把我脚前放的挎包"吱溜溜"拖走,好在包里装着书和照相机什么的,比看上去重得多,那工具一下子拖不动,费了不少劲,但手法巧妙得很,我全然没有察觉。倒是老婆觉得后面两个人有些异样,促使我注意,这才得以幸免。我视线落在包上时,那工具早已没了影,只是挎包略微后移。

一来二去,两人倏然离座去了哪里。但他们离去前似乎盯上了旁边坐着的一对美国情侣。大约三十分钟后,那对美国情侣要结账时，女孩发现自己的包没有了，于是发生了一场骚动。他们认定在邻桌吃东西的一对意大利男女偷了包，喝令看样子蛮老实的意大利一男一女打开挎包。美国男子满脸通红怒气冲冲，意大利情侣看情形又不会英语，两个人都搞不清怎么回事，目瞪口呆。

我看不下去，走到美国男子跟前说明情况："如果你们包被人拿走了，那么我想犯人不是他们，而是刚才在这里坐了一会的皮肤微黑的两个人。两人举止可疑，我的包也被拖走了一点点。"

美国人狐疑地盯视我一阵子，大概怀疑我是这城里精心编织的圈套的一部分，但在我一再解释之下，最后似乎理解了怎么回事，少顷长叹一声，向意大利情侣道歉："不该怀疑你们，对不起，请原谅。"意大利情侣看样子也明白过来，说："没关系，不介意的。"

包被拿走的女孩坐在椅子上抽抽嗒嗒哭个不停，男的自始至终重复道："fuck、fuck①。"（由此得知他们是美国人）"我们是从纽约来的，"他说，"明天就回美国，护照和机票都在她包里。这是旅行最后一夜，竟碰上这种事，fuck！"他抓住男服务生撒气："喂喂，知道吗，这也是店里的责任！店里没有保安！把领班叫来！"性子似乎相当急躁，但我很理解他的心情。

不久，领班赶来，深表同情。他显得非常难过，伤心地摇头："实在是不应该有的事、丢人的事、可耻的事。您生气是人之常

① 骂人话，意为"性交"、"讨厌鬼"。

情、理所当然，心情十二分理解。先生，不过偷的人是南斯拉夫人……总之店里没有责任。”我把这个称为意大利式水桶接力，全都得体地轻轻闪开身体，把名为“责任”的水桶巧妙避让过去，因此火总也扑不灭。急躁的纽约客继续大吼，意大利人继续举起双手摇头。问题是这样继续到什么时候都于事无补。

“去年春天我的遭遇也和你一样，”我对他说，“也在回去前一天全被人拿走了。”

女孩也在啜泣。想必还无法相信自己的包被偷走了。打击大，只能哭。不幸就是这样，事情若非发生在自己身上，随便怎么说可以。我对一个在罗马遇见的日本人说老婆挎包给人偷了，对方完全一副嘲笑的样子，说什么是被偷的人不好。我火冒头顶，但说也没用，便什么也没说（意大利人尽管有五花八门的缺点，但至少还有一点体贴之情，不至于说话如此狂傲）。总之，事情若发生在别人身上，随便怎么说可以，动员常识啦多加小心啦，可又有谁能责怪那个包被偷走的美国女孩呢？对她来说那是罗马最后一夜，场所是美丽的喷泉前的漂亮比萨饼店，只不过在身旁椅子上放一会包罢了。假如是人头涌涌的旅游场所，或许我也会认为她马虎大意，可是那里是几乎没有游客的幽静的住宅地段，所以我们也才得以相当放松地品尝美食。

我对他讲了应做的事：先去警察署提交失窃报告，没那报告什么都办不成。然后去领事馆领新护照。

Fuck！喂，可是明天的飞机哟！

让来罗马的人失望并恨不能打个半死的不仅仅限于小偷、

扒手、吉卜赛人、抢劫犯、顺手牵羊者、诈骗犯、暴力酒吧以及故意算错零钱的商店女孩,在这以抢劫为目的的混沌世界中,出租车也占相当大的位置。

旅居罗马期间,有几个从日本来的熟人前来看我,从机场搭出租车没被敲竹杠的人一个也没有。从机场到市中心连小费至多五千日元,然而最低被要去一万日元,最多时花了三万日元。我事先已经对他们交待从机场搭出租车大约五千日元,若有人多要,就去宾馆服务台让服务台的人交涉。但司机也没那么傻,不肯到什么宾馆门口,找种种借口在离宾馆很远的前面停车讨钱。被要去三万日元的人反驳说休开玩笑,对方吓唬他“我可是带着手枪的”。一塌糊涂!自那以后,再有谁来我必去机场接机。

街上一般出租车没那么出格。略感蹊跷的不是没有,但大半司机诚实、热情,和蔼可亲,给人以地道平民印象的老伯较多。他们也是劣质司机的受害者。遗憾的是,聚集在机场和特尔米尼火车站的司机品质相当恶劣。黑车就不用说了,即使正规的出租车也有不少漫天要价。我也经历过几次,可以说地道的出租车为数不多。如果可能,从机场和特尔米尼不搭出租车是明智的。从经验上说,目的地是知名宾馆的时候更要吃大亏。如果你能从特尔米尼或机场搭上让人顺心的老老实实的出租车赶到哪里的宾馆,那只能说是幸运。据我的经验,那样的幸运不会连续几次。

至于罗马的警察为什么不严厉取缔这些恶劣的家伙,我全然不能理解。没准是为了先给前来罗马的游客以警告(诸位,这座城市可不是好对付的,这种事往下一个接一个静等着咧,这个只不过是开篇第一章,务请当心!),作为一种进门礼仪、一种疗法而特意把恶劣的出租车安排在机场和火车站。

当然,在罗马我也并非只碰上这类倒霉事,这点必须先说清楚。也有愉快的感受,也遇上过热情友好的人(尽管不能说很多)。偶尔遇上一次这样的人,分外觉得如释重负。例如我们包被抢走的那天晚上,我们在罗马常住的宾馆总管来了(因是最后一夜,我们退了公寓住进宾馆),在酒吧请我们喝鸡尾酒,对我们说:"在这座城市遭遇那种事,我感到十分抱歉,令人遗憾。如果钱被抢了有困难,请只管说,需要多少宾馆可以借给,不必客气,回日本后寄来就可以了。"所幸现金几乎没被抢走,只对他的好意表示感谢。但得到这样的关心,让我们觉得这座城市也并非一无是处。

不过若问是否还想来罗马居住,作为我还是只能答说"NO"。旅游也罢了,住却是免了。basta,grazie(够了,谢谢)!写这篇文章十天后,我将退掉罗马的公寓返回东京。

在罗马生活期间,我们觉得一年到头都在为小偷分心。每次去哪里旅行,总是担心回家时东西一扫而光。旅行时担心这个,旅行也没多少快乐。

当然东京也不是没有小偷,也要适当注意防盗。可是不用说,没罗马严重。住在东京的人不至于脑袋里天天装着小偷。回东京后看到人们把大钱夹塞进屁股袋里大模大样行走、把挎包随手放在什么地方,一段时间里不禁瞠目结舌,但不久就习惯了。唔,对了,这就是东京,用不着提心吊胆。这的确是东京的长处。如果生活中不必没完没了担心被盗,自然是再好不过。

不过，这里也还是有这里才有的麻烦事。罗马充满罗马才有的麻烦事，东京充满东京才有的麻烦事。东京的麻烦事以东京的麻烦事的特有形式让我头痛、让我心烦、让我生厌和疲惫。

若说我长期旅居外国所得到的经验教训，大体也就这么多了。世界的特质在原则上取决于其拥有的麻烦事。无论我们置身何处，都只能和麻烦事相伴而行，同麻烦事一起生存。

奥地利纪行

萨尔茨堡

参加夏季萨尔茨堡音乐节是我很久以来的心愿。一直旅居欧洲,想去并非不能去,却迟迟未能成行。不是担心人多就是怕票难买,总之有怕麻烦的念头在先,不觉之间敬而远之。我不大喜欢人多的场所,万国博览会啦奥运会啦商店减价啦熊猫啦巨人队棒球赛啦迪斯尼乐园啦正月里的明治神宫啦江之岛海滩啦樱花盛开的上野公园啦——这类人山人海的地方从未去过,一想人山人海就万念俱灰。不是因为别的,只因为我讨厌看很多人挤在一起。冠以什么什么"节"的东西一概讨厌。较之讨厌,莫如说是憎恶。因此,音乐固然想听,可是一看见音乐节三个字就没了心情:算了,不去也罢。

另外,以前在维也纳待过一个星期,待得百无聊赖这点也是我懒得去萨尔茨堡一个原因。别人如何感觉我不晓得,反正对我来说维也纳实在是个无聊的城市。东西不好吃,又没有特别的事可干,甚至觉得世间居然有这么无聊的地方。天天去动物园,或在舍恩布龙宫的树林里喂松鼠,如此懒洋洋打发时间。既然同是奥地利——我想像——那么萨尔茨堡恐怕也好不到哪里去。

就这次旅行来说,计划也并不是为了去萨尔茨堡,感觉上只是去德国南部旅行时顺路——如果可能——去一下。不料从奥地利乡下转到萨尔茨堡时，我们很大程度上喜欢上了这个国家。结果，半个月旅行只在德国南部住了四晚，其余时间几乎全在奥地利转来转去。对人也好对国家也好，只凭第一印象有时会错看对象，这便是个佐证。坦率地说，奥地利多少有些单调，没有意大利的妙趣，没有德国的份量。美丽、洁净，但是单调。若说单调也没什么不好，那么这个国家就很好。而且——也许哪个国家都一样——乡下小镇比大城市有意思。另外，奥地利最好不过的是安全。东西放在小汽车里不管也尽可放心。用不着当心抢包、顺手牵羊和吉普赛人，这对于在意大利生活的人来说无异于天堂。进入这个国家后我们得以打心眼往外舒了口气，好久不曾这样了，深感这才是人生活的环境。常有人说去纽约若无那种有刺激性的场所没有意思，可我不那样认为。不管谁怎么说，能够放心生活的安全场所才是地道的场所，在这点上，奥地利无可挑剔。刺激性那东西，恐怕应该是每个人在自己心中制造出来的。

开车驶入萨尔茨堡。岂料，萨尔茨堡这地方简直是个迷宫，小巷不断拐来拐去，单行线、车辆禁入、此路不通等令人应接不暇。预订了山顶上一家宾馆，但横竖开不到那里。就像卡夫卡的小说，折腾多少次都要回到同一地方。折腾一个小时后，灰心丧气地给宾馆打电话问从这里如何去宾馆。“电话里怎么也说不清楚，雇辆出租车，随车后跟来！”可我们已实在累得浑身瘫软，没气力费那个操办，于是退了那家宾馆，在街口一个大停车场把车停下，在中心地带一家小宾馆要了房间。听人说音乐节期间突然闯进去，全城宾馆哪一家都不会有房间，但实际去了一看，总有办法可想。这家宾馆虽然便宜，但感觉不错，谈不上气派，但干净利落，一楼的小啤酒屋样式的餐厅也蛮有平民味道。我们决定在此住两晚。

从这宾馆去音乐节中心会场走路只需五分钟左右，结果上十分方便。看街上贴的海报，今晚的演奏是阿列克西斯·魏森伯格(Alexis Weissenberg)的钢琴，写道还有票。去售票地方一看，原来今天的阿列克西斯·魏森伯格已经取消，代之以鲁道夫·布赫宾德(Rudolf Buchbinder)的演奏。但毕竟特意来到萨尔茨堡，遂买票进去。

在歌剧方面，此前一天有威尔第的《假面舞会》(苏提爵士〈Georg Solti〉指挥)，两天后有《托斯卡》(阿巴多〈Clandio Abbado〉指挥)。《假面舞会》本来该由卡拉扬指挥，但众所周知，卡拉扬突然去世(街上仍贴着卡拉扬海报)，而由苏提爵士代他指挥。替代人选也问过伯恩斯坦(Leonard Bernstein)和穆蒂(Riccard Muti)，但伯恩斯坦说他从未指挥过《假面舞会》，穆蒂则说替代卡拉扬精神压力大，因而轮到苏提爵士头上。在售票口我试着问有没有《托斯卡》的票，对方以惊诧的眼神看着我："你这人怎么现在才来呢?"的确如此，现在不可能有。

不过就结果来说，布赫宾德的钢琴令人兴味盎然。老婆以前在东京听过魏森伯格的钢琴，依她的说法，此人比魏森伯格有趣得多。那是过去的事了，魏森伯格现在的演奏有怎样的变化倒是不晓得。

来听音乐会的人衣着都相当考究，男的大部分穿晚礼服那样的东西，女的很多人身穿露肩的正式礼服裙，戴宝石，总之珠光宝气堂而皇之。意大利的音乐会没有多少人如此郑重其事，对二者的落差吃惊不小。我也姑且穿了夹克进场，总算没有太出洋相。

日本听众也相当多，因为有不少旅行团是以萨尔茨堡音乐节为招牌组团的。说老实话，我也听人说若想在萨尔茨堡听音乐会，最好从日本随旅行团去，否则很难在当地买到票。前面座席上身穿盛装的日本女孩子们吵吵嚷嚷互相拍照，旁边一位奥地利太太叫她们安静一下。日本的年轻女孩子一兴奋就忽然齐声高叫，什么缘故呢？

布赫宾德的节目单上首先是贝多芬钢琴奏鸣曲31中的2和3。一言以蔽之，这是简约主义式（minimalism）的贝多芬——将感情色彩和深沉的思考全部剔除，只留下音符，然后重新构筑。在这个意义上，同古尔德（Glenn Gould）的演奏有一脉相通之处，却又和古尔德截然有别。这里没有古尔德音乐传达的那种令人战栗的宇宙。宇宙虽然没有，但也自成一统。如果说宇宙那东西没有也无所谓，那么就正好合适，妙趣天成。体会到这种妙趣，自两年前在东京听瓦莱瑞·阿瓦纳斯维（Velery Afanassiev）的钢琴演奏以来这是第一次。

后半段是肖邦和李斯特。肖邦是第二号谐谑曲、幻想即兴曲和另一支小品，李斯特是没怎么听过的小品。

肖邦蛮有意思。一点也不再像肖邦，怎么说呢——抱歉，找不出恰如其分的表达方式——滑稽得令人目瞪口呆，全场也掌声四起。鬼气逼人、撼人心魄、百感交集、切肤之美、直击人的本质——根本不是这类东西，然而值得一听。纵使宣称听遍肖邦所有种类演奏之人，听了这场演奏，恐怕也不由一笑莞尔。便是如此快活、新鲜、温馨的演奏。听罢这样的演奏，深感欧洲文化圈到底积淀深厚。

演奏完了仍掌声不息，人们“扑通扑通”猛踏地板，声音震耳欲聋，颇有北欧海盗庆祝什么的味道。加了三四曲，但听众仍不离席。这么说或许失礼，真是白捡的音乐会。之后去啤酒屋喝啤酒、吃香肠，返回宾馆。

翌日在圣方济教堂听风琴、长笛和双簧管音乐会，这个也极有情调（硬木椅，屁股有点痛）。萨尔茨堡一天有五六个音乐会。所以一早起来就去演出导览中心去看当天演出一览表，从中选出自己想听的音乐会即可。既有名人木偶歌剧，又有城堡大厅里演奏的室内乐，每星期在教堂演奏一次莫扎特的安魂曲。有这么多场音乐会，觉得在这里待一星期怕也待不够。运气好用正常价格搞到歌剧的退票也并非不可能（当然，仅仅是并非不可能那个程度的可能性）。

只是，这个城市雨多。我们逗留期间一直下雨。尽管是8月初，却冷得没说的。身穿全毛的毛衣（由于太冷了，来奥地利后买的），外面套上夹克也还是冷，只好进餐馆喝热汤来温暖身子。买明信片，上面画的是雨中萨尔茨堡，后面写道“以多雨闻名的萨尔茨堡”——想必雨多得上了明信片。睁眼醒来下雨，再醒来仍下雨。不仅萨尔茨堡，奥地利无论去哪里都雨多得不行。觉得无日不看雨。车窗雨刷好像总是“喳喳”响个不停。从萨尔茨堡北上十来公里穿过奥地利同德国的国境，那边晴空万里。而南下一进奥地利，保准又是雨天。看过电影《音乐之声》的人很可能以为奥地利总是天朗气清阳光灿烂，但那彻头彻尾是20世纪福克斯公司①式谎言。也许我们不巧赶上了这

① 美国的电影公司。

样的季节，不过那雨下得的确比日本的梅雨还厉害。

雨把我关在房间里动弹不得，在奥地利期间尽看书来着。带去的岩波文库版七卷本《基督山伯爵》全看完了，另在一个名叫 Schladming 的小镇的一家小书店买了哈米特（Dashiell Hammett）的《马耳他之鹰》（这家书店里我觉得可以看的英文书只此一本），相隔许多岁月又读了一遍。读罢，又读了汤姆·沃尔夫（Tom Wolfe）的《虚荣的篝火》（Bonifire of the wanities）（在慕尼黑一家书店买的）。翻过阿尔卑斯山，住进乡村旅馆，吃薄薄的炸牛排，看窗外下个不停的雨，一边听着牛脖子铃铛的"丁零丁零"声，一边看汤姆·沃尔夫有趣而不无夸张的小说（何以觉得夸张说不清楚，但有趣还是有趣的），如此一天天过去。

在奥地利吃惊而又佩服的是，尽管雨"哗哗"一个劲儿下，但很多人一不撑伞二不穿雨衣，就那样悠悠然满不在乎地走在街上——或许人已进化得适应了气候。另外就是马自达车多得不得了。比之丰田和日产，马自达的数量遥遥领先，不知什么缘故。

在奥地利每天吃好多种东西，但菜名一个地方一个叫法。由于拼写特长，吃了什么都忘光了。当然，每次点菜时看菜单记下菜名倒是可以，却因嫌麻烦而半途作罢。

PRINZREGENTENTORTE

A RTISCHOCKENHERZEN

GESCHNETZELTE HÄHNCHENB RUST

SCHASCHLIKSPIESSCHEN

若把这等菜名一一记在手册上吃饭，你认为能吃出滋味么？

我可是不行。一想大学一年级时的德语课就心里沉甸甸的。

我所以一边心想唔这个好吃一边特意记下菜名,是因为在萨尔茨堡吃的是 VOLLKORNROLLE。这个菜里面是肉末饼,外面用饺子皮那样的面皮包起来油炸而成。清淡爽口,虽说达不到鼓掌踏地板那个程度,但也绝对不同一般。别的地方看不到,估计是当地特产。即使为了吃这东西,也想再去一次萨尔茨堡。

阿尔卑斯的麻烦事

旅行中总会遇上麻烦。试想,在一不了解情况二无熟人、甚至话都讲不大通的陌生地方惶惶然走来窜去,没有麻烦事才不可思议。若怕麻烦,不去旅什么行老实待在家里租录像带看不就得了——这是正理,是正理且是正论。可是一旦麻烦事实际发生在自己身上,就不那么容易想得开了。正理正论转眼之间烟消云散,化为身后遥远的风景。那东西丝毫不起作用,剩下来的惟有孤零零的自己——面对不确定的未来的、易受伤害的自己。

说来不可思议(也许没什么不可思议),人这东西对于降临在他人身上的灾难想像起来较为容易(说什么就是那么回事嘛,那种事情是有的嘛,本应预想到才是),然而一旦轮到自己头上,其精神追索力便像夏日午后的老犬一样半死不活。例如，你能想像到明天自己会被宣告得了癌症吗？能想像你太太明天跟哪个男人私奔并从银行打电话通知你可以用信用卡提款的账户上欠款达五百万日元之多吗？能把那时的打击和痛楚作为自己的事加以想像吗？

不可能。只有那种麻烦事作为活生生的现实出现在自己眼前时，人才会觉得岂有此理，才会认为不公平甚至发脾气。无一例外，我也如此。

麻烦事发生在8月6日（星期天）上午快到10点的时候。我们早上9点离开德国南端一个叫奥伯摩根的地方，穿过森林中一条国境（有一个警备人员，查看一下文件）进入奥地利。进入奥地利后，云色照例反常起来，看样子任何时候下雨都不奇怪。从奥伯摩根到奥地利一个叫罗伊特的镇约有三十五公里，一路全是景色优美的山路，别名叫蒂罗尔（Tirol）观光道。车也少，幽静，空气清新。有牛群的地方不时有湖泊出现，湖很漂亮，湖面一点垃圾也没有。沿路一块广告牌也见不到，没有House Kukure咖喱的广告，没有三得利纯生啤酒的广告，没有“扒金库”①新店开张的广告板，没有“大意一秒悔恨终生”的交通标语。哪座村庄都有塔尖高耸的漂亮的元葱形教堂。因是星期天早上，身裹蒂罗尔服装的老伯们正往那样的乡村教堂集中。游客们一副登山打扮往山里赶去。这些人看上跟下雨不下雨毫无关系，正毫不含糊地享受着hard② 的星期天。厚墩墩

① 一种将球弹起击入孔中的赌博机器。

② 意为“艰苦，严峻，猛烈”。

的云絮从阿尔卑斯的山梁间移往那一带的山谷准备下雨。麻烦事连影儿也没有。阴固然阴，但静谧而祥和——便是这样一个星期天清晨。那里交流的没有任何消极话语——这倒不是保罗·西蒙①口中的歌词。

可当我翻过最后一座山、正一面俯视蒂罗尔城一面变速时，引擎突然熄火。怪事！我以为挡没换好，重换了一次，重新猛踩油门，但毫无反应，只是“呼”一下发出无奈的声音，全然搞不清发生了什么。但不管怎样，常有的不祥预感弥漫开来。因是下坡路，加之刹车还灵，心想哪怕下了坡也好，于是缓缓滑下坡去，在看得见人家的地方把车靠路旁停下，然后再次慢慢转动钥匙，启动马达动了，但引擎点不着火。我关掉引擎，隔了五分钟再次转动钥匙，但还是不行，反复几次都点不着火。

下车打开引擎盖，做一个深呼吸，思索启动马达转动而引擎不点火的原因。怎么回事呢？以点火线圈产生高电压，通过分配器把电压分配到点火栓，点火栓发出放电火花点燃混合气——详细道理不大清楚，但作为顺序大体如此。所以，作为原因应该首先怀疑点火栓。可是点火栓能看得见的地方全部好端端地连接着。毕竟是新车，很难设想点火栓会老化。其他的大致查看之下，眼睛看得出的问题点一个也没有。我能想起来的也就这么多了。一筹莫展。本来我就对付不来机械类东西，正因如此，动身前才在蓝旗亚定点厂接受了定期检查，以确保万无一失。怎么会出现这种情况呢？

---

① 美国吉他歌手（Paul Simon，1941— ）。

“怎么回事?”老婆问。

“不知道,引擎点不着火。”

“怎么一下子这样了?”

“这——,怎么会这样呢?本来不该这样的啊。还不是,刚才还运转得那么正常,根本没有不对头的地方。极常规地从二挡换到三挡,结果突然不行了。难以置信,这可是新车哟!”

“所以我不是说最好别买意大利车么?我就知道会是这样。买日本车或德国车就好了,那样就不至于遭遇这种傻事!”

或许言之有理,或许该买牢靠的大众高尔夫。买蓝旗亚时,包括意大利人在内,好些人劝我最好别买意大利车,可我半是出于好奇心,还是买了意大利车。怎么搞的!

“所以就这个样子,”老婆说,“星期天早上在奥地利山路上引擎突然寿终正寝。”

不用说,她相当气恼。雨也飘飘洒洒落了下来。得得,我也恨不得发句牢骚:我干嘛非遭遇这等事情不可!这样一来,歪理也罢正理也罢什么都无从谈起了。实在无法相信这么糟糕的事会发生在自己身上。

但毕竟不能老这么抱怨下去。老婆只须气呼呼地说三道四,而丈夫必须默默采取对策,此乃世间习惯,或者说是宿命。极不公平的宿命——倒是不好这么说。

首先下车拦一辆过路汽车说了情况。停下来的是挂着博洛尼亚车牌的菲亚特 AUTOBIANCHI Y10。两个年轻男子和一个女孩看着引擎盖下面这个那个议论了一番,但他们也不明所以。他们提议送我们去附近的修理厂,可是往车里一看,四个大人,其余的空隙里满满塞着橡皮艇、胀鼓鼓的旅行箱以及行囊等莫名其妙的东西——意大利人典型的休假准备。那种地方怎么还能坐进两个人呢？好意自然非常感谢，但谢绝了。

接下去按附近一家门铃，向那里的太太说明情况，请她打电话给奥地利类似 JAF① 那样的地方。星期天一大早，太太仍一身睡衣，正在准备早餐。她说修理车马上就到，我道谢回到车上。约二十分钟后，车来了，涂成黄色的三菱帕杰罗，一位看样子蛮好说话的老伯从中下来，以意大利方式寒暄道："GruüB Gott（您好）！""GruüB Gott"味道很有些像澳大利亚那句"good day"。"怎么了？"此人只会德语。我一手拿着词典，用只言片语的德语好歹介绍说：在那里的坡路上，引擎突然停了。对方"唔唔"两声，用像是万能表的东西这个那个检查了十五六分钟。"电的问题啊，这个。"他说，"这里彻底死掉了，这东西我没有办法，本该给你拉去罗伊特那里的修理厂，可今天是星期天，我想不会开门，不过反正去看看吧。不要紧，去了总有办法。"

这么着，被帕杰罗牵引着赶去两公里外的罗伊特镇。被牵引是有生以来头一遭，气氛凄惨至极。规模诚然大不相同，但仍使我不禁想起在挪威海湾出事的苏联核潜艇。

到了罗伊特镇，修理厂果然关门。毕竟是夏季休假期间的星期天清晨，开门反倒奇怪了。

"怎么办，这回？"老婆说，"说到底，就是因为你想要蓝旗亚……"

---

① Japan Automobile Federation 之略，日本汽车联合会。

“喏喏，”老伯似乎觉察出形势不妙，“这家修理厂的老头儿我认识，我去讲一讲，求他破例开门，放心！”

奥地利JAF老伯非常热情，特意跑去修理厂老板家按门铃，但谁也没出来。

“肯定到哪里旅行去了，没那么快回来的。”老婆说。她这人的性格对什么都比较悲观，而我相对说来凡事都较乐观。非乐观之人不会买什么意大利车。听我一个熟人说，一个在日本买意大利新车的人开着它从东京跑到京都，回来后对经销商一说，对方大为佩服：“你真有勇气啊，居然开那车跑到京都！”是否真有其事我不晓得（很有些都市传说的味道），但情况很可能属实。不是乐天性格的人不会买，还需要勇气。

“别担心，车到山前必有路。”

“有路就好。”妻说。

有路就好，我想。

JAF老伯看样子也是个蛮可以的乐天派，说道：“跟你们说，现在是不在，但我想很快就回来的。回来我就求他开门，在那里的咖啡馆等一下，到时候我去接你们。”相当热情，意大利人办不到。我不是说意大利人不热情，但这点我可以保证：意大利人办不到。至少他们关切之情（如果有的话）不会在星期天表现出来。

“事情要往好的方面看。”我说，“幸亏没在意大利，对吧？在意大利，基本上三天寸步难行。”

“倒也是。”老婆勉勉强强同意。

在罗伊特镇上转了一阵子。老实说，了无情趣。地处德国菲森（Füssen）至奥地利因斯布鲁克（lnnsbruk）的交通要道，以致车多得不得了,一片嘈杂。几乎没有游客特意在这种地方住下,宾馆也少。转了三十分钟,之后在老伯说的咖啡馆坐下等他。喝两杯咖啡等了一个小时,老伯没来。我转而喝啤酒,加吃香肠,又等了一个小时,老伯仍没来。一对双胞胎老太婆进来,坐在我们邻桌喝啤酒,喝完离去。双胞胎老太婆喝啤酒的情景十分可观。接着两个本地的小伙子进来,喝着啤酒打了一局台球。老伯依然没来。别无他法,又要了一杯不好喝的啤酒。搞得我老是小便。

最终,老伯来时已下午 3 点多了。我们在昏暗的咖啡馆里等了三个小时。这时间里老婆始终绷着脸。“那种东西扔去哪里算了!”她说。我向她解释:“车那东西不是那么容易扔的。”但她根本听不进去。

“修理厂给打开了,刚才。”老伯说。

谢天谢地。总算舒了口气。老伯把我们领去修理厂,在那里付了奥地利 JAF 的牵引费,约六千日元。“若是会员可以免费,可惜没会员证。”老伯惋惜地说。的确令人惋惜,我们不是奥地利汽车俱乐部会员。他“通通”拍着帕杰罗说还是日本车好,意大利车不行,买日本车好了! 我说谢谢。是要谢谢。

修理厂老板六十岁光景,不愧在修理厂干了四十年,给人的感觉甚是坚毅。这样的人绝不会支持迈克尔·杜卡基斯(Michael Dukakis),不会听布莱恩·费瑞(Bryan Ferry),不会去四季电影院(Cine Saison),不会买米索尼(Missoni)毛衣,只知道闷头修理汽车。老伯打开引擎盖,以兴味索然的神情大致往里扫了一眼,开口道:“我儿子会讲英语,叫他来一下。”片刻,感觉上似乎去年刚刚高中毕业的儿子开着十分狼狈的红色菲亚特赶来了。身材挺拔,金发,一个相当英俊的男孩,身穿上下连在一起的工作服,神情像是说“得得大好的星期天叫人家出来”,但看来父亲在家里拥有绝对权力,儿子不敢抱怨。正是贪玩年纪,是叫人可怜,可我毕竟没有可怜别人的余地。大致说明情况之后,他说“唔明白了”,随即开始修理。

可是,无论怎么捣鼓都查不出原因。种种东西拆卸下来,用万能表检查,更换零件,用尽了他能想到的所有办法,但怎么都没奏效,引擎依旧一声不响。一个像是玩伴的小伙子来看情况:“你干什么呢?”“啊,父亲叫我修车。”“哪里坏了?”“噢——喏,这个。”——如此你一言我一语,神色渐渐黯淡下来。然而父亲看样子相当顽固,绝对不向儿子伸出援助之手。我问儿子哪里坏了,也只是应道“唔非常麻烦”。大约折腾了两个钟头,还是毫无头绪,终于沉不住气了,走去父亲那里大概说道:“爸,我实在弄不明白了。”“知道了,好了,我来。”父亲大概这样嘟囔了一句,言外之意像是说你这家伙怕是够呛。既然如此,为什么不一开始就自己动手?我这里还急着哩!无可奈何,各家有各家的招术。他的儿子和同伴又开起菲亚特去了哪里。在这冷雨飘零的阴暗的星期天傍晚、在这望一眼都索然无味的幽灵城,年轻人到底能有什么好玩的呢?也罢,总会有什么可玩吧。年轻时候不管干什么想必都自有其乐趣,再怎么索然无味,也比拆装汽车电瓶有意思。

老伯说,这就看一看,也许花些时间,说不定要今晚 7 点或明天早上才行。我们只好死心塌地,在这里住一晚上。地方实在不怎么样，如果可能，真不想在这种地方留宿，而且原定今天顺便去跑瑞士，但事已至此，只能作罢。光是星期天有修理厂开门这一点就足以让人感激涕零了。

我们住的是城里最大最老的宾馆。到底老，地板一踩，声音惊天动地（莫非"忍者①公馆"不成，这里？），公馆似乎倾斜了，浴室的拉门不拉都会吱溜溜滑开。但房间相当宽敞，格调也算不坏。这家宾馆看样子倚老卖老（此外怕也没什么卖点），一楼大厅齐刷刷挂着一排 19 世纪末至 20 世纪初的自家宾馆照片。那时连自行车都还几乎没有，镇的印象远比现在富有牧歌情调。19 世纪的奥地利老伯们全部留着胡须，神气活现。那还是哈布斯堡皇室统治奥匈帝国时期的事。还可找见在城内广场上进行消防演习的消防队老伯们的形象，有人得意洋洋地悬在高楼的窗口上，有人顺着长梯正朝房顶上爬，全都摆着一副架势，显得极为开心。看年代，得知这些照片拍完不久第一次世界大战就开始了，这些人想必也有几个战死疆场。

早已饥肠辘辘，进宾馆放下东西就直奔附近的饭店，喝啤酒，喝牛肝汤，吃火鸡火腿。我原本不大喜欢牛肝和火鸡（累得点错了），但作为菜式相当够味。反正得以坐在椅子上吃饭就足以千恩万谢了。

"好在修理厂开门了。"我喝着啤酒说。

"但愿能修好。"妻一边吃晚饭一边冷静地说。

---

① 日本战国时代（1467—1568）各诸侯国使用"忍身术"刺探情报、扰乱敌人后方或进行暗杀等活动的人。

※

第二天早上(同样下雨)去修理厂一看,所幸车修好了。

“喏,就这个。”老板儿子不动声色地给我们看切断的软皮线。直径约一厘米粗的塑料线。像是被斧头砍的,利利索索地斜茬切断。“连接点火线圈和分配器的软皮线,从这里到这里。这个断了,自然点不着火,被鼓风机皮带卷进去切断的。”

我还没彻底理解:这么粗这么结实的软皮线卷进鼓风机皮带就能利利索索断掉?那岂不有点太过分了?刚刚检修完,怎么就出这种事故了呢?

“这是常有的事故吗?”我问年轻人。但他什么也没说,只是耸耸肩。一个寡言少语的小伙子。于是我自问自答:“常有的话谁受得了!”大概因为配线纵横交错,致使软皮线不太好找,但毕竟点不着火,按理首先该查看点火线圈和分配器之间的软皮线,此乃汽车维修工基本的基本,何况引擎盖打开了两小时之多,本该早看明白才是!想必在父亲眼里,儿子还远远不到火候。

但不管怎样,修好还是修好了,别人家庭的事交给别人处理好了,我道谢付修车费,约两万日元。老板儿子星期天还干活,也够可怜的了,给了他一点小费。

“所以嘛,咬咬牙也该买奔驰。”老婆又啰啰嗦嗦抱怨道。

“算了吧,奔驰是房地产商或棒球选手开的车!”我说(诸位房地产商和棒球选手们,抱歉抱歉,这纯属玩笑,不是什么职业歧视。奔驰不管怎么说都是好车,我开这样的玩笑,不过是因为我买不起奔驰而心理不平衡罢了)。

“反正故障少。”老婆说。

“再不会坏了。那的确是特殊事故,不会再三再四出现的。不要紧了,车况本身并不坏。”我解释道。较之解释,更像是为被妻子讨厌的糟糕朋友辩护。

“天晓得!”老婆冷冷地说,活像在轻度诅咒这辆车。是的——有妻室的人想必晓得——交谈中妻最后一句话大体是这种轻度诅咒。

这天下午,在一座名叫霍尔茨高的富有明信片式牧歌情调的美丽的小村庄附近驱车行驶时,果不其然,仪表盘上的刹车警示灯亮了,陡然现出橙黄色,极不吉祥地。都是她诅咒的!得得得得!进加油站请人一看,对方说:“我说先生,要拿到蓝旗亚指定修理厂好好调整一下刹车闸才行。”啧啧啧啧啧!“修理厂在靠近瑞士边境一个叫阿尔伯施文德的地方,非开去那里不可。开去那里应该没什么问题,反正今天最好调整过来,刹车失灵可不是闹着玩的。”

“奥地利汽车修理厂之旅!”老婆没好气地嘟囔一句。

“事物要往好的方面看。”我说,“这种情况,开德国车无论如何也体验不到的。无故障汽车旅行自是安全,可那终究不过是风驰电掣地从这个宾馆跑到那个宾馆嘛!而开意大利车可以看遍社会每一角落。”是的,不管谁怎么说,我都是天生的乐天派。

如此这般,我们又望着被雨淋湿的牛们和教堂,一路朝阿尔伯施文德奔去,极其沉默地。

关于阿尔伯施文德修理厂没有特别值得写的(顺便补充一句,那以后跑到六千五百公里时,在高速公路飞驰之间哪里一个螺丝突然脱落了,变速杆变得摇摇晃晃)。

尾声——旅行结束

蓝旗亚总算恢复正常，驾驶它再次翻过阿尔卑斯山，南下进入意大利。只要不出毛病，还是十分快意的车。综合大家的说法——意大利车似乎多少有这样的倾向，只要不出毛病，十分快意。这蓝旗亚 Delta 也是如此。性能不是特别好，低速“吧嗒吧嗒”响，高速稳定性有问题，但以二挡三挡忽一下子加速旋转引擎时的吸大麻般的快感，简直妙不可言。我这人虽不大喜欢开快车，但那种感觉实难舍弃。引擎即刻作出反应，整个弹回身体，很想摸摸它脑袋说“好了好了”。可若是动弹不得，无异于大件垃圾。本来想从黑森林开往斯特拉斯堡，但毕竟对车没信心，遂转念返回意大利。

通过国境检查站，驶入红白绿三色旗飘扬的意大利，不由得舒了口气。说来奇怪，甚至有些觉得像回到了自己的国家。下雨下得忍无可忍，食物的黄油味也呛鼻难闻。风光固然秀美，但若日复一日老看阿尔卑斯、教堂和湖水，再秀美也看腻了。翻过国境山顶，天光都骤然一变，无论什么看起来都明晃晃光闪闪的。歌德在《意大利纪行》中兴奋地写了从奥地利进入意大利时感觉到的明媚，其心情十分理解。意大利实在是为上天所宠爱的土地，温暖、美丽，而且富饶。

从德国和奥地利穿过阿尔卑斯国境线返回意大利时，周围的汽车顿时变得狂野起来。不过狂野也自有其规则和倾向性，习惯了会慢慢觉得理所当然，至少不再有最初感觉到的蛮横。我毕竟是刚拿到驾驶执照就来欧洲的，贴着嫩叶标签在罗马街头兜来转去，兜转之间，觉得开车这事不过如此而已（想来也够后怕的）。所以对我来说，回日本在东京街头的驾车体验和东名高速公路的交通状况，坦率说来要严重得多。

不错，意大利的开车人是够蛮横的，可是开车人脸上和车的行驶都有一个个表情，容易读出动向，相距二三十厘米时可以闪过对方或对方闪过自己。然而回到日本就读不出表情来，因而把握不住火候，十分可怕。而在德国，德国人开车大体遵循阶级社会式的秩序，非常正规。所以，越过国境南下目睹阿尔法·罗密欧和菲亚特鼻尖对鼻尖气喘吁吁的情景，深深感到自己回到了意大利。

回到因休假而空空荡荡的罗马，过了一段安静日子。盛夏的罗马有其他季节所没有的独特风情，路上行人寥寥无几，来往的汽车也少得可观。惟独这个季节那令人头痛的路面停车也全然不在话下，喜欢停哪里就停哪里，悉听尊便。人和车都如此之少的空旷的罗马也分明是座极妙的城市。

我家前面有几辆焦头烂额的菲亚特500，已停了好几个星期。一动不动趴在夏日阳光下的汽车因风吹雨打，早已变得满身泥巴狼狈不堪，有的成了孩子们涂鸦的对象，有的轮胎被放光了气，雨刷上夹着的宣传单变成黄色。想必是太太们平时购物用的车，但它们的主人已带着一家老小开更大的车去休长假了。被置之不理的CINQUECENTO们毫无抱怨（想抱怨也抱怨不来）孤苦伶仃地在路上看着家门。

午后的阳光热得叫人头晕，但一进入背阴处，就凉丝丝的很舒服。时而有热气呼一下子扑来，但除却这点，比日本的夏天好过得多，空调也用不着。午饭后拉下百叶窗大致睡一个小时的午觉，这时间里街上寂无声息。晚上走到外面，在路旁咖啡馆吃 granite（果汁冰糕）。提起意大利，一般人喜欢 gelato（意式冰淇淋），但我喜欢 granite，凉凉的，不很甜，酸得厉害。因为是用真正的柠檬做的，酸是不马虎的，而且随处掺有柠檬籽。一说起意大利，我就想起柠檬 granite。

阳光异常晃眼，街上行人全都戴着深色太阳镜。不久，太阳落了下去，人们开始在台伯河畔散步，看见有人在敞篷船上吃晚饭。圣天使堡广场（Castel S. Angelo）的舞台上，身穿花哨衣服的拉丁爵士乐队开始调试乐器。白天热得瘫痪的狗们也终于喘过一口气，这里那里跑跑颠颠。

这个时节无论市场还是副食品店统统关门，买食物要费一番辛劳，去超市也只有冷冻食品、干食品或罐头。头发长了想去理发店，转遍整个罗马城，一家都没找到。这个国家连理发店都休假三个星期。后来回东京，我对常去的理发店里的人说起，对方说他们连正月休息三天都觉得对不起人。若是意大利理发师傅听到这话，一定怀疑自己的耳朵。

过了些时日，这样的夏天也结束了，人们渐渐返回城里，车也开始增多，转瞬之间大街小巷满是车辆，控告并排停车的喇叭声响彻街头——往常的罗马回来了。我从窗口看着如此街景，写了几个短篇小说。好歹有了写小说的心思。一气写完短篇，搞了几桩翻译。一来二去，我们离开罗马的日期临近了，即将返回日本。

这样，1989年秋天我的海外生活大体告终。以前出国期间总有临时的回国，家具什物都留在家里，但这次全部处理掉了，感觉上算是告一段落。离开日本是1986年秋天，正好在欧洲转了三年。本想好好定居下来，但这本书里也写了，很难找到合适的房子，以致提着电子打字机和收放两用机在南欧到处流浪。

去了各种各样的地方，见了各种各样的男女，遇到各种各样趣事。感触良多，该学的东西也不少。不过说老实话，我们对这种流动生活多少有些累了。一无门路，二不从属任何组织，孤零零的在外国生活远比预想的辛苦。年轻时总可以应付，但我们已不再年轻。我三十七时告别日本，现已年届四十，该打道回府了。

※

在飞往成田的意大利航空公司飞机上拿起几本久违的日本杂志，但上面只有一则报道：关于宫崎勤①的报道。这使我很不耐烦。无论翻开哪一页——左一页右一页——除了宫崎勤犯罪的报道没别的，真可谓清一色。

我离开日本时，杂志上连篇累牍是三浦和义②和田中角荣③

---

① 日本杀害多名女童的罪犯。1989年案发，2006年被处死。

② 日本企业家，曾被怀疑枪杀其妻，案情几经反复，2003年被日本最高法院判决无罪。2008年被美国当局逮捕，在狱中自杀。

③ 日本政治家(1918—1993)。1972年至1974年任首相，因洛克希德事件丑闻下台。

的报道，整个日本都被三浦和田中的丑闻弄得如醉如痴，所有杂志都对他们紧追不舍——三浦去了哪里、吃了什么，三浦和什么样的女人睡了，三浦多么年轻；田中以怎样的姿势举起了哪一只手，田中见了谁、说了什么。这种终端（并且显然毫无意义）的消息经过大众媒体之手，像大小便失禁似的撒得到处都是，而如今他们的消息已杳无踪影。匪夷所思。难道那么快就忘得一干二净？回到东京我试问大家：三浦和义和田中角荣究竟怎么样了？但没有人知道，似乎也不想知道。噢，三浦被判了？不清楚啊。田中？这——，还活着吧？

※

确实，我觉得这三年间变化相当多相当大。我、或者环绕我的环境变化不小，日本这个国家本身也变化不小。其结果，三年时间里我同日本这个国家之间有了某种乖离、有了某种接近。不过就此这样那样写下类似结论的文字恐怕为时尚早，我也不想那么快下结论。

但有一点可以说得很明确：这三年时间里，日本社会的消费速度实在太快了，快得难以置信。久别重归的第一个感觉就是这。面对这突飞猛进的加速度，我不折不扣地瞠目结舌，呆若木鸡。这让我想起庞大的掠夺机器。有生命的无生命的，有名字的无名字的，有形的无形的——所有事物、事象都被它接二连三吞入口中，一股脑儿嚼烂，作为排泄物排出去：便是这种巨型吸纳装置。为它提供支持的就是作为 Big Brother① 的大众

① 意为“老大哥”，指极权国家中的独裁者。出自英国作家奥威尔的小说《一九八四》。

媒体。环顾四周,触目皆是被咀嚼过的悲惨的残骸,以及正被咀嚼之物的娇音。是的,这就是我的国家,我中意也罢不中意也罢。

※

从意大利回来不久就去了美国,大约在那里逗留了一个半月,目的是为了策划出版事宜。纽约很久没来了,但并没觉得有什么隔阂,一如原先所预想的那样。当然,我不想久住在什么纽约。不过这里的反应直截了当,因而有的地方反倒感觉不到东京那样的乖离感。

在纽约一家餐馆见了一位美国作家。他刚从日本回来,对一个同伴说:“喂,日本人全是雅皮哟!”可我不大明白,日本社会到底什么地方算是雅皮社会呢?我问什么地方雅皮呢?他这样应道:“比如日本航空(JAL)的座席商务席比经济席还多,你能相信有这样的飞机?我是无法相信。那岂不发傻,岂不没有实质性?那样的社会太没有深度了。”我觉得在某种意义上他未免过于道德主义了,不过也不是没有道理。

如果说这种镶金镀银的扭曲的模拟社会是雅皮社会,那么日本社会眼下或许真的在朝那个方向努力。一本杂志上一个女孩这样说道:若是宝马,我只想和开700系列的男孩约会,讨厌500,300系列更是穷兮兮的。最初我以为这是一种时髦玩笑,或者是含有双重意味的复杂的口信,然而那既非玩笑又不是口信,而是真真正正的心里话。她们是当真这样说的。喂,那不就是车吗?我心想。不就是方向盘稍微打歪一点就会撞在电线杆上报销的东西吗?可对她们来说那并非东西,那是明确锁定其存在位置的重要的共同幻想。

我当然不能加以嘲笑。我以后必须在这土地上肩负作为一个作家、一个大人的责任生存下去,这是先决性的问题。况且我连自己在这里有怎样的发言资格都还不能判断,甚至应该嘲笑什么都不知晓。

※

回日本后一段时间里,我几乎没能写作,脑袋好像晕乎乎的,重力好像大不一样。差不多一个月时间我基本上糊里糊涂什么也没干。我对处于那个场所的自身资格这个那个想了很多。每天在自家周围跑步,看书,和久别重逢的人喝酒,开玩笑,温泉也去了,可坐在桌前偏偏无从落笔,写了个开头的短篇一直扔在那里。早上起来打开电子打字机,定睛注视屏面,然而大脑一片空白。

※

这三年的意义到底是什么呢?就算经历了许许多多,到头来不还是回到出发点上来了——这样的念头也不是没有。可以说,我是在失落的状态下离开这个国家的,而在年届四十返回的现在,看上去仍和那时一样失魂落魄。无奈仍是无奈,疲惫仍是疲惫,原封不动。乔治蜂和卡洛蜂至今仍藏在哪里不动。一如它们所预言的,只是年龄增加罢了,什么也没有得到解决。

但我这样想:就算重新回到原地又有什么不好呢?更糟糕的可能性都是有过的。

是的,总的说来我是个乐观的人。

※

我是为了让自己的重力安顿下来做这本书的。修改过去写的随笔,补充新的词句,集为一册。所花时间比预想的多得多,书也比预想的长得多。

写文章是非常好的事,至少对我是非常好的事。可以将自己最初的想法“删除”什么、“插入”什么、“粘贴”什么、“移动”什么、“更新保存”什么。如此重复几次之后,即可清楚得知自己这个人的思考或者存在本身是何等暂时性的、过渡性的东西。不是说不完整。当然可能是不完整的,但我所说的过渡性、暂时性不是那个意思。

至今我仍时常听见远方的鼓声。安静的午后侧耳倾听,会在耳底感觉出它的回响。有时又想踏上旅途,想得不得了。但我蓦然这样想道:此刻位于此处的过渡性暂时性的我本身、我的存在本身,说到底恐怕即是旅行这一行为。

并且,我哪里都去得成,又哪里也去不成。

※

这本书的书名,取自开头写的那首土耳其旧时民谣。写这些随笔当中,我已决定成书时用这个做书名。也是偶然,同酒井忠康所著《远方的鼓声——日本近代美术私考》不谋而合。按理应该另想书名,但我对这个书名有很深的珍爱之情,在取得理解后决定继续使用。

另外,此书基本上是采取新作体裁,但有几章以前在杂志上发表过,修改后收入书中。

文库本后记

前言中也写了,《远方的鼓声》这本书是1986年至1989年约三年旅居欧洲期间的记录。离开日本长期住在外国是第一次,现在回头读起来,类似兴奋的东西似乎渗出了字里行间,气势那样的东西也可能多少有一些。尽管事情发生在不久以前,但近来我也自己对自己感佩起来:当时到底是年轻气盛啊!若是现在,坦率地说,有许多地方大概不会那样想、那样写。这些文章终究是“那时的产物”,出文库本之际,除了个别行文,原则上没有改动。

从欧洲回来,大约在日本生活了一年以后,因心有所想——解释起来话长,姑且以“心有所想”来表述——我移居去了美国,到写这篇后记的此时此刻,已大约生活两年。在为出文库本而重读此书的时间里,再次感到旅居美国和旅居欧洲的确完全不同。就有趣无趣来说,旅欧期间有趣得多。欧洲有“不知今天发生什么”的刺激性,因而消耗剧烈,有时累得浑身瘫软,但有趣还是有趣的。单单在路上漫步、去超市购物或在高速公路开车都常常会忽然看到意外场面,让人目瞪口呆,每次都切实感到欧洲这个社会高深莫测。

但在美国生活,这种“纯粹的惊讶”就没有欧洲那么多。这个国家,我觉得绝大部分事物都像是建立在可以预测的基础上的。就是说，美国是形形色色的种族和信仰各种各样的宗教的人聚集之后形成的国家，因而若不在某种程度上可以预测，那么作为国家就难以成立。如果没有眼睛可以看到、嘴巴可以说明的共同观念，那么社会本身就有可能分崩离析。在这个意义上，我觉得美国没有多少生活本身的日常性刺激（犯罪刺激固然有，但那种反社会性质的东西是另一回事）。不过，若说美国这个国家是否因此枯燥无味，也很难那么简单概括，其中“可以预测”本身的刺激也是有的。仅仅依靠这类整合性 notion（观念、概念）就能使 nation（国家）得以成立吗——如果从这一根本疑问出发，对美国一步步加以解析，有些难以解释明白的东西就会浮现出来。关于这点，我打算在另一本书中好好写一写。

写完这本《远方的鼓声》以后，有很长时间没去欧洲。这里所写的意大利这个国家让我相当气恼，离开时再也不想去了，而在三四年过后的现在却十分怀念，种种景致和男女在脑海中浮现出来，一种期盼随之高涨：啊，那里还想去一次！那东西还想吃一次！意大利确是那样的国家。世间有两种人，一种人“印象极佳，现在却很难想起长什么样”，另一种人“那家伙相当厚脸皮又做事马虎，但现在也能清楚记起长相”。不用说，意大利百分之百属于后者。那个国家迟早还想去一次，久居倒是另一回事。

希腊让我中意的，大概是某种节制性。我们出国期间，日本地价正涨到登峰造极，泡沫现象相伴而生。过些时候回日本一看，不由为日本社会突如其来的改头换面而目瞪口呆。尤其是在希腊那种俭朴的社会中生活过一段时间之后，回日本就像突然被抛进了重力不同的世界，只能怀有“这到底算什么呀”的感慨。这点至今仍然记得。若以体温表示社会状况，那么希腊这个国家是“平温社会”，日本则似乎是“低烧社会”，而在泡沫经济时代似已进入“准高烧社会”，二者落差之大让我多少产生中暑之感。我是小说家，不是评论家，无意对各种现象居高临下地说三道四评头品足，但我觉得我们差不多到了需要来自“平温社会”的视点的时候了。在这个意义上，希腊这个国家以及得以在这个国家生活过一段时间，我想对于我来说是非常难得的体验。

去外国，确实让人感到“世界好大”，但与此同时，“文京区（或烧津市、旭川市）也好大”这一视点也是完全存在的。哪一个作为视点我想都是正确的，并且认为，只有这样的微观视点和宏观视点同时存在于一个人身上，怀有更为正确、更为多元的世界观才会成为可能。如果说我三年时间里通过写这本书有什么体会的话，那便是人应该有这种复合式眼睛。我这个人，无论对什么事，只有在试着写成文字之后才能够准确把握和理解，因此写这本书让我好歹认识和领会了其中的东西。在这个意义上，或许可以说，这本书对于我、或者对于我的小说乃是重要的记事簿和速写本。一读之下即可得知，里面并没有写什么了不得的东西，也没集中有用的信息，若能读起来轻松愉快，我就心满意足了。

或者，如果哪位读完之后想去长时间旅行，并像笔者这样以自己的眼睛看各种各样的东西，那么对我这个作者来说可谓莫大的欣喜。旅行这玩意总的说来是让人疲劳的，但或许只有通过疲劳才能获取知识，或许只有通过劳顿才能得到欢欣，这是我通过持续旅行认识到的一个真理。

图书在版编目(CIP)数据

远方的鼓声 /(日)村上春树著；林少华译.
—上海:上海译文出版社, 2011.8 (2023.7重印)
ISBN 978-7-5327-5453-3

Ⅰ.①远… Ⅱ.①村…②林… Ⅲ.①游记—作品集
—日本—现代 Ⅳ.①I313.65

中国版本图书馆CIP数据核字(2011)第062736号

TOOI TAIKO
by Haruki Murakami

图字：09-2003-099号

远方的鼓声
〔日〕村上春树/著 林少华/译
责任编辑/沈维藩 装帧设计/张志全

上海译文出版社有限公司出版、发行
网址：www.yiwen.com.cn
201101 上海市闵行区号景路159弄B座
江阴市机关印刷服务有限公司印刷

开本 787 x 1092 1/32 印张12.25 插页5 字数 193,000
2011年8月第1版 2023年7月第14次印刷
印数：65,001—68,000册

ISBN 978-7-5327-5453-3/I·3185
定价：52.00元